A SAN PEDRO
OU AILLEURS...

FRÉDÉRIC DARD

A SAN PEDRO OU AILLEURS...

FLEUVE NOIR

Bien que les lieux de ce roman soient réels, les personnages en sont fictifs... comme toujours dans les romans.

F. D.

ISBN 2-265-06072-0

A FRANÇOISE

PREMIÈRE PARTIE

DANIÈLE

1

– Vous croyez que les mouches aiment le whisky ?

Je ne relevai pas la tête tout de suite, trop occupé que j'étais à cerner la grosse mouche lymphatique du comptoir à l'aide d'une flaque de scotch tombée de la bouteille.

A la belle saison, une mouche ne tolère pas qu'un doigt décrive autour d'elle une ronde incantatoire. Elle s'envole au premier mouvement dirigé vers elle. Mais celle-ci était une mouche d'hiver, alourdie par sa survie. Elle abordait le liquide d'une pompe prudente, le fuyait vivement pour le retrouver un peu plus loin. Elle découvrait sa claustration et une étrange panique s'emparait de l'insecte.

La mouche paraissait avoir oublié ses ailes.

A la fin, pourtant, elle s'envola, d'un vol pesant de bombardier trop lourdement lesté.

– Non, répondis-je, vous voyez, les mouches n'aiment pas le whisky.

La femme blonde se mit à rire.

– En ce cas, merci à Dieu de ne pas m'avoir faite mouche.

Elle éleva sa consommation en un geste d'offrande, puis se mit à boire à longs traits, sans cesser de me regarder à travers les parois embuées de son verre. Lorsque ce dernier fut vide, elle ne le reposa pas et s'acharna à téter les gouttes d'eau sourdant du cube de glace.

Je décidai qu'elle était sensuelle et me mis à la désirer. Ses lèvres, grossies par la courbure du verre, me parurent magnifiquement voraces.

– Il en reste sur le comptoir ! lui dis-je, en désignant le cercle ambré d'où ma mouche venait de s'enfuir.

Elle acquiesça :

– Merci de me le faire remarquer, j'allais le laisser perdre.

Elle fit alors une chose que je n'avais jamais vu faire par une femme, même ivre : elle se mit à laper la flaque d'alcool à même l'acajou. Ses cheveux pendaient de part et d'autre de sa tête, comme les oreilles d'un épagneul. Elle ressemblait à une chienne.

Lorsqu'elle se redressa, il y avait des traînées de rouge à lèvres sur le comptoir. Nos yeux se retrouvèrent. Les siens étaient candides et j'héritai aussitôt la honte de l'incident.

Je cherchai quelque chose de particulier à lui dire :

– Voulez-vous m'épouser ? lui demandai-je à brûle-pourpoint.

Elle parut considérer ma question et secoua la tête. J'en conçus une vague mortification.

– Je ne suis pas votre genre ?

– Non, et mon mari non plus ne l'est pas, ce qui est plus grave.

Je haussai les épaules.

– Dommage, je vous aurais bien épousée.

– Je vous plais tant que ça ?

– N'exagérons rien, je vous trouve pas mal, mais je m'intéresse surtout à votre fortune, car vous êtes riche, n'est-ce pas ?

Elle oublia mes insolences pour s'étonner :

– Vous me connaissez ?

– Non, mais je connais le prix du vison que vous portez et j'estime votre clip à deux millions d'anciens francs.

Elle eut un rire amer et brandit son verre vide en direction du barman.

– Vous êtes plus mufle encore que vous ne voulez le paraître ; il en vaut le triple !

Le garçon lui servit un scotch carabiné dont elle but la moitié sans eau, avant de présenter son verre au jet du siphon.

– Vous n'avez pourtant pas l'air d'un homme fauché, déclara-t-elle en m'accordant un nouveau regard plus enveloppant que les précédents.

– Je ne suis pas fauché.

– Je pense qu'il faut être drôlement raide pour espérer se refaire par un mariage...

A mon tour, je vidai mon verre. Je bois un peu de tout, mais je ne me saoule qu'au Martini. Ça remonte à mon adolescence : j'ai ramassé ma première cuite au Martini.

– Vous vous méprenez, ce que j'attends d'une femme riche, ce n'est pas sa fortune, mais seulement qu'elle ne soit pas pauvre. Je hais les pauvres. Je les trouve mesquins. Ils ne sont pas à l'échelle de la vie.

– C'est dégueulasse, ce que vous dites là.

– Je sais de quoi je parle, je suis né pauvre ; c'est une maladie dont on se remet mal. Ma convalescence n'en finit pas et je ne peux me permettre de soigner les autres. Peut-être que si je vis très vieux, un jour ça m'amusera d'offrir du caviar à une hirondelle du faubourg.

– Vous semblez guéri, pourtant, assura la femme blonde. Vous vous payez même le luxe de faire oisif...

– Si j'étais guéri, je serais capable d'évaluer votre clip, non ? Vous voyez : je suis encore plein de lacunes de ce genre...

Nous restâmes un instant silencieux, bloqués dans le retour du bar. De temps à autre, un couple de danseurs nous bousculait. Il y avait un peuple fou dans cette boîte et il y régnait une chaleur de sauna.

– Vous me faites danser ? demanda-t-elle.

– Non, j'ai horreur de ça.

– Vous êtes butor par vocation ou si c'est une attitude ?

– Les deux, probablement.

A ma demande, le barman renouvela ma consommation. C'était un garçon très brun qui ressemblait à Mariano.

La femme se mit à considérer mes mains agrippées au bar.

– Votre proposition de mariage, tout à l'heure, c'était du flan ?

– Je vous jure que non.

– Alors qu'est-ce que c'est que cette alliance, à votre main ?

– Un oubli, fis-je...

Je me mis à tirer dessus. Mes doigts avaient enflé depuis mon mariage et ma première phalange semblait d'un diamètre bien supérieur à celui de l'anneau. Je trempai mon annulaire dans mon verre et réitérai mes efforts. L'alliance passa. Je ressentis au doigt une impression de vide et de froid.

Je fis miroiter l'anneau dans la lumière de la lampe à abat-jour de parchemin posée sur le bar. Puis, me penchant par-dessus ce dernier, je jetai mon alliance par le trou d'écoulement du bac à plonge.

Je pensai au jour où j'avais acheté cette alliance chez un misérable petit bijoutier de banlieue, à ma fierté d'alors... Un instant, je crus que j'allais me mettre à pleurer, mais cela se dissipa. Ma voisine secouait doucement la tête en me dévisageant.

– C'est choquant, dit-elle enfin.

– Vous trouvez ?

– On n'a pas le droit de renier le passé de cette manière. Si on ne respecte pas son passé, il n'y a plus de présent possible !

Je soupirai :

– Mais justement : il n'y a plus de présent possible ! Vous voulez que je vous fasse un aveu ? Je suis mort !

– Ça se voit. Depuis longtemps ?

Je réfléchis.

– J'ai dû entrer dans le coma vers l'âge de sept ans ; à trente, tout était consommé.

Elle fit la moue.

– La plupart des vivants sont des morts qui s'ignorent. Il vous arrive de ressusciter ?

– Quelquefois, à partir du cinquième ou sixième Campari.

Elle désigna mon verre.

– C'est votre combien ?

– Mon troisième, il me semble.

La femme fit un geste au barman vigilant.

– Trois Martini et un whisky, Oscar ! lui dit-elle.

Il devait connaître ses fantaisies car il ne sourcilla pas et servit les verres demandés.

Ma compagne me désigna les trois consommations couleur de rubis.

– Grouillez-vous d'avaler votre élixir, j'ai horreur des morts !

Je bus les trois verres à la file. Une brusque chaleur enveloppa mes pensées et l'euphorie vint. Pas comme d'habitude pourtant. Un certain chagrin subsistait en moi, à cause de l'alliance que j'avais jetée.

– Vous êtes divorcé ? demanda-t-elle.

– Oui.

– Depuis longtemps ?

Je regardai ma montre. Elle marquait la demie de minuit. Je me livrai à un rapide calcul et laissai tomber :

– Ça fait environ treize heures.

– Ah bon, c'est pour ça...

– Quoi, pour ça ?

Mais elle s'abstint de répondre.

– Vous croyez que j'enterre ma vie d'homme marié ? insistai-je.

Elle sirota son énième whisky à petites gorgées voluptueuses. Quand elle l'eut achevé, elle laissa tomber :

– Je m'en fous, vous m'emmerdez, j'aime pas les tristes !

Cette brutale rebuffade me cloua car je la sentais sincère. Brusquement j'avais cessé de l'intéresser et elle décidait de m'oublier.

J'en éprouvai une vive mortification...

– C'est curieux, lui dis-je, pour une femme vous êtes grossière, et pourtant ça ne choque pas.

Elle sortit son tube de rouge à lèvres de son sac et à petits gestes nerveux fit jaillir de son étui le bâton biseauté.

– Les mots ne sont jamais grossiers, répondit-elle, y a que la façon de les dire. Vous croyez que les sourds-muets parviennent à mettre des intonations dans leurs gestes ?

Elle promena le rouge sur ses lèvres à la diable, pressa celles-ci pour unifier son rapide barbouillage et me décocha un sourire neuf.

– C'est comme vous, murmura-t-elle, votre muflerie n'est pas choquante. Elle n'inspire qu'une légère compassion.

On eût dit qu'elle était obligée de faire un effort pour se souvenir de moi chaque fois que nos yeux se rencontraient. Je décelais toujours dans les siens cette lueur attentive et troublée indiquant qu'une ancienne relation croisée dans la rue ne vous a pas tout à fait « remis ».

– Pourquoi de la compassion ?

– Parce qu'il y a en vous un côté pauvre type.

– On ne m'avait encore jamais dit ça, bafouillai-je.

Plus que mon interlocutrice, j'eus conscience de la pauvreté et de la sottise de ma riposte. Elle haussa les épaules.

– On finit toujours par rencontrer quelqu'un qui vous dit ce que les autres n'ont jamais osé vous dire. Quelqu'un qui se paie le luxe de ne pas être hypocrite, l'espace d'un whisky. Oscar ! Versez-moi le dernier ! Et je vous interdis de m'en servir un de plus ensuite, quand bien même je me traînerais à vos pieds.

Oscar sourit et versa le scotch.

– Vous connaissez vos limites, dis-je à la femme blonde, j'admire votre force de caractère.

D'un coup de tête, elle rejeta ses cheveux en arrière.

– Décidément, vous ne comprenez rien à rien, cher monsieur Campari. Je ne me protège pas du whisky mais de ma paresse. J'en ai marre de cet endroit, de votre conversation et de votre gueule navrée. Comme après ce verre j'en aurai besoin d'un autre, je serai bien obligée d'aller le boire ailleurs si le barman d'ici refuse de me le servir. C'est ma façon à moi d'organiser l'avenir, comprenez-vous ?

– Si c'est ma présence qui vous incommode, je peux ficher le camp ; je sais me montrer galant à l'occasion.

– Oh ! non, pas la peine : c'est foutu maintenant.

– Qu'est-ce qui est foutu ?

– L'état de grâce.

– A cause de moi ?

– Oui. Habituellement je me grise un peu. Des types m'invitent à danser. Comme vous, je n'aime pas la danse, mais le moyen de respirer de près les effluves d'un inconnu, je vous le demande ? Je marche à l'odeur, moi. La vraie sensualité commence par le nez. Enfin je suis comme ça. Et difficile, si vous saviez ! Les hommes dégagent si rarement l'odeur que j'attends d'eux. La plupart sentent le bouc ou un truc *for man* de chez Dior ou d'ailleurs. J'en ai même rencontrés qui ne sentaient rien.

– Et c'est quoi, votre idéal olfactif ?

Elle réfléchit.

– Vachement complexe...

– Essayez d'expliquer.

– Une odeur de chemise fraîchement repassée et de sueur propre. De sueur propre, vous voyez ce que je veux dire ? Ça existe.

– C'est tout ?

– Non : l'haleine a également une grande importance. Pas trop chargée en tabac ni en alcool. Aucun relent de dentifrice... Oh ! puis flûte, pourquoi je vous raconte ça ?

Elle fit claquer ses doigts.

– Oscar ! *Il conto !*

– Laissez, dis-je, je vous invite !

Elle me fouilla d'un regard méchant.

– Vous me prenez pour une entraîneuse ?

Elle arracha un gros billet de son sac. La coupure s'accrocha au fermoir et se partagea en deux.

– Ça ne fait rien, madame, dit le barman. Je n'ai pas du scotch que sur mes étagères, il y en a aussi dans le tiroir-caisse.

Sa boutade n'amusa que lui. La femme hocha la tête.

– Quelle impression ça fait d'être con, Oscar ? demanda-t-elle.

Il lissa les deux parties du billet mutilé sur l'acajou du comptoir.

– Je vous l'expliquerais bien, mais vous êtes trop intelligente pour pouvoir comprendre, répondit le garçon d'un ton neutre.

Je touchai le bras de ma compagne.

– Vous ne m'avez toujours pas expliqué pourquoi j'ai bousillé votre état de grâce.

Elle descendit de son tabouret. Je fus surpris de constater qu'elle était plus petite que je ne me l'imaginais.

– Votre monnaie, madame ! lança Oscar.

Elle parut ne pas entendre et sortit en se frayant difficilement un passage entre les danseurs.

– C'est un personnage, hein ? murmura le barman.

– Vous la connaissez ?

– De vue. Elle vient assez rarement, une ou deux fois par mois. Elle picole et se fait embarquer par un type.

Il ajouta :

– J'ai cru un instant qu'aujourd'hui ce type, ça allait être vous. Mais la carburation s'est mal faite, non ?

Je me dressai debout sur les barreaux du tabouret, comme un cavalier se hisse sur ses étriers pour dégourdir ses jambes. Me penchant au-dessus du comptoir, je présentai ma poitrine au barman.

– Qu'est-ce que je sens, Oscar ? lui demandai-je.

En homme habitué à tous les caprices de noctambules, il se mit à me flairer avec circonspection.

– Mais... rien, monsieur !

Je me laissai retomber sur mon siège.

– Voilà pourquoi ça n'a pas marché, Oscar. Comme tous les pauvres types, je suis inodore.

***

Je bus encore un verre, et je sortis, la tête lourde. La musique en folie, plus que l'alcool ingurgité, venait de me flanquer la migraine.

Il pleuvait sur Montparnasse. J'avais laissé mon imperméable dans ma voiture et celle-ci était stationnée à la je-m'en-fous-des-flics, à cinq cents mètres du bar. Je fus contrarié à cause de mon costume neuf. Je gardais de ma jeunesse pauvre le respect des beaux vêtements. Une éclaboussure de sauce sur un revers pouvait me gâcher ma soirée, et il m'était souvent arrivé de rentrer à la maison me changer simplement parce que le pli de mon pantalon n'avait pas « tenu ». Maintenant, la maison, c'était deux pièces à l'hôtel *George V*. Là-bas, ils possédaient un pressing de première et cette perspective me réconforta. « Avant », je devais faire des bassesses pour que Marcelle, notre vieille bonne, s'occupât de ma garde-robe.

Je m'arrêtai, étourdi par une âcre nostalgie. La maison... Une sarabande d'objets familiers déferla dans ma mémoire. Bien que je les eusse abandonnés depuis plus d'un an, ils me restaient curieusement habituels, mes yeux ni mes doigts ne les avaient désappris, alors que les traits de Martine s'estompaient comme sur une vieille photo exposée sur un mur ensoleillé, et que j'avais tout à fait perdu le son de sa voix.

La pluie augmentant de violence, je me réfugiai sous un porche et regardai scintiller le boulevard dont l'orage délayait les néons. La perspective de regagner le *George V* m'épouvantait. J'avais choisi de vivre à l'hôtel, pensant m'y sentir moins seul, mais en fait cet environnement anonyme s'avérait plus cruel qu'une véritable solitude.

Chaque nuit, je trichais pour retarder le moment de retrouver ma chambre et le cachet de somnifère qui finissait par me délivrer de mes phantasmes.

J'aperçus un cabaret sur ma gauche. Je décidai d'aller y prendre le dernier verre et, éventuellement, de me laisser embarquer par une fille point trop vénale.

La boîte avait un nom exotique impossible à lire car plusieurs lettres de son enseigne étaient éteintes, sa façade en stuc blafard devait dater d'au moins vingt ans. Un portier mal rasé battait la semelle dans la lumière verte qui palpitait comme un feu de Bengale soufreux au-dessus de sa tête. Il promettait d'un ton morose les plus belles danseuses noires de Paris en épluchant des marrons dans la poche de sa tunique trop ample pour lui.

En me voyant décidé à entrer, il se découvrit et me guida dans un local enfumé, d'une décevante banalité, où des couples dansaient dans la pénombre avec des mines recueillies. Je me laissai installer à une table en bordure de la piste, commandai un whisky et attendis. Bientôt une fille sortit de l'ombre et me demanda la permission de s'asseoir à mon côté. Il s'agissait d'une grande rousse prétentieuse. J'allais néanmoins accepter sa compagnie, lorsque j'aperçus la femme de tout à l'heure dans les bras d'un bellâtre de sous-préfecture qui dansait le tango comme dans les films d'avant la guerre.

– Excusez-moi, j'attends quelqu'un, dis-je à l'entraîneuse.

Sur la scène, quatre musiciens vêtus de satin besognaient leurs instruments avec des mines incitant à la pâmoison. Le tango malaxa les couples et la femme blonde disparut, happée par les danseurs. Je me mis à la guetter. Elle ne tarda pas à émerger, à reculons, refoulée, semblait-il, par son partenaire. Une piste de danse ressemble un peu à une bétonneuse qui pétrirait des corps et de la musique. Une force, tantôt centrifuge, tantôt centripète, s'empare des danseurs, les aspirant et les rejetant tour à tour, dans un mouvement de marée.

Je suivais les évolutions de ma voisine de bar et je me mis à rire de la manière dont son cavalier la faisait danser. C'était un garçon entre deux âges, brun et joufflu, au front étroit. Il lui infligeait un pas de tango immense, dans le style Groucho Marx. On eût dit qu'ils s'entraînaient pour une compétition de patinage artistique. Lorsqu'ils parvinrent à la hauteur de ma table, le bellâtre pirouetta et sa partenaire se trouva brusquement face à moi. En m'apercevant, elle se cabra et s'arracha à son partenaire.

– Vous m'avez suivie ? jeta-t-elle, mauvaise.

– Désolé de vous décevoir, le hasard seul a guidé mes pas.

Je lui désignai son danseur, lequel attendait gauchement en vacillant sous les coups d'épaules des autres couples.

– Je vous en prie, continuez, ça vaut le coup d'œil.

Elle eut un rire fatigué et vint s'asseoir en face de moi.

– Sans façon, dit-elle, cet abruti finirait par me fendre en deux à force de se prendre pour un Argentin.

Interloqué, l'autre restait les bras ballants devant nous.

– Il sentait quoi ? demandai-je en montrant le malheureux.

Elle fit la grimace.

– La brillantine de mercerie-papeterie et le déménageur.

– Bref, pas de regrets ?

– Aucun !

Le lourdaud mit ses deux poings sur la table et grommela :

– Non, mais dites donc, ça va pas, non ?

Je compris qu'il allait falloir déployer beaucoup de diplomatie pour éviter une bagarre. Les hommes simples ne plaisantent pas avec le protocole de la danse. Je n'avais pas envie de me battre et on ne peut pas se battre si l'on n'en a pas très envie.

– Excusez, vieux, lui dis-je, vous voyez bien que madame est fatiguée.

– Ah ouais ?

– De la tête aux pieds, ajoutai-je. Cherchez-en une autre. Y en a peut-être pas de plus saoules, mais il y en a sûrement de plus jolies.

Si une chose déconcerte les imbéciles, c'est bien avant tout le cynisme.

Je cueillis le menton de ma compagne dans ma main pour l'obliger à lever la tête.

– Regardez, vieux, poursuivis-je : elle a les pommettes bien trop saillantes ! Les sourcils trop fournis et le nez trop pincé. L'ensemble est flatteur, mais si on détaille un peu, on ne voit plus que ça. Et puis la coiffure laisse à désirer. Penchez-vous un peu, vous remarquez que la racine des cheveux n'est plus de la même couleur que le reste. Vous croyez tangoter avec une blonde, en fait vous n'aviez dans les bras qu'une châtaine de l'espèce la plus commune.

Il m'écoutait, abasourdi, attendant les réactions de sa partenaire. La femme ferma les yeux et abandonna sa tête qui se mit à peser lourd dans le creux de ma main.

– Je vais vous faire un aveu, ajoutai-je : c'est ma fiancée.

Il renifla et garda le nez froncé.

– Votre fiancée ?

– On doit se marier après la mort de son mari. Au fait, demandai-je à la femme blonde, il a quel âge, votre mari ?

Elle rouvrit les yeux, me sourit, et murmura :

– Cinquante-huit ans.

– J'aurais parié qu'il était bien plus âgé que vous... Vous faites épouse de vieux. Pas depuis longtemps d'ailleurs, car vous avez des restes de coquetterie intéressants, mais sans doute n'est-il pas vieux non plus depuis longtemps, hein ? Les femmes se détériorent lentement, tandis que les bonshommes flanchent d'un seul coup.

Je parlai abondamment. L'alcool. Ça coulait tout seul. Quelque chose d'aigre sortait de moi comme d'un abcès mûr. J'en voulais à cette femme d'être partie du bar sans un mot, sans un regard, tout à l'heure.

Au bout d'un instant, je m'aperçus que son danseur, écœuré, nous avait abandonnés. J'en conçus comme de la fierté. On peut toujours triompher d'un crétin en colère sans effusion de sang. Il suffit de lui démontrer qu'on est au-dessus de sa fruste vérité ; qu'on n'est pas régi par les mêmes lois morales que les siennes.

– Et pour madame, ce sera ? demanda le maître d'hôtel en smoking fripé.

– Un beau veuvage-express, répondis-je. Vous n'avez pas un tueur à gages dans la maison ?

Il rit jaune et attendit, s'efforçant à l'impassibilité. Lui aussi, tout comme notre barman précédent, savait endurer les noctambules. Il possédait l'expérience de ces solitudes désemparées qui, à partir d'une certaine heure, viennent battre les récifs des comptoirs.

– En attendant, soupirai-je, vous lui servez un triple whisky.

– Il ne tiendra pas dans le même verre, déclara l'employé, car chez nous les rations sont fortes.

– Alors commençons par un double.

– Quelle marque, monsieur ?

– Pas avec nous, protestai-je, nous sommes des gens simples. Notre palais n'est pas assez subtil pour différencier un bon whisky de celui que vous allez de toute manière nous servir.

Il écarta ses lèvres sur un nouveau sourire jaune (vraiment jaune car il avait les dents gâtées) et s'éloigna.

– Continuez ! dit ma compagne.

– Quoi donc ?

– A déconner. Je commence à vous trouver amusant. C'est vrai que vous ne m'avez pas suivie ?

– Parole d'homme ! Il flottait, j'ai voulu me mettre à l'abri. A quoi ça tient, je vous le demande ! Au respect de mon pli de pantalon. Alors, le plouc au tango, c'est tout ce que vous aviez déniché ?

– Il m'a invitée à danser d'autorité.

– Vous appelez cela danser !

– C'est toujours mieux que vous qui ne dansez pas.

– Justement, j'ai la pudeur de m'abstenir. Un type qui refuse de mal danser, moralement, c'est un homme qui danse bien.

Elle haussa les épaules et dit avec mépris :

– Vous êtes un confortable, en somme.

– C'est-à-dire ?

– Vous avez mis au point une petite philosophie chargée de justifier tout ce qu'il y a en vous de positif et de négatif. Vous êtes passé maître dans l'art de vous accommoder à la sauce flatteuse.

Elle me toisa longuement et laissa tomber :

– Pauvre con, va !

Sans attendre ma réaction, elle ajouta :

– Et surtout ne venez pas prétendre qu'on ne vous l'a jamais dit, je ne vous croirais pas.

Je me souvins qu'elle ne s'était pas fâchée quand, un moment auparavant, je l'avais criblée de sarcasmes à propos de son physique. Tout ça faisait partie d'un jeu mesquin dans lequel nous étions entrés, elle et moi, d'un commun accord.

– En effet, on m'a déjà traité de con, reconnus-je, principalement les automobilistes que ma Ferrari irrite. Pourtant je crois bien que vous êtes la première femme à vous permettre cette petite plaisanterie.

– Je ne plaisante pas, vous savez, affirma-t-elle gravement, je trouve que vous êtes un pauvre con... dans votre genre !

– Merci pour la nuance, elle change tout ; moi aussi, je me considère comme étant un pauvre con DANS MON GENRE. Cela étant admis, pourquoi ai-je rompu votre état de grâce, ce soir ? Voilà deux fois que je vous pose la question et une réponse m'honorerait.

On nous servit le double whisky. Le verre se trouvait tellement empli d'alcool que le cube de glace dépassait ses parois.

– Je vous ai apporté une bouteille de Perrier à tout hasard, prévint le maître d'hôtel.

Il se retira ; au même moment, la musique cessa et les musiciens reculèrent sur le podium pour laisser place au spectacle.

Elle s'empara de son verre. Je pensai que si elle absorbait cette quantité de scotch, elle s'écroulerait.

– A partir de combien de whiskies sombrez-vous dans le coma éthylique ?

Elle se dégagea de mon étreinte sans lâcher son verre et réussit à ne pas renverser une seule goutte du breuvage.

– Ne vous tourmentez pas. Une petite sonnette se déclenche dans ma tête lorsque j'approche la cote d'alerte.

Elle but.

– C'est tous les soirs pareil ?

Elle reposa son verre, pêcha le glaçon et le promena sur sa nuque.

– Vous rigolez ! Généralement je ne bois que de l'eau. Je ne suis pas une poivrote, vous savez. Disons que j'ai mes crises. Ça me reste de l'Afrique. Là-bas on se gave d'alcool et de piment pour s'empêcher de pourrir.

– Qu'est-ce que vous faisiez, en Afrique ?

– Fortune. Mon mari du moins.

Je compris l'origine de son parler un peu vert. Elle avait vécu une rude existence dans des lieux où le vocabulaire perd de son importance.

Des danseuses noires, aux seins nus, vinrent se trémousser sur la scène, dans la lumière pourpre des projecteurs.

– Une délicate attention de l'établissement à votre égard, plaisantai-je.

Elle se détourna pour regarder les filles.

– Des Guinéennes, affirma-t-elle.

Nous abandonnâmes le spectacle pour nous consacrer à cet instant baroque que nous vivions en nous acharnant à le rendre baroque.

– Comment vous prénommez-vous ?

– Qu'est-ce que ça peut vous foutre ?

– Simple question de commodité. Vous l'avez remarqué, je suis un confortable. En même temps que je vous parle, je pense à vous. Je vous appelle : cette dame-là ; cette fausse blonde ; cette fille aux yeux bleus ; cette ivrogne ; cette névrosée... Un prénom, c'est plus facile à manier !

– Eh bien, donnez-m'en un, fit-elle. Celui que vous voudrez.

– Pourquoi, le vôtre est inutilisable ?

– Il a déjà beaucoup servi, ça me reposerait d'en avoir un nouveau.

– D'accord ; Marie, ça vous irait ?

Elle tressaillit.

– Cherchez-en un autre, voulez-vous ?

– A cause ?

– Parce que c'est le mien.

J'éclatai de rire.

– Je suis tombé juste, vous me le jurez ?

– Des deux mains !

– Alors je garde Marie, ne vous en déplaise. Ce sera la récompense de ma perspicacité. Moi, je m'appelle...

Elle plaqua vivement sa main sur mes lèvres, si fort que j'eus immédiatement un léger goût de sang dans la bouche.

– Inutile, assura Marie, je n'ai pas besoin de votre prénom, car je ne pense pas à vous, même pendant que vous me parlez. Si je devais vous qualifier, « pauvre con » me suffirait.

Elle retira sa main.

– Je m'appelle Jean ! hurlai-je.

Toutes les têtes se tournèrent dans notre direction, y compris celles des danseuses. Le maître d'hôtel vint nous faire « chut », avec un air de pion outragé. Marie lui adressa un clin d'œil complice, histoire de le désarmer. Elle prit son verre, porta un toast muet à l'employé et but ce qui restait de whisky.

– Avant que nous nous quittions, je vais vous expliquer pour l'état de grâce. Je suis gentille, non ?

Je ne répondis rien. Je me sentais complètement ivre et très méchant. Habituellement j'avais l'ivresse lyrique, mais ce soir mes nerfs craquaient.

– Une ou deux fois par mois, j'ai ma crise... Lorsqu'elle se produit, je fiche le camp de la maison pour vadrouiller seule dans Paris. Je picole beaucoup, jusqu'au moment où je ressens un merveilleux bien-être.

– Ensuite de quoi vous levez un guignol quelconque et vous vous envoyez en l'air ?

– C'est Oscar qui vous a raconté ?

– Même un pauvre con peut deviner ça tout seul.

Elle rejeta ses cheveux en arrière et s'appliqua à dégager ses oreilles. Il suffit de peu de chose pour modifier la physionomie d'une femme. Marie devint brusquement très jolie.

– En effet, reconnut-elle, c'est bien ainsi que ça se passe. Tout à l'heure, au bar, j'étais bien, vous me plaisiez. J'aimais la manière dont vous jouiez avec la mouche...

– Bref, j'étais pratiquement l'heureux élu ?

– Ça ne tenait qu'à vous. Seulement vous avez parlé et le sortilège a cessé aussi vite que cesse la lumière quand on presse un interrupteur.

Elle se leva.

– Si bien que ça ne sera pas vous.

– Où allez-vous ? demandai-je.

– A la recherche de mon sac à main que j'ai dû laisser à la table de mon bel Argentin de banlieue.

– Attendez, on va l'envoyer prendre.

– Je préfère m'en charger moi-même. Bonsoir.

Les Noires continuaient de se trémousser. Marie partit vers le fond de la salle et je la vis s'asseoir à une table occupée par plusieurs hommes. Au bout de quelques minutes, elle se leva et quitta l'établissement en compagnie de son ex-danseur. Une bouffée de rage m'embrasa. Je fourrai deux billets de cent francs dans la main du maître d'hôtel et sortis sur les talons du couple.

Le gros brun la tenait par la taille dans un geste de tranquille possession. J'admirai, malgré ma hargne, la sûreté des brutes. Cet imbécile entraînait Marie comme un paysan tire un bestiau par sa longe. Elle lui appartenait déjà. Ils accélérèrent l'allure à cause de la pluie. Je me moquais maintenant de mon pli de pantalon. A la façon dont la jeune femme marchait, la tête rentrée dans les épaules, je sentais qu'elle était consciente de ma filature. Peut-être même le sentiment de ma présence derrière eux l'excitait-elle ? Ils obliquèrent dans le boulevard Raspail, le descendirent sur une faible distance, puis virèrent encore dans une petite voie perpendiculaire à celui-ci.

Je courus jusqu'au coin de la rue et y parvins au moment précis où ils s'engouffraient dans un hôtel dont le globe laiteux se reflétait sur le trottoir mouillé.

Ma colère tomba brusquement pour faire place à une étrange peine. Je me sentis abandonné.

2

Du pied, je fis chanter le moteur de la Ferrari. J'aimais son bruit somptueux de noble mécanique, ce ronron qui promettait la puissance. Délicatement je dégageai le bolide des deux voitures qui l'enserraient et donnai un coup d'accélérateur qui me plaqua au dossier de mon siège-baquet. Je ne me lassais pas de piloter la foudre. L'homme a en lui un besoin de projection qui lui donne toutes les témérités. Je dévalai le boulevard à cent cinquante à l'heure jusqu'à la rue de Rennes, freinai en catastrophe pour laisser sa priorité à un camion et décrivis un arc de cercle brutal qui me ramena dans la voie montante du boulevard.

Quarante secondes plus tard, je m'arrêtai devant l'hôtel, en double file. A tous les étages de l'établissement on devinait des lumières roses derrière les rideaux fermés. L'immeuble abritait une vaste fornication. J'imaginai les couples en train de s'abîmer dans chacune des chambres, me demandant laquelle de ces lumières roses éclairait les basses amours de Marie. De temps à autre, un homme et une femme arrivaient furtivement, traversant d'un élan la lumière du porche, comme s'il se fût agi d'un brasier. D'autres sortaient, tout aussi gênés, mais au bout de quelques pas leur timidité disparaissait et ils retrouvaient une allure assurée, des gestes quotidiens, une voix normale pour repartir dans la vie.

J'attendis près d'une heure, fumant un paquet de cigarettes

entier sans csser de me décrocher la nuque à regarder la façade de l'hôtel.

Enfin ils réapparurent. Le bellâtre marchait devant, avantageux. Il franchit le seuil sans même tenir la porte à Marie, laquelle lui emboîta le pas en hésitant.

Je sortis de l'auto :

– Alors, c'était bien ? les apostrophai-je.

Ils s'arrêtèrent et me firent front, depuis le trottoir. Je vis que, malgré cette heure passée dans une chambre, ils ne formaient pas un couple.

– Tiens, c'est encore le pot de colle ! fit le gros brun en s'avançant sur moi.

Il se tourna vers Marie.

– C'est un mateur, dans son genre, hein, bijou ? Si je lui pétais la gueule ?

Marie s'approcha à son tour. Je remarquai combien elle avait les yeux cernés. Son vison semblait flétri dans la clarté morose du globe.

– Oh ! fichez le camp, je vous ai assez vu, dit-elle à son partenaire.

Il sourcilla :

– Ah ! ben ça, alors...

Puis, en mâle outragé :

– Tu disais pas ça, y a un instant, hein, ma salope !

Marie baissa la tête et mit la main sur la poignée de la portière.

– Je peux monter ? demanda-t-elle.

Elle prit place dans ma voiture sans attendre mon acquiescement. Un certain désarroi se lut sur la physionomie niaise du joufflu.

– Vous voulez que je vous dise ? cracha-t-il enfin : vous êtes deux dingues, aussi bien cherchés que trouvés !

Il me tourna le dos et s'éloigna à longues enjambées, un peu comme il dansait le tango naguère.

Je repris ma place au volant et me tournai vers Marie. La

femme blonde hocha misérablement la tête, puis elle m'arracha ma cigarette des lèvres pour la fumer.

– Il a raison, soupirai-je, vous êtes une sacrée foutue salope.

Elle fit un signe affirmatif.

– La dernière des putes ! grondai-je.

Elle baissa la vitre d'un geste lent et secoua la cendre de la cigarette à l'extérieur.

– Une putain se fait payer, objecta-t-elle.

Ce fut plus fort que moi : je la giflai d'un revers de main. Le bout incandescent de la cigarette me brûla et ses dents me meurtrirent. Marie n'eut pas un gémissement, pas une protestation. Elle s'affaira pour retrouver la cigarette perdue dans les plis de son vison. Déjà une odeur de fourrure brûlée se dégageait. J'aperçus la cigarette sur la poche plaquée du manteau et la jetai dans la rue.

– Si nous allions boire le dernier ? suggéra ma compagne comme si absolument rien d'insolite ne se fût produit.

Elle ajouta :

– Ma voiture est garée devant la Coupole.

***

Des gens soupaient dans une ambiance confuse de brasserie. Des senteurs de choucroute dominaient.

– C'est pour manger ? demanda un garçon affairé.

– Non, c'est pour boire !

– Alors mettez-vous en terrasse, si vous voulez bien.

En cette saison, la terrasse était bien entendu vitrée. Nous prîmes place sous la rampe à infrarouge chargée de la chauffer. Marie écarta son manteau. Je constatai que sa robe était vilainement fripée. Elle n'avait même pas dû se dévêtir pour faire l'amour.

– A la hussarde ? fis-je en désignant la robe froissée.

– Naturellement, répondit-elle.

Près de nous, de jeunes intellectuels crasseux bâtissaient un monde nouveau, qui, à mon avis, manquait encore de hardiesse.

Une espèce de timidité nous paralysa. Nous n'osions plus nous regarder ni nous parler. J'avais l'impression déroutante qu'il venait de m'arriver quelque chose d'important. Je commandai deux scotches, mais les whiskies qu'on boit dans une brasserie n'ont rien de commun avec ceux que l'on vous sert dans les bars feutrés. Ils s'y démocratisent, deviennent de banales consommations chichement calibrées. Marie but le sien d'un trait. Lorsqu'elle reposa son verre, j'aperçus des traces de sang mêlées à celle de son rouge à lèvres ; alors je levai les yeux sur elle et je vis que sa lèvre inférieure avait éclaté. Elle était gonflée, violacée, lui composait un vilain rictus. Cependant je n'éprouvai pas le moindre remords. Je me sentais concerné par son acte : un obscur besoin de la châtier continuait de me tarauder.

– Vous n'avez pas honte ? finis-je par demander, presque timidement.

Elle sourit :

– Honte de quoi ?

– Vous me dégoûtez... Ce type niais qui vous appelait bijou et qui marchait devant vous, comme on marche devant son chien. Quelle honte !

– Je ne peux pas leur demander, en plus, d'être poètes, riposta Marie.

– Vous n'êtes qu'une truie !

– A mes heures, seulement à mes heures ; de même que vous êtes sans doute un porc aux vôtres.

Elle éleva son verre vide, comme pour m'inciter à renouveler sa consommation.

– Et de quel droit me faites-vous une scène ?

– Je ne vous fais pas de scène !

– Vous me suivez, vous me giflez, vous me traitez de truie et de salope, que vous faut-il de plus !

Le garçon passant à proximité, elle lui montra son verre et il le lui prit des mains.

– On dirait que vous liquidez des rancœurs accumulées, poursuivit-elle. Pour quelles raisons avez-vous divorcé ?

Je pensai à Martine. A la manière dont elle encourageait les hommes, d'un regard, d'un sourire, à la façon dont, ensuite, elle calmait ma jalousie d'un regard et d'un sourire presque pareils à ceux qui l'avaient provoquée. L'amour que j'avais d'elle me donnait la crédulité des grands jaloux. J'étais devenu crédule par vocation. Et puis un jour ce sortilège conjugal cessa et un dégoût, inconscient d'abord, s'insinua dans ma tendresse. Je crus, un temps, qu'il s'agissait d'une évolution normale de nos rapports, qu'un couple devait subir ces louches atteintes et les surmonter pour accomplir tout son trajet. Mais le moment arriva où la séparation me parut être aussi sacramentelle que l'union. Pourquoi l'Eglise qui se prétend étroitement humaine n'a-t-elle pas institué le sacrement de démariage ?

– Vous ne me répondez pas ? murmura ma compagne.

– Je ne VOUS répond pas, je ME réponds, excusez-moi.

Elle rafla le nouveau whisky sur le plateau du serveur qui survenait, l'avala avant que le garçon ait eu le temps de déposer le ticket de débit sur notre table.

– Madame avait soif, remarqua-t-il.

– Elle a encore soif ! dit Marie.

– Un autre scotch ? demanda l'homme en se tournant vers moi.

– Deux autres, rectifiai-je.

– Non, décréta brusquement la jeune femme, ça suffit. Je rentre.

Je payai nos consommations et nous quittâmes la terrasse surchauffée. Marie avait les joues rouges. Une croûte noirâtre et vernissée venait de se former sur sa lèvre meurtrie.

Une fois sur le trottoir, elle respira profondément.

– Je crevais de chaleur, sous cette foutue rampe électrique.

– Alors, on se quitte ?

Elle opina, referma son manteau, me tendit la main après une courte hésitation.

– Tout le monde se quitte, toujours...

Je fus surpris par la douceur de sa main. Je ne me décidai pas à la lui lâcher. Je fixai le fronton d'un cinéma, en face, où s'étalait la photographie monstrueusement agrandie d'un acteur américain dont je ne me rappelais plus le nom.

– On va se revoir ? insistai-je, certain déjà de sa réponse.

– Oh ! non, dit-elle précipitamment.

– Pourquoi ?

– Voyons, vous sentez bien que ça n'est pas possible !

Elle sortit ses clés de voiture de la poche de son manteau.

– Curieuse soirée, ajouta-t-elle en retirant sa main de la mienne.

Après quoi elle monta dans une Austin 1100 blanche stationnée au beau milieu du passage clouté. Elle manœuvra avec brusquerie pour la décoller du trottoir. Ce fut au moment précis où, dégagée, elle démarrait sur le boulevard qu'il y eut cette sorte d'explosion terrible en moi. Tout mon individu fut secoué par un cri immense, profond comme un cri de terreur.

– Marie !

L'auto filait déjà. Je m'élançai derrière elle. La conductrice ne s'aperçut pas tout de suite de ma galopade car les femmes ne regardent généralement dans leur rétroviseur que pour recharger leur rouge à lèvres. Mais elle dut ralentir au carrefour et dans un rush insensé je parvins à la rejoindre. Mon poing s'abattit sur le toit carré de la voiture. Elle freina sec et entrouvrit sa portière pour voir ce qui se passait. Haletant, je me laissai tomber à genoux sur la chaussée mouillée. J'enfouis mon visage dans les plis de son manteau, et j'éclatai en sanglots comme un gosse. Les voitures qui suivaient celle de Marie klaxonnèrent, puis la contournèrent. Sa main douce se posa sur ma nuque, la massant doucement.

– Je sais, murmura-t-elle, je sais...

Elle s'inclina et posa sa bouche sur mon cou.

– Allons, relevez-vous : on nous regarde !

Hébété, je me redressai. A la lumière du plafonnier, je m'aperçus qu'elle avait quitté ses souliers pour conduire. Je voyais distinctement son pied à travers les mailles fragiles du bas à peine teinté.

Marie me refoula d'une main ferme. Lorsque je fus suffisamment écarté de sa voiture elle claqua sa portière. Avant de redémarrer elle baissa la vitre de son côté, passa son étonnant visage à l'extérieur et me tendit un sourire pitoyable.

– Je vais vous faire un aveu, balbutia-t-elle : tu sens bon !

Elle exécuta un départ foudroyant et je restai planté au milieu du boulevard, devant une alignée de gens surpris qui me regardaient.

Je me sentais nu et pétrifié comme un arbre mort.

3

Un confus sentiment de honte hanta mon sommeil. Lorsque le valet de chambre m'apporta mon petit déjeuner, à huit heures, comme chaque matin, et qu'il ouvrit les rideaux de ma chambre, la lumière du jour me déclencha un violent mal de tête.

Depuis mon enfance je traîne derrière moi un chapelet de moments honteux qui s'allonge au fil des ans. Les instants où je fus ridicule, vil, méchant ou lâche restent plantés dans ma mémoire comme des récifs que le flot de ma vie ne parvient pas à attaquer. Ils sont les piédestaux de ma modestie. Grâce à eux mes succès ne m'ont jamais grisé.

Dans la clarté bleuâtre de la chambre, je sus que mon aventure de la nuit venait de prendre place dans la laide cohorte des souvenirs maudits. J'aurais beau essayer de l'extirper de moi, rien ne pourrait faire qu'elle n'ait pas été. Désormais, elle altérerait un peu plus la maussade idée que je me faisais de moi-même.

– Monsieur a mal dormi ? observa Paul en installant le plateau sur mes genoux.

– Quel temps fait-il ? éludai-je.

– Couci-couça, monsieur. Mars, c'est mars, que voulez-vous...

J'admirai la tranquillité de l'employé ; sa sereine vision des choses.

– C'est vrai, reconnus-je : mars, c'est mars, Paul.

Il se retira.

Je bus, coup sur coup, mon jus d'orange et ma tasse de café noir. Des ondes douloureuses continuaient de déferler dans ma tête, mais je savais qu'une longue douche froide finirait par les espacer et qu'après un léger whisky noyé d'eau gazeuse je serais paradoxalement guéri de mes excès. Un lent balancement intérieur sapait mon énergie. Mon regard tomba sur ma chemise de la veille, soigneusement accrochée à un dossier de chaise, bien que je ne remette jamais deux jours de suite la même chemise. Une petite tache de sang fleurissait le col. Elle provenait du baiser de Marie. Je m'efforçai de dissiper l'émotion qui me gagnait. Je n'allais tout de même pas me laisser envahir par le souvenir de cette névrosée...

Le téléphone sonna. Il s'agissait de Barnaque, le réalisateur chez qui je travaillais depuis quelque temps sur un nouveau film.

– Je ne vous réveille pas, Jean ?

– J'ai déjà pris mon petit déjeuner.

– C'est simplement pour vous dire que Marcé veut nous voir pour parler du scénario.

– Parler du scénario signifie le discuter. Il y a un os ?

– Il ne m'a pas dit, vous savez combien il est laconique parfois ?

– Oui, quand ça va mal, grommelai-je. Alors, programme ?

– Comme on est samedi, il nous attend à sa campagne.

– A quelle heure ?

– Le plus tôt possible, on bouffera là-bas.

– C'est la grande séance décidément !

Barnaque eut un rire inquiet et raccrocha. J'étais mortifié parce que Marcé avait chargé Barnaque de me prévenir au lieu de me téléphoner personnellement. Pour qui le connaissait, cela voulait dire que j'allais porter le chapeau.

***

Le portail blanc de la « Commanderie » était grand ouvert et j'aperçus la grosse Jaguar de Barnaque sur le terre-plein réservé aux voitures des visiteurs.

Un vieux jardinier remuait la terre d'un massif sous la petite pluie oblique qui noyait la campagne. Je stoppai et me mis à la recherche de mon scénario. Il avait glissé du siège voisin et gisait sur le plancher de l'auto. En le ramassant, je sentis le contact d'un objet mou, je découvris alors un sac à main de daim noir que je reconnus aussitôt pour être celui de Marie. Elle l'avait oublié dans ma voiture, la veille.

Je fus surpris par la violence de mon émotion. Mon cœur se mit à cogner anormalement tandis qu'un court instant ma vue se brouillait. Cet objet noir, doux sous mes doigts comme la main de la jeune femme, m'intimidait; en même temps il me causait une allégresse qui ressemblait à du bonheur. D'un geste fébrile j'actionnai le fermoir d'or pour procéder à l'inventaire du réticule. Il contenait un tube de rouge à lèvres, un poudrier, un trousseau de clés, une liasse de billets de banque et un petit étui de cuir renfermant les papiers de voiture et le permis de conduire de Marie.

En fait, elle ne se prénommait pas Marie, mais Danièle. Son mensonge me blessa comme une insulte.

Danièle Carbon. Nom de jeune fille : *Derny. A* la rubrique « domicile », je lus : « *Les Étangs, Montfort-l'Amaury.* »

L'ironie du hasard voulait que je découvre son sac à quelques kilomètres seulement de chez elle.

Un double bruit de pas sur le gravier de l'esplanade : Barnaque et Marcé venaient à mon avance. Le producteur portait un vieil imperméable troué et des galoches. Il fumait son éternelle pipe et il avait son regard des mauvais jours.

– Eh bien, qu'est-ce qui vous arrive, vieux ? Vous ne parvenez pas à ouvrir votre portière ?

Personne ne pouvait se montrer plus drôle ni plus gentil que Marcé lorsqu'il était de bonne humeur et personne n'était capable autant que lui de vous accabler de bienveillantes aigreurs quand il traversait une période de maussaderie. Il devenait alors cinglant, sans pour autant se départir de sa politesse nonchalante. Il avait le genre anglais, ne l'ignorait pas et le cultivait. Pour rien au monde, il ne vous aurait reçu à sa campagne – lui si strict dans sa mise à Paris – autrement qu'en pantalon de velours et pull-over ravaudé.

– Je ne retrouvais plus mon script, bafouillai-je en fourrant le sac à main à l'arrière de la voiture.

Nous échangeâmes des poignées de main. Le regard aigu de Barnaque m'avertit que « ça bardait ».

– Vous avez une foutue mine, Jean, déclara Marcé en rallumant sa pipe.

Nous remontâmes en silence l'allée conduisant à la vieille demeure style Ile-de-France. Une saine odeur de campagne mouillée parfumait cette matinée grise.

– Beaucoup de monde sur l'autoroute ?

– Pas mal, merci.

– Avec les futurs beaux jours, on va retrouver les sauve-qui-peut du samedi, soupira Marcé en s'effaçant pour nous laisser entrer.

Un feu de cheminée craquait joyeusement, projetant des lueurs dansantes sur les meubles anciens. La vieille chienne des Marcé somnolait devant l'âtre. D'ordinaire, j'aimais venir à la « Commanderie » où régnait une ambiance douillette. Yves Marcé et sa femme avaient su y recréer une atmosphère de demeure familiale ; en pénétrant chez eux, on éprouvait la rassurante impression que des générations de Marcé vous attendaient. Ce matin-là, pourtant, la maison ne m'émut pas. Pis : elle me parut hostile.

Une servante archaïque et dodue nous débarrassa de nos imperméables et nous nous assîmes autour de la cheminée dans laquelle notre hôte plaça avec amour une nouvelle bûche.

– Un petit café ? proposa le producteur.

– Non, merci.

– Il est trop tôt pour le whisky, décréta-t-il.

Il frotta ses mains pour les débarrasser de la poussière de bois.

– Bon, fit-il, on attaque ?

Barnaque se mit à regarder le jardin par la porte-fenêtre. Mon angoisse monta d'un cran. Un certain radoucissement, dans l'attitude de Marcé, me fit comprendre que j'allais souffrir. Mais je me moquais du scénario. Je ne pensais qu'au sac à main dans ma voiture.

– On se dit tout, n'est-ce pas, Jean ?

Charmante formule. Lui disait toujours tout aux autres mais les autres ne lui disaient jamais rien que d'agréable. Marcé aimait cette formule ; il affirmait qu'on ne pouvait rien produire de valable dans ce putain de métier sans une franchise réciproque.

– C'est si grave que ça ?

Il haussa les épaules.

– N'exagérons rien.

Il me prit mon scénario des mains, le feuilleta à toute allure, comme on actionnait jadis ces albums chargés de reconstituer le mouvement cinématographique, puis il le jeta sur le canapé.

– Il y a de bonnes choses, assura-t-il, de très bonnes choses même, seulement ça manque de rythme...

– Mais la dernière fois, vous disiez...

Il sourcilla et déclara sans ôter sa pipe de sa bouche, ce qui l'obligeait à parler les dents serrées :

– Justement ! La dernière fois, l'histoire était traitée en vingt-cinq pages et me passionnait. Je viens de la lire sur quatre-vingts et elle m'emmerde, il doit y avoir une raison, non ?

– Attention, il manque les dialogues, objecta mollement Barnaque.

Marcé tapota sa pipe contre une brique de la cheminée.

– Avec les dialogues, je m'emmerderai sur cent cinquante pages, et vous le savez très bien.

Je l'écoutais comme si tout cela ne me concernait pas ; comme s'il s'agissait d'une conversation surprise à une terrasse de café.

– Je voudrais vous poser une question, reprit le producteur.

Il s'adressait à nous deux :

– Est-ce que ce machin-là vous plaît ?

La veille encore, « ce machin-là » nous plaisait même beaucoup car il existe un envoûtement de la création qui vous pousse à l'indulgence, voire à l'enthousiasme. Deux cinéastes travaillant à un sujet sont vite persuadés d'œuvrer dans le génie.

Je promenai mes doigts sur mon manuscrit. Chez Marcé je comprenais combien il était creux, boiteux, sans âme. Je prenais du recul, me regardais mettre en phrases nos notes quotidiennes dans ma chambre d'hôtel, sur une machine à écrire déglinguée dont personne, hormis moi, n'aurait pu se servir. Nos idées étaient sans doute valables, seulement je les avais exprimées sans chaleur, dans un style « rapport de gendarme ».

Le grand Barnaque, avec ses sourcils broussailleux et ses mâchoires saillantes, devait m'en vouloir horriblement. La minute de vérité étant arrivée, il découvrait ma responsabilité et faisait de louables efforts pour endosser sa part de sarcasmes. Son amitié pour moi le poussait au sacrifice ; pourtant, quelque chose de flou dans son attitude, de fuyant dans son regard laissait transpercer un vague désaveu.

– Ce n'est pas définitif, dis-je sans la moindre fougue.

– Heureusement, lâcha Marcé.

Il bourra sa pipe, agitant ses doigts à l'intérieur de la grande blague brune avec une virtuosité de pianiste.

– Vous ne m'avez pas répondu, reprit-il en nous dévisageant froidement, ça vous plaît ou pas ?

– Brusquement, je viens de comprendre que nous faisions fausse route, admis-je.

Mon *mea-culpa,* au lieu de l'apaiser, provoqua chez lui une émission de bile.

– Et comment ! Tout est faux, archifaux : les personnages, les situations. Ces gens n'ont pas l'air de croire à ce qui leur arrive. Quant à Agnès, excusez-moi, mon petit vieux, mais j'ai quelque habitude de ce genre de fille, et je peux vous dire qu'elle cède un peu trop vite à Roland. Vous en faites une Marie-couche-toi-là, or c'est un personnage beaucoup plus ambigu...

Il continua de parler. Je ne l'écoutais plus.

Marie-couche-toi-là ! Je revivais ma soirée de la veille. Ma ridicule faction devant l'hôtel. La pluie sur le pare-brise trop incliné de ma Ferrari (lorsque je roulais rapidement, l'eau remontait la vitre, semblant ainsi couler à l'envers). Et ensuite ma gifle, sa lèvre fendue, ma course derrière son Austin. Je me vis, agenouillé en plein boulevard, comme avaient dû me voir les badauds.

Lorsque j'émergeai de mon évocation, Marcé ne parlait plus. Barnaque et lui me regardaient comme on guette l'éveil d'un opéré.

Je les dévisageai avec égarement.

– Où diable étiez-vous ? bougonna Barnaque.

– Excusez-moi, j'étais resté en panne, plaisantai-je. Je ne suis pas d'accord avec vous, Yves.

– A propos de quoi ?

– D'Agnès. Une femme peut très bien s'offrir brutalement sans pour cela être une catin.

L'insistance de leurs regards conjugués me fit rougir. Je me levai pour surmonter ma confusion. A travers les petits carreaux de la fenêtre j'aperçus ma voiture, à l'autre extrémité du parc. La pluie venait de cesser. Des oiseaux chantaient dans les feuillages ruisselants. Une grande déchirure lumineuse creusait le ciel. Je me dis que Marie (ou plutôt

Danièle) n'était qu'à quelques minutes de là. Qu'elle regardait peut-être au même instant cette éclaircie couleur d'écume, et j'en éprouvai un trouble indicible.

Je revins aux deux hommes attentifs à mes faits et gestes. Mon comportement les déconcertait.

– Ecoutez, Yves, déclarai-je, je crois que je me suis effectivement écarté du sujet. Il arrive à tous les auteurs de merdoyer, n'est-ce pas ? On est là à s'embaumer dans son histoire ; le manque de recul vous fait dérailler.

Marcé acquiesça.

– Je ne sais pas si Edmond est de mon avis, mais je pense que nous devrions nous accorder un petit temps mort de quelques jours afin de laisser se refroidir la chaudière. Ensuite nous y verrions plus clair.

Le producteur prit une mine boudeuse.

– Les Italiens arrivent la semaine prochaine pour discuter de la coproduction, il faut bien que je leur fasse lire quelque chose, non ?

– Donnez-leur le traitement sur vingt-cinq pages !

– Ils l'ont lu, c'est d'ailleurs ce qui les a accrochés. Ils ont dit qu'ils s'engageraient définitivement à la continuité. Si je leur donne « ça »...

Il saisit mon manuscrit entre le pouce et l'index comme on porte à la poubelle un papier souillé.

– Si je leur donne ça, Jean, ils vont se sauver à Rome en courant.

– Bon, alors laissez-moi au moins la journée. Demain nous reprendrons le collier, Edmond et moi, mais aujourd'hui, il faut que je rentre en moi-même. Vous comprenez, la situation est nouvelle. Hier encore nous pensions que tout baignait dans l'huile et ce matin vous nous apprenez qu'on s'est foutu le doigt dans l'œil, ça mérite une petite retraite, non ?

Marcé voulut bien l'admettre, mais aussitôt il ajouta :

– Voilà ce que je vous propose. On va passer tout ça au

crible aujourd'hui, définir ce qui est sauvable. Demain vous vous relaxez, et lundi...

– Non !

Il se tut. Ses mâchoires se crispèrent et sa pipe tangua un instant. Son regard s'éteignit ; il n'y eut plus sur son visage aristocratique qu'un froid dédain. Il détestait qu'on lui résiste. En dehors de la question travail, il était également déçu par mon lâchage. Il aimait prolonger à la « Commanderie » ses activités professionnelles, jouer au producteur-paysan-pour-rire. Il faisait lui-même la cuisine, affublé de tabliers-gadgets que des acteurs lui rapportaient des Etats-Unis et servait à la ronde de grandes rasades de vin rouge en prenant l'accent berrichon.

– Comme vous voudrez, Jean. Mais c'est dommage !

Derrière la fumée de sa pipe, le « c'est dommage » sonnait comme une menace.

– Vous restez, Edmond ? demanda-t-il au metteur en scène.

– Naturellement ! s'empressa Barnaque.

Il m'adressa une œillade hautement réprobatrice. Elle constituait une espèce de lâchage. Edmond se désolidarisait de moi. Je faillis me raviser. Partir à cet instant constituait une sombre idiotie. Les absents ont toujours tort, principalement dans une profession aussi fumeuse que la mienne. Je me connaissais, je savais qu'en restant et en les écoutant disséquer notre scénario je me prendrais au jeu. Stimulée par la discussion, mon imagination se mettrait vite à caracoler. Dans ce domaine, j'étais le gars à prouesses. Plusieurs fois, des producteurs m'ayant téléphoné pour me demander si je disposais d'un sujet, j'avais répondu par l'affirmative et m'étais présenté dans leurs bureaux sans savoir ce que j'allais leur raconter.

Je démarrais par un prudent :

– « J'ai un sujet sensass, tout dépend du genre de film que vous souhaitez faire... »

« – On aimerait un truc d'action, policier peut-être, c'est pour l'ancien assistant d'Untel à qui nous allons confier sa première réalisation. Vous savez que c'est lui qui, pratiquement, fait les films d'Untel, néanmoins, nous voulons limiter les risques. »

La plaie de ce milieu, c'est qu'on y fait toujours courir des bruits désobligeants sur les gens réputés.

J'avais le chic pour m'exclamer :

« – Ça tombe au poil, mon sujet est justement policier. »

Je plongeais alors dans un état second, proche de l'hypnose. Ça se déclenchait tout seul dans mon esprit. Des images défilaient. Un type marchait sur la grève. Je le décrivais. J'imitais le bruit des flots, les cris des mouettes. Un homme embusqué dans une cabine de bain, avec un fusil à lunette... Une heure plus tard, les producteurs me demandaient de mettre tout ça « noir sur blanc » mais de le condenser en un minimum de pages. « Car vous savez combien les distributeurs sont paresseux quand il s'agit de lire ? »

Oui, j'aurais dû rester. J'aime mon métier et je le trahissais en m'en allant. Quand je pris congé, leurs mains étaient sèches, leur « au revoir » bref. Ils ne me raccompagnèrent pas. Je gardai le dos rond jusqu'à ma voiture. Pourtant, une fois que j'eus franchi le portail de la « Commanderie » une immense exaltation s'empara de moi. Cela me rappela le jour où j'avais quitté Martine, avec pour bagages ma machine à écrire et mon carnet d'adresses.

Par-delà l'âcre peine qui me poignait, une sauvage allégresse gonflait mon âme comme une voile. L'arrachement avait été sinistre, impitoyable, un peu honteux par certain côté. Et pourtant je chantais à tue-tête au volant de mon auto.

Jamais un révolutionnaire ne chanta plus fort sa foi en la liberté.

Je pris la route de Montfort et me mis à chanter.

L'odeur des haies me chavirait.

4

Les Étangs! Ce nom faisait présager une noble demeure d'Ile-de-France, nichée dans un creux de vallon. J'imaginais des murs de pierre, un toit pentu, des portes-fenêtres, une terrasse pavée au milieu de laquelle devait subsister un vieux puits ; aussi fus-je terriblement choqué en découvrant une infâme bâtisse cubique, d'un mauvais goût provocant. C'était le genre de construction qui profane un paysage et fait la honte des voisins. Les propriétaires environnants devaient se référer à elle pour situer leurs propres maisons. « Vous prenez le premier chemin sur la gauche après l'horrible chose qui ressemble à une clinique tunisienne. »

Car cette habitation était, ici, saugrenue avant tout. Peut-être ne m'aurait-elle pas fait sursauter si elle se fût trouvée parmi les pins parasols de la Côte d'Azur ; ici elle hurlait de tout son cubisme plâtreux, de toutes ses fenêtres peintes en rouge.

Son nom courait en vermicelle de fer forgé sur le mur d'enceinte sommé de tuiles romaines, immense comme le « Défense d'afficher » rébarbatif qui souille certaines maisons bien plus qu'une affiche.

Un vaste jardin bien léché l'entourait. D'immondes animaux en porcelaine transformaient les pelouses en un parc zoologique pour Musée Grévin. Je me dis qu'il fallait un fameux potentiel de mauvais goût pour accumuler tant d'horreurs sur une si faible superficie.

Au fond de la propriété, se dressait un vaste bâtiment dont le toit en arc de cercle était entièrement vitré. Il ressemblait à une usine, à une serre ou bien encore à une immense volière. Je n'eus pas le temps de me demander à quel usage on avait destiné cette seconde aberration, car un énorme chien danois se jeta en grondant contre le portail de bois. Il le dépassait de la tête. Ses yeux rouges flamboyaient. J'hésitai à sonner, non pas certes par peur du molosse, mais parce que je n'en avais plus la moindre envie. La veille, Danièle (je ne parvenais pas à me faire à ce prénom) prétendait que j'avais sabordé son état de grâce en début de soirée. Le mien venait à son tour de cesser net, comme cesse la musique lorsqu'on soulève le bras de l'électrophone. Il avait suffi de cette maison de B.O.F. délirant pour balayer l'intense nostalgie qui me taraudait depuis mon réveil. Le gros danois avait l'air aussi stupide que la propriété de ses maîtres. Le sac sous le bras, je m'approchai de la sonnette lumineuse et l'actionnai. Une minute plus tôt j'aspirais à revoir Danièle, maintenant je redoutais qu'elle ne se montre. Je ne perçus pas le timbre, mais très vite une domestique parut à la porte de service. Une jeune mulâtresse dont une blouse à rayures bleues et blanches soulignait les formes agréables et rehaussait le teint. Elle s'approcha en ondulant de la croupe, d'un geste souverain elle calma les grondements du danois avant de m'adresser un éclatant sourire.

– Monsieur ?

Je lui tendis le sac à main.

– J'ai trouvé ce sac, je crois qu'il appartient à la propriétaire de cette maison ?

– Oh ! oui, c'est le sac de Madame.

Elle parut contente, comme si je restituais un objet qui lui soit personnel.

– Il était où ? demanda la soubrette.

J'avais déjà préparé la réponse.

– Dans la rue.

– A Paris ?

Elle prononçait les « r », contrairement à la plupart des gens de couleur, les accentuait même, par coquetterie.

– Oui, à Paris.

Comme j'attendais, de nouveau aux prises avec mon indécision, la pensée que peut-être j'espérais quelque récompense l'effleura.

– Madame, elle dort encore, vous voudriez voir Monsieur ?

– Ce n'est pas la peine.

– Mais si, le voilà justement qui sort de sa piscine.

Elle tendit le bras en direction de la bâtisse au toit de verre. Ainsi donc, il s'agissait d'une piscine couverte ?

Un singulier personnage venait d'apparaître. Corpulent, très grand, le poil blanc, il portait un énorme pardessus à carreaux et une serviette en tissu-éponge verte en guise de cache-nez. Il avait les jambes nues et marchait avec des béquilles. Une saisissante apparition en vérité, que mon imagination féconde n'aurait pas inventée. Cet homme m'effraya.

– Je suis très pressé, excusez-moi.

Je remontai en voiture et fis un démarrage forcené. L'incident du sac causerait peut-être des ennuis à Danièle ; sans doute aurait-il mieux valu que je le lui restituasse discrètement, mais un certain cynisme me poussait à ricaner de cette perspective. Que la fausse Marie se débrouille. D'après ce que je connaissais de sa conduite, son monstrueux époux était sans doute très sot ou très tolérant. Elle devait savoir lui mentir brillamment.

***

Ce fut une journée grise. Pour un homme seul et désœuvré, les week-ends constituent des épreuves intolérables. Je regrettais la « Commanderie » avec sa bonne cheminée fumeuse, la vieille chienne assoupie et les badins sarcasmes d'Yves Marcé. Chez lui, la mauvaise humeur ne durait jamais très longtemps. Travailler m'aurait calmé les nerfs. Ce sot état de disponibilité dans lequel je m'étais fourré me pesait.

Vers midi je bus deux Martini au bar du *Fouquet's*. Ils ne firent qu'accroître mes remords mais me rendirent assez veule pour me faire téléphoner au producteur. La voix maladroite de la vieille servante rurale me répondit. Elle me dit que Monsieur travaillait et qu'on ne pouvait pas le déranger.

– Dites-lui que c'est Jean Debise !

Elle me fit répéter mon nom à deux reprises et j'en fus ulcéré. Je ne tire pas vanité de mon nom, par contre je n'aime pas que certains de mes compatriotes l'ignorent encore. Lorsqu'on compte parmi les trois ou quatre meilleurs adaptateurs-dialoguistes de France, on doit être dispensé des tracasseries de l'anonymat. La servante me pria d'attendre et j'eus Marcé au bout du fil. Son ton m'indiqua que les travaux de replâtrage ne devaient pas avancer très vite.

– Oui ? demanda-t-il sèchement.

– C'est Jean.

– Oui, alors ?

Je faillis raccrocher. C'eût été la fin de nos relations.

– Comment ça marche ? bredouillai-je d'une voix peu cocardière.

– Ça va.

– Ecoutez, Yves, je voudrais que vous m'excusiez pour tout à l'heure, en ce moment je... j'ai de graves ennuis.

Marcé se radoucit immédiatement car c'était un garçon charitable. Il avait suivi ma déconfiture matrimoniale avec d'autant plus d'intérêt qu'il appréciait beaucoup mon ex-femme. En général, les gens de mon entourage ne s'étaient pas formalisés ; au contraire, dès que j'eus franchi le point de non-retour, la plupart d'entre eux m'assuraient que j'avais eu raison de lâcher Martine.

– Quels ennuis, Jean ?

En virtuose des scénarios-express, je lâchai :

– Hier, j'ai reçu la notification de mon jugement de divorce, Yves.

Je ne pouvais rien trouver de mieux pour l'amadouer. Il y eut un court silence et il murmura :

– Oui, je comprends. Il fallait le dire.

Je m'installai dans la situation.

– Dire quoi, Yves ?... Hier je me suis saoulé la gueule, assez honteusement.

– Pourquoi n'êtes-vous pas resté avec nous ?

– Je ne me sentais pas en état de travailler. J'ai un coup de flou, quoi, ça passera.

J'espérais qu'il allait me proposer de les rejoindre, il eut la réaction inverse.

– Je comprends, Jean. Dans ce cas-là on a besoin de s'isoler. Ne vous tracassez pas, mon petit vieux, vous donnerez un coup de collier plus tard, je téléphonerai à mes Ritals de remettre leur voyage.

Je le remerciai piteusement. Quand il eut raccroché je lançai un « merde » retentissant qui fit glousser une jeune femme dans la cabine contiguë. Marcé devait raconter ma crise de conscience à Barnaque en préparant ses grillades.

– Ça ne va pas, monsieur Debise ? me demanda René, le standardiste.

J'étudiai sa question. Au fait, pourquoi cela n'allait-il pas ? A cause de cette petite nymphomane ou à cause de mon divorce ? A moins que cela ne provienne de mon manque d'ardeur au travail ? Ou de ma solitude à l'hôtel ? Sans compter mes libations exagérées... Bref, ça résultait d'un ensemble.

– Je me fais ch..., René !

Il sourit, cligna de l'œil.

– Dans ces cas-là, il ne faut pas rester seul, monsieur Debise.

Je lui rendis son sourire.

– Vous avez raison, demandez-moi Gravelle.

Il possédait une mémoire stupéfiante. Dès qu'un habitué lui réclamait trois ou quatre fois la même communication, il suffisait ensuite de lui annoncer le Central pour qu'il compose dès lors tout le numéro.

Geneviève me répondit entre deux bâillements qui vous donnaient envie de retourner vous coucher.

– Tiens, l'oiseau rare, fit-elle, qu'est-ce que tu deviens ?

– Je vais bientôt te mettre sur un coup, l'attaquai-je.

– Je connais ta chanson : tu m'auras mise sur un canapé avant, en bécasse que je suis.

Elle était starlette et se donnait généreusement à tous les hommes susceptibles de lui décrocher un rôle. Dans mon clan, elle servait d'extra. Jusque-là, malgré sa bonne volonté, sa carrière cinématographique n'allait pas au-delà d'une modeste figuration.

– Cette fois il s'agit d'un truc intéressant, mentis-je.

– J'aurai plus de dix secondes de présence à l'écran ?

– Tais-toi, c'est presque un second rôle. Il faut qu'on en discute.

– Dans ta chambre, naturellement ?

– On y est tranquilles, non ?

Elle hésita, mais mollement, cela se devinait à la qualité de son silence.

– Je devais aller « au coiffeur » à deux heures. Si j'y vais pas aujourd'hui, demain ce sera dimanche, et après-demain lundi.

– Quand bien même tu irais te faire friser, ma belle, rien ne pourrait empêcher que ce soit dimanche demain et lundi après-demain. Viens décoiffée, je hais les femmes sophistiquées.

Je raccrochai pour couper court à ses ultimes et inutiles objections. Geneviève aurait eu un rendez-vous à l'Elysée, le premier perchman venu était capable de le lui faire annuler.

Elle vint me rejoindre au *George V* une heure plus tard. Je l'attendais, en robe de chambre, devant une table roulante chichement garnie de caviar, de vodka et de poulet froid marbré de truffes.

Geneviève était une petite boulotte agréable avec un visage marrant, une mise toujours soignée et une conversation moins bête que son personnage.

– Mince ! s'exclama-t-elle en louchant sur les mets de choix, tu vas me proposer de jouer *la Dame aux Camélias !* Je me déloque tout de suite ?

Son tailleur Chanel, dans les tons de vert, s'harmonisait très bien avec sa chevelure roux vénitien.

– Non, reste habillée.

Elle haussa un sourcil.

– Toute la journée ?

– Oui !

Geneviève lissa doucement les revers de son deux-pièces.

– Dis, tu permets : il est flambant neuf et avec le prix que je l'ai payé j'aurais pu acheter au moins dix lignes d'un de tes scénarios !

– Je le dorloterai !

– Tu parles ! Toi, quand tu t'envoles, on a l'impression que tu joues « Typhon sur Nagasaki ». Qu'est-ce qui te prend de vouloir me faire ça habillée ?

Je ne répondis pas. Je revoyais la robe fripée de Danièle à la terrasse de la brasserie. Je retrouvais son odeur, pour la première fois de la journée. Une odeur extraordinairement sensuelle.

Nous déjeunâmes et je bus une forte quantité de vodka. J'avais les oreilles rouges en quittant la table.

– T'es pas causant, déplora Geneviève. Je te trouve tout chose aujourd'hui.

– C'est vrai, en ce moment j'ai une certaine difficulté d'être.

– Tu veux que je te dise ? Ça vient du foie. Tas le blanc

des yeux jaune comme un vieux bourrin. Tu sais que ça existe, le vichy, et que c'est pas mauvais à boire ? Bon, si tu me parlais de ce rôle ?

J'eus un geste évasif.

– Rien ne presse...

– D'autant plus qu'il est pas encore écrit, hein ? ajouta-t-elle amèrement. Toujours des salades, des promesses-bidon. On dirait que ça vous amuse, les hommes, d'être dégueulasses. Si tu as envie de moi, c'est pas la peine de m'appâter avec des bobards, je sais me contenter de caviar.

J'eus honte. Je lui pris la taille. Un grand élan de sincérité m'anima. Il ne durerait pas, mais il était sincère. Dans la foulée, je croyais toujours pouvoir réaliser les promesses que m'arrachaient les acteurs.

– En voilà des façons de m'engueuler, puisque je te dis que tu vas avoir un rôle. Très chouette, même !

– Un rôle de quoi ?

Je fis par la pensée une rapide exploration du scénario en cours.

– De sœur, dis-je.

Ça la fit rire.

– Je vais être marrante avec une cornette, ma bigote de mère sera folle de joie.

– Crétine, il n'est pas question de religieuse ! Tu seras la sœur du héros.

– Ah ! bon, et ça consistera en quoi ?

– Il a un gros chagrin, il veut se buter, tu comprends ses funestes intentions et tu l'en empêches.

– En coupant le gaz ? Comme c'est Barnaque qui réalise ça va se traduire par un gros plan de ma main sur le robinet ; je connais sa théorie : faire parler l'objet !

– Tu veux bien me laisser t'expliquer au lieu de faire de l'esprit ?

Elle battit des cils.

– *Go*, homme ! Mais si tu permets je vais tomber la veste

car la chaleur communicative des banquets me grimpe au bocal.

Elle ajouta en ponctuant d'un clin d'œil polisson :

– T'inquiète pas, je la remettrai pour. Alors, mon rôle de frangine vigilante ?

– Le gars tourne en rond dans sa chambre... Comme moi en ce moment... Il est dévasté par une bonne femme rencontrée au cours d'une virée nocturne. Il s'en rend compte par instants, surtout lorsqu'il en a un coup dans l'aile. Cette rencontre vient de chambouler bêtement sa vie. C'est comme un maléfice, un sortilège, tu suis ?

– Ouais ! c'est pas mal. Ensuite ?

– Quand il étudie son cas, il le trouve idiot. Quand il juge la dame en question, il l'estime névrosée, et pourtant il a besoin d'elle. C'est valable, non ?

– Tout dépend comment tu leur feras gober ça.

Naturellement, ce n'était pas le scénario que je lui racontais, depuis un instant, mais ma propre aventure. Manière indirecte de faire des confidences, de tester mes sentiments.

– Parce que tu trouves ça un peu louftingue ? m'inquiétai-je.

Geneviève s'assit sur le bord du lit et envoya promener ses chaussures à l'autre bout de la chambre.

– Evidemment, mais c'est du cinoche, après tout. Faut bien leur raconter des trucs abracadabrants pour les distraire, sinon ils resteraient devant leur télé...

Comme je me taisais, elle soupira :

– Ben, continue, tu m'intéresses !

– C'est un état d'âme, tu comprends.

– C'est enregistré. Mais faut des rebondissements, sinon y a rien qu'ennuie davantage le public que les états d'âme. Parce que je vais te dire : des états d'âme, tout le monde en a.

– Ce type...

– Mon frère ?

– Oui, ton frère... Il est en plein cirage. Il voudrait retrouver sa bouleversante compagne d'une nuit. Le hasard lui vient en aide. En effet, imagine qu'il découvre le sac à main de cette personne dans sa voiture où elle l'avait oublié.

Geneviève fit la moue.

– Ça te chiffonne ? m'inquiétai-je.

– Je voudrais pas te vexer, mais tu as phosphoré dans le facile. Le sac à main dans la bagnole, c'est un peu comme l'assassin qui perdrait sa carte de visite sur les lieux du crime. Les spectateurs vont se tapoter le menton, dire que tu baisses...

– Ecoute la suite. Il lâche ses occupations et reporte le sac à la dame. Il arrive devant une propriété hurlante de mauvais goût ; lui, c'est un esthète, la vue de cette baraque de B.O.F. le meurtrit, cisaille net son envie de revoir la femme en question. Il donne le sac à la domestique et se sauve littéralement.

– J'aime déjà mieux, apprécia Geneviève, *after ?*

– Un moment de calme absolu suit. Mon héros se sent délivré. Il reprend goût au quotidien. Mais cette accalmie est de courte durée, il suffit de quelques verres d'alcool pour que revienne, insistante, la nostalgie de l'inconnue.

– C'est plus une inconnue s'il a son adresse. Alors ?

Je me versai un verre de vodka et l'avalai.

– Alors il traverse une période trouble. Il n'a plus de moral, tout lui paraît gris et superflu. Et, devine ce qui se passe ?

Je venais de prendre une décision : celle de jouer mon spleen à pile ou face et de me comporter selon l'hypothèse qu'allait formuler ma petite camarade.

– Ben, réfléchit-elle, il téléphone à sa bonne femme, puisque maintenant il sait où elle perche.

– Et que lui dit-il ?

Geneviève me dévisagea avec attention, après quoi elle s'allongea sur le lit, tira sa jupe sur ses cuisses, moins par pudeur que pour ne pas la froisser, et soupira :

– T'es casse-pieds quand tu as le béguin, toi. Appelle-la et cesse de me vendre tes vannes. Tu trouveras bien quoi lui dire !

Un homme est toujours stupéfait de voir ses astuces percées à jour par une femme. Nous restons jusqu'à la mort des petits garçons gauches qui ne savent pas mentir.

– Qu'est-ce que tu racontes !

– Moi, la vérité ! Je sentais bien que tu voguais en plein cafouillage. Ton héroïne, tu te l'es faite ?

Vaincu, je secouai négativement la tête.

– Alors, dépêche-toi de l'amener ici ! Ensuite, je te prédis que tu verras les choses autrement.

Elle m'adressa un rire tendre.

– Un vrai puceau, t'as quel âge ?

– Trente-neuf !

– Bientôt génaire et toujours vierge, ricana Geneviève, ta maman t'a donc rien dit quand tu t'es marié, Jeannot ?

D'une souple détente, elle quitta le lit et erra dans la pièce pour récupérer ses vêtements dispersés. Elle enfila ses chaussures sans se baisser, passa sa veste lestée d'une chaînette dorée et rechargea ses lèvres épaisses.

– Qu'est-ce que tu fais ?

– Juste le temps de foncer chez Carita.

– Dis, tu ne vas pas me laisser, Viève ! Je suis en plein cirage !

– Tout ce que je pouvais pour toi, c'était te donner un bon conseil : téléphone-lui.

– Mais on n'a pas parlé de ton rôle.

Elle s'approcha, me prit la bouche entre ses deux mains et, de la sienne, effleura la grosse lippe qu'elle avait fait naître.

– Mon rôle est terminé, mon chou. Quant à l'autre, s'il existe, tu me l'enverras par la poste.

Elle me lâcha et balança un instant un sourire attendri.

– T'es mignon, tout de même. Si les gens qui voient flamboyer ton nom au fronton de cinés se doutaient que tu es si môme, ça chamboulerait leur notion des valeurs.

Elle se regarda une dernière fois dans la glace.

– Y a pas de grands hommes, affirma-t-elle en passant la porte. Y a pas de grands hommes !

J'étais content de la voir s'en aller. Je n'avais plus envie d'elle ni de sa présence. Je me jetai à plat ventre sur mon lit et me distendis pour attraper le téléphone.

– Appelez-moi une propriété qui s'appelle *Les Etangs*, à Montfort-l'Amaury, dis-je à la standardiste.

Je raccrochai.

Quelque chose était en train de se mettre en marche. Cela commençait par des fiches de couleur sur le poste d'un central téléphonique.

Mon destin courait le long des fils sur lesquels des oiseaux perchés ressemblaient à des notes de musique.

***

– Je vous passe Montfort...

Une sonnerie acide servait déjà de fond sonore à l'avertissement. Elle avait, semblait-il, des interruptions plus marquées que les sonneries téléphoniques normales. La petite vrille s'enfonçait dans mon tympan et se figeait, pour plonger plus profondément au spasme suivant. On ne devait pas beaucoup utiliser le téléphone chez les Carbon. J'imaginai l'appareil, abandonné dans un bureau dont l'infirme n'avait que faire. A la fin on décrocha.

– J'écoute ! fit une voix d'homme.

C'était le mari. Son timbre épais lui ressemblait. Toute sa masse pesait sur son « j'écoute ».

– Monsieur Dubois ? demandai-je précipitamment.

– Vous faites erreur.

– Excusez-moi.

Il coupa la communication d'un geste brutal qui me fit l'effet d'une gifle.

« Salaud, va ! »

Je plantai férocement le combiné sur sa fourche.

« N'insiste pas, m'exhortai-je, c'est le genre de journée au cours de laquelle tout va mal, rien n'aboutit. » Dans ces conditions-là, on gobe deux « Mérinax » et on attend que ça passe. La loi d'Azaïs : moitié grisaille, moitié soleil. Demain, peut-être, ferait-il beau ? Mais ne sont sages que les gens raisonnables.

J'avais toujours été le contraire d'un homme raisonnable, aussi me rhabillai-je en hâte.

***

J'attendis près de deux heures, au volant de ma voiture arrêtée à cent mètres de leur foutue maison. Je me délectai de sa hideur...

Un long mur de pierres grises courait sur ma droite. D'énormes pousses de lierre festonnaient sur le faîte de cette enceinte romantique. A gauche, le mur des *Etangs*, éclatant de blancheur, ressemblait à une insolence de plâtre. Il nourrissait l'instinctive haine que je vouais au mari de Danièle. Je ne lui en voulais pas d'être son époux, mais d'être un homme grotesque. Ce butor enrichi la forçait de vivre dans un cadre indigne. Je pressentais ce que devait être leur existence dans ce cube de béton. Danièle y étouffait. Ses frasques nocturnes correspondaient à un besoin d'évasion. Elle était malheureuse.

Un bruit de pas me mit en éveil. Je jetai un regard dans mon rétroviseur et vis arriver la mulâtresse du matin. On devait lui accorder son samedi après-midi car elle portait un superbe manteau de drap beige à col de fourrure qui avait dû appartenir à sa patronne.

J'hésitai, mais dans l'état de surexcitation où je me trouvais, on a toutes les témérités.

– Mademoiselle ! l'appelai-je.

Elle avait déjà reconnu ma voiture. L'inconvénient de ces autos est qu'elles ne passent pas inaperçues.

Docile, la jeune fille s'approcha.

– Je voudrais vous demander un service...

Je fouillai mes poches fébrilement.

Elle regarda mon billet de cinquante francs, son sourire disparut.

– Un grand service, ajoutai-je, tenez, prenez...

Elle ne fit pas un geste. Sans doute l'importance du pourboire l'effrayait-elle.

– Je voudrais que vous disiez discrètement à votre maîtresse que le monsieur du sac aimerait lui parler.

Comme elle restait toujours immobile, j'insistai.

– Soyez gentille !

Je devais me contorsionner pour capter son regard. Cette fille de couleur ressemblait à certains masques noirs, nobles et énigmatiques. A la fin elle prit le billet.

– Dites-lui bien que j'attends, n'est-ce pas ?

Je la suivis des yeux. Avant de pénétrer dans la propriété elle se retourna. Je crus qu'elle allait revenir vers moi pour me rendre mon billet. Mais elle entra.

La nuit tombait déjà. A la « Commanderie », Barnaque devait prendre congé de notre producteur, les poches gonflées de notes qu'il me faudrait subir le lendemain. On quittait toujours la campagne de Marcé entre chien et loup car, à cet instant, Yves avait une manière bien à lui de congédier ses visiteurs. Il s'abstenait d'allumer les lampes, de remettre du bois dans la cheminée, de parler. Il se contentait de caresser sa chienne en faisant grésiller sa pipe dans la pénombre. Alors on savait que le moment des adieux était venu. Il vous chassait simplement en provoquant en vous le besoin d'être ailleurs. J'aimai que la nuit tombe au moment de revoir Danièle. Je l'aurais même souhaitée plus totale, plus hermétique. Je ne bougerais pas de l'auto. J'ouvrirais seulement la portière de droite. Puis j'éteindrais en même temps la lumière du plafonnier afin de ne pas effaroucher l'arrivante.

Ensuite !...

Une silhouette jaillit dans la rue morte, et mon cœur se flétrit. C'était la mulâtresse. Elle marchait droit à moi, d'un pas rapide. Les pans de son manteau déboutonné s'écartaient et flottaient derrière ses jambes. De loin, je vis l'enveloppe blanche dans sa main sombre. L'espoir me revint.

– Tenez, fit-elle.

Je happai littéralement l'enveloppe. Elle n'était pas cachetée. A l'intérieur se trouvait, plié en quatre, mon billet de cinquante francs et une carte de visite au nom de Julien Carbon.

Sous le nom je lus cette simple ligne, écrite en caractères laborieux : « *Foutez le camp !* »

– Que faut-il dire à Monsieur ? demanda la domestique avec une souriante impudence.

Je promenai machinalement mon pouce sur le nom de Carbon sans déceler le moindre relief.

– Dites-lui de se faire graver des cartes de visite, répondis-je, les siennes font un peu peigne-cul.

5

J'étais complètement ivre en poussant la porte du bar. J'écartai la tenture de velours bleu séparant l'entrée de la salle où déjà des couples faisaient du frotti-frotta. La démarche indécise, je gagnai le renfoncement du comptoir, me juchai sur le même tabouret que la veille. J'avais traîné dans combien de bistrots avant d'échouer ici ? Dans chacun d'eux j'avais systématiquement réclamé : un Martini et l'interurbain. Certains ne possédaient que l'automatique. Je buvais alors mon apéritif et repartais vers un autre établissement, plus vaste, dont le sous-sol organisé permettait des appels extérieurs. Je composais alors le 11. Maintenant la sonnerie des Carbon m'était devenue familière. De même que la forte voix rageuse du mari : « J'écoute ? ». L'espoir de « tomber » sur Danièle s'émoussait, pourtant je m'obstinais. Cela devenait un défi. A la fin, il décrochait sans rien dire, attendant que je me manifeste. J'usais bêtement du même subterfuge imbécile : « Je suis bien chez monsieur Dubois ? » Une fois ou deux, il répondit « non ». Ensuite il coupa la communication sans proférer une syllabe, seulement je l'avais identifié à sa respiration puissante, nasale.

A quoi rimait cette insistance stérile ? Je devais avoir fait un fameux gâchis. « Tu es un salaud », me disais-je à chaque appel. Le vieux type au pardessus à carreaux rêvait probablement de me briser ses béquilles sur la tête. Sa silhouette burlesque me hantait. Je le revoyais, sortant de sa piscine, les jambes nues sous le gros manteau aux épaules remontées par les deux rames métalliques. La cocasserie de son accoutrement résidait là. Peut-être eût-il éveillé ma compassion s'il avait eu un pantalon ?

– Dites, Oscar !

– Je m'appelle Georges, monsieur, Oscar est de congé le samedi.

Je n'avais pas remarqué le changement de barman. Décidément, la trahison de cette fielleuse journée continuait. Il ne me restait même pas le recours de parler d'elle à un garçon de café.

– Monsieur voulait quelque chose ? s'inquiétait le serveur.

Il était brun, comme Oscar, mais plus grand, plus maigre et son œil, à lui, ne pétillait pas.

– Vous croyez aux horoscopes, Georges ?

Par contre, malgré son visible manque d'humour, tout comme son collègue, il possédait la psychologie du client ivre.

– Pas complètement, mais il y a du vrai, monsieur. Je l'ai remarqué : beaucoup de vrai. Monsieur est de quel signe ?

Il parlait en continuant sa mise en place. On aurait dit quelque chirurgien préparant sa table d'opération. Il disposait des verres sur des serviettes blanches, mettait son shaker à portée de main, modifiait l'ordonnance des bouteilles sur les étagères, selon un rangement qui lui était personnel.

– Cancer !

Il fronça le nez.

– Intelligence, sensibilité, penchant à l'imagination, récita Georges. Seulement le Cancer se complique la vie, monsieur. J'en sais quelque chose.

– Vous l'êtes également ?

– Pas moi : ma femme.

– Il se présentait comment, aujourd'hui, l'horoscope du Cancer ?

– Je l'ignore, monsieur. D'ailleurs il n'existe pas d'horoscope commun. Tout est affaire de décan et d'influences. Moi qui suis Poissons, influence Sagittaire, je peux vous promettre que mon horoscope n'a rien à voir avec celui de ma belle-sœur qui est également Poissons, mais influence Gémeaux.

Il rechargea le tourne-disques, comme un soutier recharge sa chaudière. La pile de microsillons voisinait avec celle des soucoupes, à l'extrémité du comptoir.

– En voilà pour une heure, murmura-t-il en revenant presser des oranges de mon côté. J'ai une soirée à base de slows et de tangos. Comme dit le patron : le samedi, notre principal client c'est le charcutier de Charenton. Ces gens-là, le jerk les fait fuir. Ils viennent ici pour y chercher du langoureux. Si je vous disais que, passé minuit, je leur fous des trucs tziganes ? Ça les fait chialer et ils commandent du champagne.

Un tango éclata, brutal, mais très vite évanescent. Il me rappela Danièle, dans l'autre boîte, avec son cavalier qui dansait comme les casse-noisettes de la publicité *Nuts*. Cette musique-sirop remua ma tristesse stagnante, lui donna une espèce d'effervescence.

Je bus deux verres. Ce soir j'aurais mon compte et c'est une brute inerte qui s'abattrait dans son lit d'hôtel.

– Georges !

– Oui, monsieur ?

– Vous avez l'inter ?

– Au comptoir seulement, monsieur, fit le barman en me désignant l'appareil téléphonique. Quel numéro demandez-vous ?

– Le zéro, cent soixante-trois, à Montfort... Non, je me trompe, le... Attendez...

Je fouillai la poche supérieure de mon veston.

– C'est inutile, dit une voix : il s'est mis aux abonnés absents.

Et elle fut là, près de moi, avec son manteau de fourrure où perlaient des gouttes de pluie, la même robe que la veille, et le sac de daim noir que je lui avais rapporté. J'eus du mal à reconnaître son visage figé. Elle était à jeun ; un je-ne-sais-quoi de dur rendait ses traits anguleux. Elle cessa immédiatement de m'enchanter. Je la trouvai quelconque. Ma déception dépassa ma surprise.

– Un scotch pour Madame, Georges ! Et pas de téléphone pour moi !

L'arrivante escalada le tabouret voisin. Je tendis la main pour l'aider, mais elle feignit de ne pas la voir.

– Non, pas de whisky, rectifia-t-elle, donnez-moi du vichy avec n'importe quoi dedans.

Georges se rembrunit.

– On ne sert pas de vichy ici, madame ! protesta le barman.

– Alors un Perrier !

Il me prit à témoin :

– Le Perrier, d'accord, mais pas seul...

Danièle haussa les épaules.

– Servez-moi un scotch-Perrier. Mais je me servirai l'eau moi-même.

Le garçon retrouva son sourire commercial. Quand il eut posé le verre d'alcool et la bouteille d'eau gazeuse devant la jeune femme, elle vida son verre dans le bac à plonge où j'avais jeté mon alliance. Ensuite de quoi, tranquillement, elle se servit en eau. Georges se renfrogna.

– Ça te choque ? lui demandai-je.

Il hocha la tête.

– J'aime pas voir gaspiller la marchandise.

– Tu penses aux petits Hindous qui n'ont même pas un whisky pour oublier leur faim, hein ?

Sentant ma hargne, il préféra s'éloigner.

Je me tournai vers Danièle.

– C'est votre période d'austérité ?

– De sobriété seulement.

– Sur toute la ligne ? Ce soir vous ne tapinez pas ?
Ses doigts se crispèrent sur le verre embué.
– Ce soir je suis venue vous voir.
– Vous saviez que je serais ici ?
– Ce n'était pas difficile à deviner.
– Bon, alors allez-y, engueulez-moi, j'écoute !
Elle posa sur moi un regard froid et ne dit rien.
– Sacrée Marie, va ! grommelai-je. Les bonnes femmes ont vraiment le mensonge chevillé aux lèvres. Je vous entends encore me dire de chercher un autre prénom parce que celui-ci était le vôtre ! Vous êtes une vraie menteuse, car vous mentez gratuitement, par sport...
Elle ne se départit pas de son calme.
– Je vous ai répondu ainsi parce que Marie était le prénom de ma mère.
– Il faudrait maintenant que je voie votre livret de famille pour vous croire. Vous voulez que je vous dise, Danièle ? Je préférais Marie.
– Je sais.
– Comment le savez-vous ?
– Je l'ai lu dans vos yeux.
– Qu'est-ce qu'on peut lire dans les yeux d'un type bourré à mort ?
– Tout, et principalement votre déception.
– Quelle déception ?
– Celle que vous avez éprouvée en me voyant. Je ne corresponds pas à l'idée que vous aviez gardée de moi. Savez-vous pourquoi ?
– Ça m'intéresse...
– Hier, quand nous nous sommes rencontrés, nous avions déjà pas mal bu, vous et moi. Ensuite nous avons continué ensemble, si bien que nos brèves relations se sont situées très au-dessus de la réalité. En ce moment je suis moi-même. Je vous propose ma face d'ombre et elle ne vous plaît pas.
– C'est vrai, lâchai-je, cynique, pas du tout ! Pourtant je suis bien plus saoul qu'hier...

– Il faut croire que ça ne suffit pas.

– Vous ne voulez vraiment pas essayer de picoler un peu, qu'on se rende compte ?

– Non.

– Dommage, alors, cette engueulade ?

– Inutile. Je sais que vous me laisserez tranquille désormais. Si j'étais allée moi-même à la porte ce matin, vous n'auriez pas eu par la suite ce comportement de collégien.

– Vous m'en voulez ?

– Non. Dans un sens c'était flatteur.

– Ça barde, avec votre bonhomme ?

Ma question parut presque la surprendre.

– Quelle idée !

– Un époux ne doit pas tellement apprécier qu'un autre homme fasse le siège de sa maison et de son téléphone ?

– Ça l'agace, c'est pourquoi il m'a conseillé de venir. Il aime sa tranquillité jusqu'à la maniaquerie.

Je faillis dégringoler de mon siège.

– Il vous a conseillé de venir !

– Devant votre insistance. Il m'a dit : « Si tu ne vas pas sermonner cet ahuri, il est capable de nous casser les pieds pendant plusieurs jours. »

– Car vous lui avez parlé de... de nous ?

– Il fallait bien.

– Et que lui avez-vous dit ?

– La vérité !

– Quoi, la vérité ?

– Eh bien, notre rencontre, ici.

– Vous lui avez raconté l'hôtel et ce qui a suivi ?

– Non, Julien est un mari discret.

– Moi j'appellerais plutôt ça de la complaisance.

– Si ça vous fait plaisir...

– Il sait que vous vous tapez des types de rencontre, au cours de vos sorties ?

– Je suppose qu'il s'en doute.

– Il ne vous demande jamais d'explications ?

Ses sourcils se joignirent, exprimant l'irritation.

– Jamais. Mais je préfère ne pas parler de lui.

– Vous avez raison, la discrétion doit être réciproque. En tout cas, votre petite bonniche est une foutue garce.

Elle sourit.

– Parce que c'est à lui qu'elle a transmis le message que vous me destiniez ? Il ne faut pas lui en vouloir, c'est sa fille !

– Vous vous fichez de moi ?

– Non, il l'a eue avec une Noire, bien avant de me rencontrer. Il s'y est attaché et l'a amenée en France avec nous.

– En qualité de femme de chambre ?

Elle haussa les épaules :

– Il est comme ça !

– Pour lui c'est plus une esclave que la chair de sa chair, hein ? Et on crie au scandale quand des Noirs exaltés bouffent les testicules de leurs gentils patrons. Ça ne vous fait pas honte d'avoir votre belle-fille pour domestique ?

– Si vous disiez à Thérésa qu'elle est ma belle-fille, vous la feriez rire aux éclats.

– Elle l'ignore ?

– L'expression est sans signification pour elle. Là-bas on subit la nature. Les sentiments filiaux ou maternels ne sont pas les mêmes qu'ici. Elle est fière d'être née d'un Blanc, voilà tout !

– Tu parles d'un cadeau ! Georges, remettez-moi ça ! Madame me flanque la pépie.

J'examinai Danièle dans la glace du bar. Quand on regarde quelqu'un dans un miroir, on a de lui une vision déformée. Ses traits vous semblent asymétriques. Je jugeais ma compagne vraiment laide. Quel étrange coup de folie m'avait donc secoué pour que je détruise à cause d'elle une journée de ma vie ? Je déplorais ces heures d'incohérence. Je regrettais mon travail, Geneviève, et jusqu'au saumâtre caviar de midi. Le souvenir de ma faction devant la maison de Carbon m'indignait.

– Vous avez une propriété sensationnelle ! lui dis-je en feignant une admiration démesurée.

– Vous trouvez ?

Une certaine satisfaction de petite-bourgeoise égaya sa prunelle. Elle était fière de son cube de ciment. Dans ce domaine également quelque chose s'écroulait : Danièle ne possédait pas le moindre sens esthétique. Cependant, la veille – sans doute à cause de son vison et de son clip – je lui trouvais une allure racée. « Toujours se méfier des premières impressions », disait mon père...

– Alger la Blanche ! pouffai-je.

Elle rougit intensément.

– Chacun ses goûts, riposta Danièle, piquée.

– Hélas ! Seulement on n'emporte pas l'Afrique à la semelle de ses souliers, mon chou. Je me demande ce que donnerait un chalet suisse à Dakar ou à Cotonou ?

– Par moments, je me demande si vous ne seriez pas odieux par coquetterie, dit-elle sans se fâcher.

– Odieux parce que je trouve que votre maison ressemble à une tour de contrôle ?

J'éclatai de rire.

– Il va bientôt faire installer le radar sur le toit, notre ami Julien ?

– Cette maison nous plaît, déclara Danièle. Nous y sommes bien.

– Avec les nains de Blanche-Neige folâtrant sur les pelouses et la piscine pareille à la gare Saint-Lazare, ça doit ressembler au paradis.

– Chacun donne à son bonheur le cadre qui lui convient !

– Un bonheur qui passe deux fois par mois par les maisons de rendez-vous !

Elle descendit de son tabouret.

– Il me semble qu'on s'est dit l'essentiel, décida la jeune femme.

– Vous êtes pressée ?

– De vous quitter, oui.

– Vous partez en vadrouille ?

– Non, je regagne ma tour de contrôle.

Elle me tendit la main.

– Quelque chose me dit que vous ne devez pas être très heureux, ajouta Danièle.

Je sus brusquement ce qui avait déclenché en moi, dès le matin, cet intense besoin d'elle. Un rien : les inflexions de sa voix quand, au moment où je pleurais contre elle, agenouillé sur le boulevard, elle avait murmuré : « *je sais* » en me caressant le cou. Quelque chose d'infiniment tendre, de presque maternel. Cette extraordinaire douceur dont tout homme a besoin. Une tendre compassion. Une indulgence infinie.

Comme la veille, des larmes me vinrent. Je voulus parler, mes lèvres tremblaient trop fort ; je ne pus que secouer la tête. Elle attendit un peu, me regardant avec attention, comme pour s'assurer que je ne lui jouais pas la comédie, puis regrimpa sur son tabouret.

– Ça ne va vraiment pas, hein ?

– Ça passera, balbutiai-je. Je traverse une période de confusion. Quand on rebricole sa vie on est obligé de tout reconsidérer : soi-même et la conception qu'on a des autres.

– Comment vivez-vous ?

– A l'hôtel *George V,* dans une très belle chambre. Le lit est en bois fruitier avec des incrustations, les murs sont tendus de bleu, les rideaux sont crème et la salle de bains est gris et rose. Vraiment, c'est un très bel appartement. Je possède un dressing-room dont je ne me sers pratiquement pas. Il me suffit d'appuyer sur un bouton pour..

Elle m'interrompit.

– Vous y vivez seul ?

– Seul, mais avec qui, vous demandez-vous ? Eh bien, seul-seul, ma chérie.

– Que s'est-il passé avec votre femme ? Je suis indiscrète ?

– On n'est jamais assez indiscret, Danièle. La charité

commence par de l'indiscrétion. Ce qui s'est passé avec ma femme ? Je ne le sais pas encore ; l'érosion, je suppose ? Si je vis assez vieux, un jour j'y verrai plus clair. Ces machins-là, c'est comme les événements historiques : seul le temps les met en lumière.

– Vous la regrettez ?

A cause de mon ivresse clapoteuse je peinais sur mes pensées.

– Je regrette une idée que j'avais de nous deux, ma conception du foyer, et tout ce qu'il y a eu de propre entre elle et moi. Je regrette le temps d'avant les souillures ; le temps de l'innocence ; le temps des vaches maigres. Nous avions un pâturage plein de vaches très maigres, Danièle, auxquelles on comptait les côtes pour passer le temps. Oscar !

– Georges, Monsieur ! rectifia le barman.

– Remettez-moi ça, et servez un scotch à madame. Si, si, Danièle, vous allez me faire un bout de conduite sur les chemins tortueux de la saoulographie. Vous n'avez pas le droit de m'écouter en buvant de la flotte.

Elle soupira :

– Alors, un seul !

– Qu'il soit double, s'il doit être unique. Un double, Georges !

Elle s'était accoudée au comptoir d'acajou et, le menton dans la main, me regardait. Ses yeux disaient : *« pauvre drôle de type »*. Je cherchai à qualifier cette lueur vigilante qui éclairait sa prunelle. Une pitié amusée, décidai-je.

– Tiens, s'exclama une voix : qu'est-ce que tu fous ici ?

Je vis s'avancer Pierre Rossel, le vieux jeune premier de cinéma. La cinquantaine passée, il continuait de jouer les amoureux romantiques. Quand on le voyait de près, on s'apercevait qu'il était couvert de rides, mais une couche de fond de teint gommait vingt ans de ce visage qui prenait merveilleusement la lumière.

– Salut, Pierrot, dis-je, tu as amené ton jumeau ?

Il plissa un œil :

– Pourquoi ?

– Je te vois deux ; ça vient de moi ou de ta mère ?

– Ça vient des établissements *Martini* de Milano, plaisanta Rossel en désignant mon verre rechargé.

Je fis les présentations. Danièle parut interloquée. Elle sortait très peu. Serrer la main d'une vedette la faisait rougir comme une collégienne.

– Tu prépares un film pour Barnaque, paraît-il ? me demanda le bourreau des cœurs.

– Pour, et avec Barnaque, hélas ! soupirai-je. Tu le connais ? Il est aussi pédé que toi, seulement, lui, c'est les mouches qu'il sodomise !

Ma boutade le fit se renfrogner. Rossel détestait les allusions à ses mœurs.

– Toujours ce dialogue étincelant, grommela-t-il ; bonne continuation, vieux !

Il adressa un signe de tête à ma compagne et s'en fut rejoindre un groupe de jeunes gens dans le fond de la salle.

– Vous ne m'aviez pas dit que vous étiez dans le cinéma, dit Danièle d'un ton de reproche.

– Vous ne vouliez même pas apprendre mon prénom, objectai-je.

– Vous êtes metteur en scène ?

– Dialoguiste, mon nom est Jean Debise.

Elle eut une exclamation enfantine :

– Oh ! bien sûr, je connais. La semaine dernière on a passé un film de vous à la télévision : « *Les Portes du désir.* ».

– Un péché de jeunesse, m'excusai-je, à l'époque j'avais encore un peu faim, j'écrivais n'importe quoi, pour n'importe qui, à n'importe quel prix. Depuis, bien du temps a passé. Je croyais qu'il y avait prescription, mais cette foutue télé est une nécrophage qui exhume les pires cadavres pour les dévorer.

Elle but son verre. Aussitôt ses traits se modifièrent. Profitant de ce qu'elle louchait en direction de Rossel, je fis signe au barman de lui servir un nouveau scotch.

Quand elle s'aperçut de la chose, elle se contenta de murmurer : « Traître » et de sourire.

Je sus alors, malgré mon ivresse, que tout allait recommencer.

6

– Vous me le demanderez, mon autographe, hein ? Vous me le demanderez ?

Elle avait moins bu que la veille, mais elle était dix fois plus saoule. Quant à moi, j'appréhendais ce qui se passerait lorsque je descendrais de mon perchoir.

– Vous serez bien avancée avec le nom de ce connard sur un bout de papier. Vous le ferez mettre sous verre ?

– Il représente quelque chose d'inouï, pour moi. J'étais amoureuse de lui dans ma jeunesse ! Je rêvais de l'approcher, de lui parler... Et puis il est là, il m'a serré la main, il...

– Oh, merde, vous êtes saoule ou conne ! finis-je par m'emporter. Amoureuse de cette vieille frappe ! Ne vous envolez pas, mon chou, c'est pas parce qu'il vous a touchée que vous voilà sanctifiée !

Ma rogne ne la rebutait pas.

– J'ai peur qu'il ne parte, venez, on va lui demander.

– Bon, d'accord...

Je me cramponnai bien fort à la main courante du comptoir et d'un pied mou sondai le vide. Rien de plus traître qu'un haut tabouret pour un poivrot. L'escalader ou en descendre constitue un exploit périlleux. Malgré mon application et ma prudence, je renversai le siège qui s'abattit avec fracas dans la mollesse d'un slow.

Les danseurs tournèrent la tête dans ma direction. Je décidai de régler les consommations pour filer de cette boîte sitôt l'autographe demandé. Ça me gênait horriblement de présenter à Rossel la requête de Danièle. Je trouvais ridicule qu'un homme de ma réputation joue les midinettes et s'abaisse à solliciter la signature d'un vieux cabot vaniteux. Tenant mon amie par l'épaule, je m'approchai en tanguant de sa table. On y riait beaucoup. Une demi-douzaine de jeunes éphèbes en redingotes et foulards de soie faisaient la roue devant le comédien.

– Pierrot, dis-je, ça t'ennuierait de donner un autographe à Madame ?

Me connaissant, il crut que je plaisantais, mais Danièle lui décocha une œillade humide, si pétrie d'admiration que Rossel sortit une photographie de sa poche (il en avait toujours quelques-unes sur lui) et la signa au crayon feutre.

– Voici, madame ! fit-il en lui tendant le cliché imprimé, d'un geste rond.

– Oh, merci ! balbutia Danièle.

Je me penchai sur l'image.

– Il était beau à l'époque du muet, hein ! gouaillai-je. Tu ne peux pas t'imaginer le plaisir que tu fais à Madame, Pierrot. Elle va offrir ça à sa grand-mère dont tu étais l'idole dans sa jeunesse.

Personne ne rit. J'entraînai une Danièle morte de honte à l'extérieur du bar.

Il tombait la même pluie floue que la veille. Montparnasse était sans joie, malgré son animation et ses lumières. L'air frais me dégrisa un peu.

– Vous avez la plaisanterie méchante, déclara Danièle, vous n'aimez pas Pierre Rossel ?

– Je m'en fous.

– A vous entendre, on penserait que vous le détestez. C'est à cause de... de ses mœurs ?

– Vous plaisantez ! Huit sur dix de mes meilleurs copains sont homosexuels, l'ont été ou vont le devenir !

« Ce soir, il m'énervait : j'étais jaloux de lui. Ou plus exactement, jaloux de l'admiration que vous lui témoigniez. »

Elle regarda la photographie à la lumière rose de l'enseigne.

– C'est vrai, murmura-t-elle, je suis stupide. J'appartiens à cette catégorie de gens que le cinéma impressionne encore. Ça doit venir de mon séjour prolongé en Afrique. De temps à autre, nous quittions notre exploitation de bois, en brousse, pour descendre à Abidjan. Nous y passions quelques jours. Pendant que mon mari traitait ses affaires, moi je faisais une cure de cinéma. Il m'arrivait d'aller voir trois films dans la même journée... Ensuite je les ressassais jusqu'au voyage suivant...

J'avais soif d'avoir trop bu. Je me dis que si nous entrions dans un café, la beuverie allait continuer, or j'approchais de la zone critique. Quelques verres encore et je risquais de ne plus me rappeler mon nom.

– Venez ! décidai-je.

Elle se laissa entraîner par le bras sans poser de questions. Nous descendîmes le boulevard Raspail et prîmes la petite rue de droite. Le globe de l'hôtel répandait sa clarté blanchâtre. Les caractères noirs peints dessus s'écaillaient : seules, des taches indécises subsistaient. Danièle savait depuis la sortie du bar que nous allions venir là. Elle n'eut pas une protestation et franchit le seuil docilement. L'entrée sentait la cire et le repassage. Dans un bureau exigu, une vieille personne digne et grise vérifiait des comptes dans un grand livre. Elle leva à peine les yeux, me réclama trente-cinq francs et cria à une invisible Rosy de nous « installer » au 14.

– Deuxième étage ! me dit-elle.

Nous prîmes l'ascenseur. Dans son vison mouillé et avec ses cheveux décoiffés, Danièle faisait un peu déjetée. Elle tenait son sac d'une main, la photographie de Rossel de l'autre et évitait de me regarder. Je pensais que vingt-quatre heures plus tôt elle se trouvait dans cette étroite cabine, pressée contre un inconnu. Aucun désir ne me tenaillait. Je l'avais amenée dans cet établissement avec l'espoir d'anéantir les sales images de la veille en leur superposant ma version personnelle de « Danièle à l'hôtel ». Je constatais que, bien au contraire, ce louche pèlerinage donnait un prolongement à mon tourment car il le précisait.

Une pauvre créature sans âge ni formes nous attendait devant la cage de l'ascenseur pour nous guider au 14. L'étage était plein de cris et de soupirs.

– Ces messieurs-dames veulent boire quelque chose? s'enquit la changeuse de draps.

J'avais hâte de me retrouver en tête à tête avec Danièle.

– Pas pour l'instant, ma jolie, lui dis-je en fourrant un billet dans la poche de son tablier blanc.

Je poussai le verrou et me retournai. Avec ses glaces piquées et son cosy creusé, son sanitaire mesquin et sa moquette lépreuse, la chambre était d'un terrible réalisme. Danièle accrocha son manteau de fourrure au portemanteau avant d'aller s'asseoir sur le divan bas dans une pose impudique. Elle m'attendait avec une soumission voisine de l'indifférence absolue. Je restai adossé à la porte afin d'avoir une meilleure vue d'ensemble de la scène et de son décor. Cela dura. Elle ne bronchait pas. A la fin je m'approchai du lit, pris de l'argent dans ma poche et lui tendis un billet de cent francs tout froissé.

– Ton petit cadeau ! annonçai-je, ça ira comme ça?

Elle se laissa tomber sur le dos, noua ses mains derrière sa tête et se mit à fixer le plafond. Son regard était d'une pureté étonnante.

– T'es une pute, Danièle, murmurai-je en m'asseyant dans un fauteuil pelucheux. Une pauvre roulure. Dis-moi tout : tu faisais le tapin avant d'épouser ton béquilleux ? Il n'est qu'une prostituée pour suivre ainsi le premier venu...

La colère me faisait bafouiller. Tout ce que je n'avais

jamais osé dire à ma femme, aux pires instants de notre drame, je le crachais à cette fille quasi inconnue.

– Tu me dégoûtes, Danièle ! Je n'ai pas la moindre envie de toi. Je serais incapable de te prendre, incapable, tu entends ? Je préférerais me taper le souillon informe qui nous a ouvert la porte.

Son silence, son immobilité me montaient à l'incandescence. Un reste de lucidité – bien vacillant – me retenait de la battre. Jamais jusqu'alors je n'avais frappé une femme, pourquoi éprouvais-je l'affreuse envie de la meurtrir ? Ma gifle d'hier se lisait encore sous son rouge à lèvres. Une petite boursouflure foncée lui déformait quelque peu la bouche. Ce fut cette légère protubérance qui m'empêcha de la rouer de coups. Trop d'alcool dans les veines ! A ce rythme-là, j'allais bientôt voir des chauves-souris.

Elle venait de fermer les yeux. Je me mépris :

– Pas la peine de chialer, les putains ne pleurent pas.

– Je ne pleure pas, fit-elle en gardant les paupières baissées.

Je continuai de la couvrir d'injures. Je les débitais sourdement, les mains crispées sur les accoudoirs du fauteuil. Je cherchais les mots les plus blessants, les comparaisons les plus outrageantes, les images les plus crues.

Quand ma rage pantela et qu'à bout d'inventions je me tus, je vis que Danièle s'était endormie.

Sa poitrine se soulevait régulièrement. Sa robe retroussée révélait des jambes admirables. J'allai au lavabo et me fis couler longuement de l'eau froide sur la tête. Ce bruit d'ablutions ne la réveilla pas. On eût dit, à la voir reposer si calmement, qu'elle allait dormir de la sorte pendant très longtemps, des jours peut-être ? Je voulus croire qu'à son réveil elle serait devenue une autre femme.

Je revins m'asseoir auprès d'elle. L'une de ses chaussures gisait sur le parquet. Je la ramassai et la glissai à l'intérieur de ma veste, contre ma poitrine. Geste d'ivrogne, bien sûr, mais qui traduisait mon immense besoin de réchauffer cet être endormi, de le faire participer aux battements de mon cœur.

Je dus rester longtemps, plié en deux sur mon siège pour que s'impriment dans ma chair les durs reliefs du soulier. A la fin j'eus le souffle bloqué. Je ressortis la chaussure vernie et la déposai à terre. Après quoi, j'arrachai une page de mon carnet de rendez-vous et j'écrivis :

Danièle,

J'ai l'honneur de porter à ta connaissance le fait suivant : je t'aime.

Jean.

Je mis ce billet dans le soulier avant de m'en aller.

***

A plusieurs reprises je faillis retourner à l'hôtel. J'étais honteux d'avoir laissé Danièle dans cette triste chambre. Une infamie de plus à inscrire à mon palmarès ! Pourtant, quelque chose m'assurait confusément qu'elle était nécessaire, qu'elle s'inscrivait dans l'obscur agencement de nos destins.

Il était bien que je l'eusse injuriée et qu'elle se fût endormie. A certains moments de sa vie, on a la certitude d'accomplir des actes prémédités par une volonté supérieure. C'était le cas cette fois-là. Je consentais un sacrifice en abandonnant Danièle sur le cosy ravagé par des amours de passage.

Je me mis à chercher ma voiture dans le quartier, mais je devais être saoul perdu car je ne parvins pas à la retrouver. Peut-être me l'avait-on volée après tout ? Je pris un taxi pour rentrer au *George V.*

7

– Je suis malade, décidai-je en me réveillant.

Et je me rendormis, vaguement satisfait de me savoir indisponible.

Et puis il y eut des cloches ! En plein quartier des Champs-Elysées, c'était bizarre. Elles m'intriguèrent un moment, mais je me souvins qu'on était dimanche. De nouveau satisfait, je replongeai dans une torpeur qui n'était plus exactement du sommeil.

Je continuais de réfléchir en pointillé. *Dimanche à l'hôtel !* Ce pouvait être un bon thème de film. Le dimanche, c'est la maladie du monde. Où qu'on se trouve, il vous atteint. Je cherchais dans ma mémoire les dimanches que j'avais ignorés, et n'en trouvais pas. En croisière, perdu dans un refuge de montagne, dans une chambre de clinique, partout il s'était manifesté. Si ! Il m'était arrivé de ne pas en avoir conscience au départ, de me mettre à vivre une journée toute pareille à une journée de semaine, mais infailliblement j'avais fini par me trouver « en état de dimanche ».

Je fis une rapide mise au point.

– Je suis malade. C'est dimanche. J'ai perdu ma bagnole.

Quoi encore ? J'oubliais quelque chose mais n'insistai pas. J'étais hors d'atteinte. Hors de toutes les atteintes. Il suffisait que je reste pelotonné dans la chaleur de mon lit pour m'abstraire.

« *Do not disturb.* » L'écriteau pendait au loquet de ma porte, dans le couloir. Il représentait mon dernier geste cohérent.

Ma tête me faisait très mal. Elle s'accompagnait d'une brûlure tenace au ventre. Je savais que la position verticale me serait fatale. Je souffrais également de la gorge. « Ma cuite de la veille, songeai-je. Cette fois j'ai dépassé la dose prescrite. » Habituellement, j'encaissais bien les lendemains désenchantés. Pourtant, quelques années auparavant, à la suite d'une période de fortes libations, j'avais essuyé une horrible crise de foie dont le souvenir me donnait encore le frisson. Pendant quatre jours j'étais resté plié en deux, l'abdomen fouaillé de brûlures fulgurantes, avec un teint de cancéreux, des paupières plombées et les nausées les plus féroces de toute mon existence. Martine me soignait bien. Avec juste ce qui convenait d'énergie et de sollicitude. Je gardais encore aux lèvres le goût pisseux de ses bouillons de poireaux.

Maintenant il me fallait supporter stoïquement mon mal. Traverser seul ce douloureux passage. La meilleure thérapeutique c'était mon lit. J'évoquais la vieille chienne malade des Marcé, se gavant de chaleur devant la cheminée. Elle mettait sa vieillesse à rissoler et on devinait, à son immobilité, à ses légers clignements d'yeux, qu'il s'agissait d'une certaine forme de la volupté.

Je dormis encore, content en filigrane d'user le temps à si bon marché. Le ronfleur du téléphone m'arracha aux sortilèges d'un rêve indécis. D'instinct, je refusai cet appel. Quel importun osait troubler ma précaire félicité ? Barnaque ou Marcé, naturellement. On allait me parler avec passion de ce sujet scabreux, si étranger à moi depuis deux jours. Je m'abstins de décrocher. La sonnerie insista. Je mis mon oreiller sur ma tête. A la fin elle cessa. Il suffisait d'un peu de patience pour se préserver des invasions de ce genre. Tout au fond de mon individu, une nausée se préparait. Je fermai les yeux, m'efforçai de l'oublier. Je devais pouvoir la refuser comme, à l'instant, l'appel téléphonique. Question de volonté, d'endurance. Des pensées biscornues me vinrent. Quelle différence y a-t-il entre le foie et le téléphone ?

La sonnerie retentit de nouveau au bout d'un court laps de temps. Devant l'insistance de mon correspondant, la téléphoniste avait dû se renseigner auprès du concierge et apprendre que ma clé ne figurait pas au tableau. Je fis un effort pour m'emparer du combiné. Ce geste faillit me faire vomir. Le grognement que j'émis pour manifester ma présence avait de quoi décourager les bonnes volontés.

– Jean ! Je te réveille ?...

Il me faut plusieurs secondes pour reconnaître la voix nette et incisive de Martine. Bon Dieu, cela faisait des mois que je ne l'avais pas entendue. J'appréhendais chaque fois qu'on m'appelait. Mais ce matin-là elle ne me causa pas la moindre émotion. On ne peut pas réagir normalement quand on a la gueule de bois. Ma seule préoccupation était de contenir mon mal de cœur.

– Ecoute, Jean, je rentre d'un petit voyage en Allemagne. Et je viens de trouver ce, cet affreux papier... Le jugement de divorce... Ainsi donc, ça y est ?

J'avais déjà envisagé ce coup de fil, à un mot près j'aurais été capable d'écrire ce qu'allait me dire Martine. Curieux que je la connaisse si bien et si mal.

– Pardonne-moi, Jean. Je voudrais te poser une question, une simple question !

« Mais non, songeai-je, tu vas en poser trente-six. »

– ... Quel effet ça te fait, Jean ?

– Envie de vomir, coassai-je.

– Oui, moi aussi, fit-elle d'un ton un peu tragique.

– Moi, c'est parce que je me suis beurré comme une vache, cette nuit, eus-je la force de préciser.

Il en fallait beaucoup plus pour démonter Martine.

– Et pourquoi t'es-tu saoulé, Jean ?

Même dans l'illogique de ses actes, Martine s'obstinait à rester logique. Une manie !

J'aurais aimé lui répondre, mais je n'avais de soucis que pour mon mal de cœur. Il m'accaparait complètement.

– Excuse, dis-je...

Je sortis du lit rapidement et courus en zigzaguant à la salle de bains où je me libérai. Ma nausée se calma pour un temps ; par contre, des étourdissements lui succédèrent. Le combiné posé sur l'oreiller gargouillait par brèves rafales. Dans le fond, ce bruit constituait un digest sonore de la voix de Martine. Je me recouchai avec précaution. Elle commençait à se demander si j'allais revenir en ligne, car ses « Jean, tu m'écoutes ? » perdaient de leur vigueur.

– Me revoilà, annonçai-je. Tu disais ?

– Tu es malade ?

– L'Alka-Seltzer guérit ce genre de maladie.

– Tu ne veux pas que je... ?

– Non !

Elle était d'un tempérament plutôt soupe-au-lait, mais dans certains cas – lorsqu'elle était en faute par exemple – elle devenait la patience personnifiée.

– Tu sais, c'est pas parce que je ne m'appelle plus Debise que je ne saurais pas te soigner. Quelqu'un s'occupe de toi ?

– Oui. Quelqu'un de très bien : moi !

– Ecoute, Jean... C'était donc si moche que ca, nous deux ? Rappelle-toi nos débuts...

Je l'interrompis violemment :

– Tais-toi ! Les souvenirs, je m'en charge. Et puis c'est un passe-temps de solitaire, on ne les évoque pas à deux car nous n'avons pas les mêmes. Thème connu : chacun voit la vie à sa façon !

Je parlais les yeux fermés à cause de mes vertiges. Dans le noir il n'y avait plus que moi qui pivotais, tandis que si j'avais les yeux ouverts, la pièce tournait aussi et en sens contraire.

– Bon, c'est entendu, Jean. Alors réponds-moi bien franchement : TES souvenirs n'ont plus de signification pour toi ?

– Ils ont celle que je leur donnais, pas celle que je croyais que tu leur donnais.

– Mais, Jean, quel qu'ait été mon comportement, je t'aimais, je t'aime encore, je t'aimerai toujours.

– Y compris au cours de tes petits voyages ?

Elle fut un peu décontenancée. Elle murmura, très bas :

– Oui, Jean. Y compris !

A mon tour, je fus désarmé par sa franchise. Un peu de peine se faufila dans mon âme.

– On s'est laissé posséder comme deux connards, Martine. On a fait comme les autres : on n'a pas su vieillir. Ils ont beau se cramponner à l'idéal, après vingt-cinq ans, les êtres deviennent des individus. Rien n'est plus lassant que de vivre. Il aurait fallu remettre le compteur à zéro tous les matins, comme les taxis. Tu croyais faire ton devoir en te noircissant les doigts pour me préparer des salsifis parce que j'en raffole. Je croyais faire le mien en passant ma main sous tes jupes quand il nous arrivait de regarder la télévision, mais nous étions en plein pourrissement, ma poule ! En plein pourrissement.

– On aurait pu achever de pourrir ensemble, non ? Voilà qu'il va falloir qu'on se mette à mourir l'un sans l'autre, maintenant. Tu es rosse, Jean !

Une larme força ma paupière. Je l'essuyai d'un geste brusque de l'avant-bras. Décidément, pour le coup de l'émotivité, je demeurais bon client.

– Laisse, Martine. On va tâcher de vivre longtemps, toi et moi. C'est le temps qui nous a séparés, c'est lui, l'ordure, qui nous effacera lentement de nos mémoires respectives. Un beau matin tu apprendras mon décès comme tu as appris celui de Paul, ton ami d'enfance. Ça ne te fera même pas décommander ton rendez-vous chez le coiffeur si tu en as un ce jour-là. Personne ne s'y entendra mieux que toi pour organiser une absence.

– Qu'en sais-tu ?

– Je le sais. Bon, on pourrait peut-être se dire au revoir et raccrocher, je suis malade comme une « bête ».

– Tu ne me demandes pas des nouvelles de Mauricette ?

Je soupirai :

– Comment va Mauricette ?

– Tu t'en fous un peu, hein ? Elle aussi tu l'as quittée ? Décidément, cette enfant ne devait pas avoir de père. Qu'est-ce que ça te fait d'abandonner une fillette que tu as adoptée ?

– Je ne l'abandonne pas, je subviens à son entretien et je vais la voir au pensionnat le premier jeudi de chaque mois, comme nous en sommes convenus.

– En coup de vent, elle me l'a dit.

– Cette gamine préfère aller jouer avec ses petites camarades plutôt que de bavarder avec moi dans un salon garni de plantes vertes.

Je rouvris les yeux, car la colère m'aidait à surmonter mes étourdissements.

– Je te demande instamment de ne pas me faire la morale, Martine. Si tu m'avais fait un enfant à moi, bien à moi, peut-être ne reviendrais-tu pas d'Allemagne et n'habiterais-je pas le *George V*.

Elle s'indigna :

– Jean, c'est honteux ! Est-ce ma faute si je suis stérile ?

– Tu n'es pas stérile ! hurlai-je. Ne te fatigue pas, ça n'en vaut plus la peine puisque nous sommes séparés. Je sais, tu m'entends bien ? Je sais que ta prétendue stérilité est un mensonge. Une poignée de poudre aux yeux parmi tant d'autres. Tu ne voulais pas affronter les tourments de la disgracieuse grossesse, ni risquer de mettre au monde un gosse qui n'aurait peut-être même pas ressemblé à toi !

Elle ne répondit pas. Je venais de lui faire toucher les deux épaules. Comme Martine récupérait très vite, je n'attendis pas que son moral se remît à la verticale.

– Allez, je te quitte, si j'ose m'exprimer ainsi, fis-je vivement. Bonne chance, ma poule, et dis-toi qu'en cas de coup dur, tu pourras toujours faire appel à moi.

Mes nausées revenaient, plus violentes que précédemment. Je coupai la communication, sans lâcher le combiné. Ensuite je demandai le service.

– Aspirine effervescente et jus de citron !

Je n'eus que le temps de retourner à la salle de bains.

***

Existe-t-il spectacle plus pitoyable que celui d'un homme agenouillé devant une lunette de water ? Je m'apercevais en biais dans la glace fixée à la porte et je me méprisais. J'étais violacé. J'avais les yeux exorbités, l'estomac au niveau de la luette.

On toqua à la porte de la chambre.

– Entrez ! criai-je comme je pus.

Je respirai profondément avant de lancer à l'intention du garçon d'étage :

– Posez tout ça sur la table, je vous prie.

Je me remis à vomir misérablement. Quand j'eus surmonté ces nouveaux spasmes il me sembla que quelqu'un se tenait debout derrière moi. Je crois que ce fut une ombre qui m'alerta. Je tournai la tête et vis Danièle adossée au lavabo. Je la haïs de se trouver là à un tel moment. La plus odieuse des faillites ! A tâtons, j'actionnai la chasse d'eau, rêvant d'être balayé par sa cataracte.

– Je vous ai demandé à la réception. Pardonnez-moi, j'ai prétendu que vous m'attendiez...

Je me remis debout tant bien que mal. J'écartai Danièle du geste et fis couler de l'eau dans le lavabo pour, lorsqu'il fut plein, y plonger ma tête.

– Vous êtes très malade, n'est-ce pas ?

Je l'entendis, dans l'eau, prononcer ces mots. Elle avait une voix aquatique. Je m'emparai d'un flacon d'eau de Cologne pour m'inonder, mais elle me l'ôta doucement des mains.

– Non ! Les parfums, c'est mauvais lorsqu'on a une crise de foie. On les supporte mal. Retournez vous coucher.

Elle me soutint jusqu'à mon lit. On frappa. de nouveau, et cette fois c'était bien le garçon d'étage, avec mes chétifs remèdes. Danièle lui prit le plateau et examina son contenu.

– Je vous déconseille le citron, dit-elle.

Elle portait un tailleur qui ressemblait à celui de Geneviève, en moins élégant.

Je n'émergeais toujours pas de ma consternation. Pourtant il fallait bien que je me manifeste.

– Quelle heure est-il ? demandai-je.

Comme si je pouvais m'intéresser à la réponse ! Comme si, dans mon état, la notion d'heure conservait une signification quelconque.

– Presque trois heures !

Chose étrange, la visite de Danièle ne me surprenait pas. Elle résultait de ma conduite saugrenue de la veille. Si je ne l'avais pas abandonnée dans cet hôtel de passes, sans doute nos relations se seraient-elles agencées autrement ? Je récoltais la moisson de ma petite infamie.

Elle me fit prendre l'aspirine.

– Couchez-vous sur le côté, les jambes en chien de fusil.

J'obéis. Une certaine accalmie se produisit alors.

– Vous avez la technique, parvins-je à bredouiller.

Danièle ne répondit pas. Elle s'assit au pied de mon lit et s'accouda au montant. Nous restâmes longtemps silencieux dans la pénombre de la pièce, sans même nous dévisager. Je redoutais de nouvelles nausées. Mais ma tempête intérieure s'apaisait. Lorsque le téléphone vrombit, je crois bien que je somnolais. J'émis un grognement, sans quitter ma position sédative.

– Voulez-vous que je réponde ? proposa la jeune femme.

J'acquiesçai.

– C'est une certaine Geneviève, dit-elle-en plaquant le combiné contre sa poitrine.

– Dites-lui d'aller au diable !

– M. Debise est souffrant, il vous rappellera demain, annonça Danièle.

Elle raccrocha. Le bienfaisant silence s'étala de nouveau sur nous. A mesure que les minutes s'écoulaient, mon malaise se dissipait, ainsi que ma honte d'avoir été surpris en train de vomir. C'était une guérison générale, lente et belle comme l'aube. On ne percevait aucun bruit extérieur, sinon la très faible rumeur de l'avenue George-V engourdie dans son dimanche.

– C'est fantasmagorique, dis-je tout à coup.

– Quoi ?

– Vous, ma chambre, ce silence...

– Oui, j'aime, répondit-elle.

– Pourquoi êtes-vous venue ?

– Vous vous en doutez bien...

– Dites tout de même...

Elle hocha la tête.

– A cause d'hier, naturellement. Je ne dormais pas, vous savez !

Je me sentis outragé.

– Vous parvenez à mentir sans parler et les yeux fermés.

– Ce n'était pas un mensonge, seulement un refuge. J'ai aimé votre attitude. Quand vous avez serré mon soulier contre vous, j'ai failli me jeter à vos pieds. Plus que le mot que vous m'avez laissé, ce geste...

Elle plaqua ses deux mains devant son visage.

– Ne pleurez pas, Danièle !

Ses mains retombèrent.

– Je ne pleure pas. Je crois bien que je suis heureuse, Jean.

– Qu'avez-vous pensé en me voyant partir ?

– J'ai été soulagée. Nous ne pouvions plus nous parler, ni même nous regarder après... après tout ça. Je craignais que vous ne reveniez. J'ai attendu au moins une heure avant de m'en aller à mon tour.

– C'est la première fois que vous sortez seule un dimanche ?

– Oui.

– Vous n'avez pas eu de difficultés ?

– Ça ne vous regarde pas, c'est mon problème, pas le vôtre.

Elle s'allongea en travers du lit. J'entendis ses chaussures tomber l'une après l'autre sur le parquet, comme la veille...

– Ne vous couchez pas dans mon lit, suppliai-je.

– Pourquoi ?

– Il doit puer. Je me fait l'effet d'un porc sanieux sur un tas de fumier.

Elle ne broncha pas et dit seulement, d'une voix heureuse :

– Les hommes sont bêtes, leur vie n'est faite que de détails.

« Vous savez à quoi vous me faites penser ? A une tortue de mer. Là-bas, en Côte-d'Ivoire, quand ils en attrapent, les pêcheurs noirs n'ont qu'une façon de les conserver quelque temps : ils les mettent sur le dos. Et comme ces bêtes ont des nageoires très coupantes, ils leur crèvent les yeux pour que les tortues ne s'en servent pas quand un gamin les approche. Vous êtes pareil à une tortue sur le dos dont on a percé les yeux, Jean. Est-ce que vous vous en rendez compte ? »

Je me dressai. La pièce s'abstint de tourner autour de moi. Je me mis debout sans encombre. Avec une hâte sauvage, je me débarrassai de mon pyjama. J'eus le temps d'apercevoir ma figure hâve et non rasée dans la glace Louis XV accrochée au mur. J'avais la tête de ces types qu'on vient de dégager des décombres d'un cataclysme.

On eût dit que j'étais parti depuis très longtemps à la conquête de Danièle. Après un long cheminement j'accédais enfin à elle. Je la pris longuement, avec une fervente obstination.

8

– Aujourd'hui, c'est moi qui ferai semblant de dormir, alors tu t'en iras sur la pointe des pieds...

– Et je resterai plusieurs jours sans vous voir, dit-elle. Elle prononça cette sentence tranquillement, d'un ton quasi enjoué.

– Je t'interdis de me tourmenter, Danièle.

Plus que ses paroles, son expression paisible m'affolait.

– Voyons, Jean, ça fait trois jours de suite que je quitte la maison, moi qui ne sortais qu'une ou deux fois par mois...

– Merci de me rappeler ces sorties, soupirai-je avec aigreur.

Ma compagne fit la moue.

– Il faut comprendre.

Je la capturai avec les pans de ma robe de chambre.

– Tu veux faire comprendre quelque chose à un homme amoureux ? Je ne suis plus qu'une fringale de toi, l'idée que tu vas franchir cette porte dans quelques minutes m'épouvante. La perspective de rester plusieurs jours sans toi me donne envie de mourir. Oh, non ! ne me parle pas de ton mari, de ses béquilles ni de vos petites conventions. Ou alors il ne fallait pas venir, Danièle !

– Ne soyez pas lâche, protesta-t-elle. Car il est lâche de reprocher aux gens le bonheur qu'on leur donne.

Elle se mit à brouter doucement les poils de ma poitrine.

– Malgré ses yeux crevés, la tortue donne des coups de nageoires dans le vide, on dirait, hein ? Pourquoi voulez-vous tout briser, impulsivement ? Prenez le temps de souffrir.

– Je ne suis pas masochiste, la souffrance ne me fait pas jouir ! Voilà pourquoi je te verrai demain !

– Impossible !

– J'irai à Monfort s'il le faut.

– Ce serait stupide.

D'un geste violent, je la repoussai.

– Stupide, mon désir de te voir ! Je parie que tu en as déjà marre de moi ! Je fais partie de la confrérie des amis d'un soir, n'est-ce pas ? Je ne suis qu'une pièce de plus à ton tableau de chasse ! Aie le courage de l'avouer, nom de Dieu !

Elle parut profondément attristée.

– Ne me dites pas ça, Jean. D'abord vous n'en pensez pas un mot !

– Je te jure que si !

– Parjure ! Les femmes savent attendre ! Chez elles, c'est organique. L'enfantement n'est qu'une longue attente.

– Au fait, tu as des gosses ?

– Non.

– Volontairement ?

Elle marqua un temps. Elle se demandait si l'instant était bien choisi pour aborder un tel sujet.

– Quand j'ai épousé Julien, nous avons décidé de ne pas avoir d'enfant avant notre retour en France. Et puis il a eu cet accident...

– Quel genre d'accident ?

– Une pile de bois mal arrimée... Un fût d'acajou lui a écrasé la quatrième lombaire ; c'est par un miracle de volonté qu'il parvient à se mouvoir un peu.

Je venais seulement de comprendre. De tout comprendre : les sorties de Danièle, la tolérance de son époux... Carbon était devenu un homme... inapte.

– Il a la force de caractère de me laisser sortir, reprit-elle ; moi j'ai celle de me passer d'enfant.

Je ne pensais pas que l'admiration et la pitié puissent faire bon ménage. Cependant c'est ce que j'éprouvai à l'endroit de Julien Carbon. Il avait su rééduquer à la fois ses jambes et son amour conjugal. Un miracle de volonté, en effet.

– La semaine prochaine, je m'arrangerai, Jean. Je vous le promets.

– La semaine prochaine commence demain, en ce cas nous nous verrons demain. Je le veux !

Vaincue, elle poussa un soupir de détresse. Je la vis s'approcher de la fenêtre, écarter le rideau. Un triangle de jour mourant tomba dans la chambre.

– Tu ne me réponds pas ?

– Je réfléchis.

– Tu prépares des mensonges ?

– Oui, mais pas pour vous. Vous connaissez Les Mousseaux ?

– Je connais.

– Vous voyez où se trouve le cimetière ?

– A l'entrée du village à gauche, quand on arrive par Pontchartrain.

– Là-bas, à cinq heures, demain...

Je l'arrachai à la lumière de la croisée pour la presser follement sur mon cœur.

– Merci, mon amour. Tu es bonne...

Elle eut une mimique de petite fille complimentée. Je coulai ma main dans son corsage et la blottis dans le creux de ses seins. C'était tiède et palpitant.

– J'aimerais te faire un enfant, Danièle.

Gravement, elle murmura « Merci », puis m'obligea à retirer ma main.

– Il faut que je m'en aille. Vous allez vous recoucher et dormir.

– Tu as remarqué que tu ne me tutoies pas ?

– Je n'en éprouve pas le besoin.

– Pourtant, la première nuit, sur le boulevard, tu l'as fait.

Je récitai comme un poème :

« Je vais vous faire un aveu : tu sens bon. »

Elle sourit.

– Oh ! oui, fit-elle, c'est pourtant vrai.

– Alors ?

– Ça ne se commande pas. Le tutoiement est une question de réflexe.

Elle prit son sac à main sur un fauteuil et se dirigea vers la porte.

– A demain, mais je ne pourrai pas rester longtemps.

Elle sortit, sans autre prise de congé. Je demeurai un instant foudroyé par ma brusque solitude. Puis une réaction se fit en moi. Je bondis à la porte.

Danièle attendait l'ascenseur dans un petit groupe de touristes.

Je l'appelai à pleine voix. Elle se retourna d'un air craintif.

– Je voulais te demander, lui criai-je : ces types d'une nuit, est-ce que tu les tutoies, après ?

Bien que nous fussions chacun à une extrémité du couloir, je vis sa honte. Une grande pâleur vida son visage. Les gens nous regardaient avec ahurissement, comme ceux de l'autre nuit, à Montparnasse, devant la *Coupole*. Mais l'ascenseur arrivant, ils s'y engouffrèrent. Danièle eut le grand courage de se joindre à eux après m'avoir adressé un pauvre sourire.

***

Je dormis bien et me réveillai mal. Le souvenir de mon insolente apostrophe me fit craindre d'avoir tout gâché. Jusqu'à quel point une femme – fût-elle aimante – pardonne-t-elle à un homme ses mufleries ?

J'aurais voulu lui téléphoner pour m'excuser. La chose semblait déraisonnable étant donné les complications que je venais de créer dans sa vie domestique.

« Si elle n'est pas au rendez-vous, ce soir, ce sera ta faute, me dis-je lugubrement. D'où te vient donc ce besoin d'être odieux, de défier les meilleurs sentiments ? »

Une longue douche froide acheva de me rétablir. J'avais faim, ce qui prouvait ma guérison.

Pendant que je dévorais des œufs brouillés, Marcé m'appela pour me demander si j'avais repris le travail. A son ton, je compris qu'il savait bien que non.

– J'allais m'y coller, assurai-je. Ce matin, j'émerge.

– Bravo. Je compte sur vous, Jean ! J'ai prévenu mes Ritals, ils n'ont pas eu l'air d'aimer ce contretemps.

Lorsque je fus prêt, je téléphonai à Barnaque afin de prendre rendez-vous. Il se montra maussade. Il ne me pardonnait pas mon lâchage du samedi, et encore moins de lui avoir fait croire en un scénario médiocre. Depuis longtemps, dans la profession, les gens ne doutaient plus de moi. Le succès vous rend infaillible aux yeux des autres. J'avais perdu l'habitude d'être contesté. On agréait d'emblée mes moindres virgules. Mon nom grandissait aux génériques. Il arrivait même que certaines exploitants de banlieue m'affichassent en caractères plus gros que ceux réservés au réalisateur. Mes confrères me jalousaient. Pour tenter de diminuer mes mérites, ils affirmaient que j'avais la baraka, sans comprendre que, dans notre métier, la chance est la principale des qualités. On peut réussir sans talent, au cinéma, jamais sans la chance. Ma réputation de porte-veine me servait davantage que mes qualités professionnelles.

– Alors, on s'attaque à cette opération « survie », Edmond ?

– J'ai pas mal défriché votre truc pendant le week-end !

A cause des critiques du producteur, le scénario était devenu « mon truc » à part entière.

Le mot « défrichage » m'irrita tout autant.

– Ah ! bon, nous allons voir ça.

– C'est-à-dire que je me suis mis à rebâtir un monstre et j'aimerais l'achever avant de vous retrouver.

Cela faisait une bonne douzaine d'années qu'on ne m'avait pas joué un tour de ce genre. Les intentions de Barnaque se lisaient à cœur ouvert. Il tenait à rebricoler seul le scénario, dans la ligne souhaitée par Marcé, afin de se réhabiliter aux yeux de ce dernier. Il faisait « la lèche » comme un élève de sixième. Les hommes sont tous des enfants qui grandissent mal.

Mon silence l'inquiétant un peu il demanda, d'une voix chargée d'appréhension :

– Ça ne vous contrarie pas, Jean ? Je peux ?

– Vous pouvez même aller vous faire f... ! soupirai-je en raccrochant.

Le temps que j'aille décrocher mon imperméable dans l'armoire, le téléphone sonna de nouveau. Affolé, Barnaque se hâtait de me rappeler pour faire amende honorable.

Je sortis sans répondre.

Il faisait beau et frais sur les Champs-Elysées. J'aime les premiers soleils de Paris : on dirait des sourires de jeune fille. Je me sentais en vacances ; ce sentiment se traduisait par une légère griserie à fleur de peau. Si Danièle ne venait pas au rendez-vous, je la harcèlerais jusqu'à ce que son vieux bonhomme, excédé, me l'envoie. Etrange situation. Elle convenait à mon tempérament inventif. J'appréciais tout autant les protagonistes de cette histoire parce qu'ils sortaient de la normale.

J'allai chez mon coiffeur où je rencontrai le père Klassmann, un vieux producteur dont la boîte remontait aux temps héroïques et qui avait donné au cinéma au moins une demi-douzaine de chefs-d'œuvre.

La crise du septième art le rendait timoré. Il produisait au ralenti, avec circonspection et mettait des mois avant de se décider à entreprendre un film. Contrairement à ses confrères, il ne se laissait pas influencer par les réussites des autres et dédaignait les modes, prétendant, à raison, que s'inspirer d'un succès est une forme du renoncement.

Il me salua de la main tandis que son coiffeur donnait de l'importance aux quatre cheveux blancs moussant sur la nuque du vieillard. Je n'avais jamais travaillé pour Klassmann, car il ne me l'avait jamais demandé. Son dédain me pesait comme l'absence d'une grande classique au palmarès d'un champion cycliste.

– Bonjour, monsieur Klassmann !

– Salut, petit.

A trente-neuf ans, ce n'était pas désagréable de s'entendre appeler petit devant une vingtaine de personnes. Jacqueline, ma manucure, me sourit.

– Ça marche, votre film pour Marcé ? s'enquit distraitement Klassmann avec son bon accent yiddish que les acteurs se faisaient un plaisir de contrefaire à la terrasse du *Paris.*

– Je viens d'envoyer Barnaque aux prunes.

Toujours prendre les devants. Si nous rompions les ponts, Barnaque et moi, il se répandrait partout en affirmant que je « baissais ». Je préférais m'occuper de sa réputation avant qu'il ne se charge de la mienne.

– Pas possible ? s'égosilla le vieillard à travers la serviette chaude dont on bassinait ses joues poupines.

– Il est devenu hydrocéphale, assurai-je en écartant mes mains de ma tête ; voilà qu'il se prend pour un scénariste alors qu'il est à peine un metteur en scène.

Tout le salon pouffa. Klassmann le premier.

– Je prétends qu'il vaut mieux un mauvais commandant sur un bateau que deux bons, alors je lui ai laissé la barre.

– Si bien que vous êtes provisoirement libre ? conclut Klassmann.

A sa façon de me jeter cette question, je flairai les prémices d'une proposition et j'en rougis d'émotion.

– Tout dépend de la manière dont Marcé prendra la chose, rectifiai-je : j'ai un contrat.

– Les contrats sont faits pour être rompus, assura le vieux producteur. Marcé n'est pas un imbécile, il sait bien que des époux brouillés ne font pas d'enfant.

Il y eut un silence. Son coiffeur achevait de le pomponner. Il vint à mon fauteuil, la figure congestionnée par les soins qu'on venait de lui prodiguer. Klassmann portait un éternel costume noir, un peu archaïque, une chemise mal lavée et une cravate gris perle graisseuse. Une grosse chaîne de montre en or, accrochée à son revers de veston, décrivait une large arabesque avant de plonger dans la poche supérieure du veston. Le vieillard passait son temps à regarder l'heure et l'on se demandait s'il s'agissait d'un tic ou d'un début d'amnésie.

– Dites donc, mon petit Debise, ça vous amuserait de faire un vrai grand film, une fois dans votre vie ?

J'en eus le souffle coupé. Mon coiffeur s'obstina à regarder ailleurs en mordant son sourire. Je ris, comme à une boutade, pour cacher mon embarras.

– Avec vous, tout ce que vous voudrez, monsieur Klassmann.

– Vous avez mis un peu d'argent de côté, j'espère, reprit-il, car je ne vous en donnerai pas beaucoup. C'est la surenchère qui tue ce métier. Personne ne vaut le prix qu'on le paie.

Il regarda sa grosse montre ventrue.

– Vous venez me voir demain matin, disons à onze heures ?

– Entendu.

Il me tapota l'épaule et gagna la caisse en trottinant comme un bouvreuil.

La proposition de Klassmann me mit le cœur en fête, au point que mon amour pour Danièle s'en ressentit. Je me convainquis que c'est dans le travail seulement qu'on puise les vraies félicités quand on est artiste. Mon début de liaison me fit brusquement l'effet d'une chose annexe, une révolution s'opéra en moi. Danièle cessa de m'obséder, de m'enchanter. Elle ne fut plus qu'une petite sous-bourgeoise quelconque. Je ne me rappelai plus que ses pauvretés : la dédicace demandée à Rossel, son pas pressé au côté de l'ahuri qui l'emmenait à l'hôtel, et des expressions médiocres, aussi... Des regards qui manquaient d'éclat. Elle venait de s'éteindre, de réintégrer son anonymat.

En quittant le salon de coiffure, je pris un taxi pour aller à la recherche de ma voiture. Je la récupérai sans mal, agrémentée de deux papillons.

« Je ne boirai plus, me promis-je en y prenant place. C'est trop idiot : on égare sa voiture, on perd goût au travail, on se fabrique des Manons en carton-pâte et on a le foie en démolition. »

Je roulai dans le quartier, cherchant à retrouver mes transes amoureuses. En vain. Ces rues, ces boulevards me laissaient indifférents. A la lumière du jour, la façade de « notre » cabaret perdait son mystère.

Je me sentais désormais calme et fort et j'avais la certitude que ce contrôle de moi durerait autant que mon existence.

Un grand truc avec le père Klassmann ! Il allait me mener la vie dure, le vieux bougre. Me faire suer de la copie ! Il passait pour un tyran, appelait ses auteurs au milieu de la nuit, se montrait cinglant avec eux. Il avait la riposte prompte. A un dialoguiste exacerbé qui n'admettait pas ses critiques sous prétexte que Klassmann parlait mal le français, il avait répondu : « Vous vous rendez compte ! Mon mauvais français me suffit pour constater que vous faites de la m... ; qu'est-ce que ce serait si je le parlais bien ! »

L'envie me prit de partager mon allégresse avec quelqu'un. Je jetai mon dévolu sur Geneviève. Elle habitait un petit pavillon en meulière, à La Varenne, en compagnie de sa mère. Cette dernière ne se formalisait pas le moins du monde de la vie dissolue de son enfant. Elle faisait bon visage aux nombreux messieurs qui lui rendaient visite et poussait la compréhension jusqu'à leur préparer du café pendant qu'ils « discutaient travail » dans la chambre de Geneviève.

– Elle est encore couchée, monsieur Debise, m'avertit la chère dame. Elle est rentrée au petit jour. Allez la réveiller, ça lui fera la surprise.

Dans la chambre obscure, Geneviève dormait nue et à plat ventre sur son lit bas. J'eus instantanément envie d'elle, et l'éveillai de la plus délicate façon.

– Qui est-ce ? grommela-t-elle à un moment où, dans la même situation, la plupart des femmes ne posent plus de questions.

– Devine ! répondis-je, en précipitant nos ébats.

Poliment, elle murmura : « Oh, je sais ! », s'éveilla pleinement, me le prouva et quand je fus apaisé donna la lumière.

– Eh ben dis donc, s'exclama-t-elle en clignant des yeux, pour un malade, y a pas à se plaindre ! C'est ton infirmière qui m'a répondu, hier ?

– Non, c'est ma maladie.

– La sublime rencontre qui... que ?...

– En personne.

– Je vois que t'as suivi mon conseil, et que les choses n'ont pas traîné. Je parie que maintenant la crise est passée ?

– Complètement. Je peux te demander un service, Viève ?

– Cause !

– J'ai rendez-vous avec... cette personne, ce soir, et je voudrais me décommander. Comme c'est son vieux qui répond au téléphone, il serait mieux qu'une voix féminine demande après elle. Dis que tu es sa couturière, par exemple.

– D'ac. Elle s'appelle comment, ta ravageuse ?

Je donnai les coordonnées de Danièle à Geneviève. Le téléphone se trouvait précisément dans sa chambre car elle s'en servait davantage à l'horizontale qu'à la verticale.

Comme chaque fois, la sonnerie retentit longtemps avant qu'on ne décroche.

– *Nobody,* fit Geneviève.

Je tenais l'écouteur annexe. La sonnerie lancinante remuait en moi je ne sais quoi d'aussi indéfinissable que l'angoisse.

– Insiste !

La voix grondante de Carbon éclata tout à coup :

– Oui, j'écoute ?

– Madame Carbon, je vous prie. Ici, c'est sa couturière.

– Elle est sortie. Y a quelque chose à lui dire ?

Je fis vivement un signe négatif à Geneviève.

– Inutile, je la rappellerai plus tard, elle va bientôt rentrer ?

– Ah ! ça, je l'ignore.

– Merci, ajouta vivement Geneviève en coupant la communication.

Elle me fit la grimace.

– Tu parles d'un grincheux. J'ai l'impression qu'elle a de bonnes raisons de le cocufier.

– La meilleure du monde, soupirai-je.

– On rappellera tout à l'heure ?

Je réfléchissais. Une sournoise jalousie me tenaillait. Danièle avait prétendu ne pas pouvoir s'absenter, or elle ne se trouvait pas chez elle à l'heure du déjeuner.

– Non, laisse, j'irai !

Geneviève sauta du lit et s'en fut entrouvrir la porte.

– Tu nous montes le jus, Marguerite ? cria-t-elle à la cantonade.

Elle décrocha une robe de chambre-kimono dont l'affreux dragon me tirait la langue, l'enfila prestement et revint s'asseoir sur le bord du lit pour allumer une cigarette.

– Tu en veux une ? demanda-t-elle.

– Pas envie de fumer, je traîne des séquelles de gueule de bois.

– Et des séquelles de vague à l'âme, non ? T'es un type pas banal dans ton genre. Le Frégoli de la pensée. Il y a un instant, l'idée d'aller à ton rendez-vous te flanquait la frousse, et maintenant tu ne penses plus qu'à ça.

– Je crois que je suis un peu désaxé, reconnus-je.

– Comme tous les types seuls, mon grand. En larguant ta

femme, tu as rompu ton équilibre. Tu traverses l'existence sur un fil, et sans balancier. Il s'avance, ton divorce ?

– C'est fait !

Elle eut un rire plutôt triste.

– Tu vas pouvoir m'épouser alors ! Avec moi tu serais tranquille : je me suis déjà tapé tous tes amis et connaissances. Les meilleures épouses sont les filles de mon espèce. Quand elles se marient, elles entrent en fidélité comme on entre en religion.

Je devinai sa détresse, au sein de la boutade. Je massai affectueusement sa croupe plantureuse.

– Laisse-moi profiter de mon nouveau célibat.

– Mais t'en profites pas, Jean ! Tu te beurres ou tu joues les Roméo avec les premières Juliette venues.

Marguerite entra, portant un plateau odorant. Elle trouvait naturel qu'un homme nu partageât le lit de sa fille.

– Vous êtes encore bronzé de l'été dernier, monsieur Debise, complimenta la vieille femme. Vous avez une peau qui prend bien le soleil ! A propos de soleil, je crois que nous allons avoir un printemps précoce, il y a déjà des perce-neige dans le jardin...

– Va les cueillir et fous-nous la paix, conseilla aimablement Geneviève.

Marguerite secoua la tête.

– Que pensez-vous de la jeunesse d'aujourd'hui, monsieur Debise ?

– Il en pense un bien fou, trancha Geneviève, et s'il prétend le contraire, c'est un hypocrite.

La mère sortit en maugréant des présages.

– Tu manques un peu de respect filial, reprochai-je.

– Penses-tu, répondit-elle, on fait un numéro toutes les deux, mais on s'adore.

Elle servit le café, un œil fermé à cause de la fumée rectiligne de sa cigarette.

– Au fait, pourquoi n'es-tu pas au boulot à cette heure ?

– Je me suis pété avec Barnaque.

– Hé, aïe aïe ! voilà mon fabuleux rôle foutu. J'avais beau savoir que c'était du flan, j'y pensais tout de même. On a toujours besoin d'un pot de réséda sur sa fenêtre.

– T'en fais pas, je vais entreprendre une superproduc avec Klassmann et je t'écrirai un bijou de texte. J'ai envie de gratter dans le cérébral.

Elle me tendit ma tasse de café noir.

– C'est pas toi qui prends le café sans sucre, Jean ?

– Non, Geneviève, ce n'est pas moi !

Elle touillait le sien d'un geste bien rond et elle avait l'air réfléchi.

– Tu veux que je sois franche ?

– Je n'ai pas à le vouloir : tu l'es, et c'est ce qui fait ton charme.

– Tu files du mauvais coton, mon grand, à tout point de vue. Si tu ne te réorganises pas sérieusement, tu vas partir en brioche.

– Tu as un traitement à me prescrire ?

– Oui. Primo, quitte l'hôtel et loue un appartement agréable dans un quartier sympa. L'hôtel, nécessairement, ça te crée une ambiance précaire. Tu as l'impression toujours de n'être que de passage. Faut qu'un type de ton âge ait un chez-soi, avec des bibelots à lui, une vieille bonne grincheuse et des habitudes. Tu manques surtout d'habitudes. Deuxio, poursuivit Geneviève, cesse de biberonner avant de devenir alcoolique et boulonne à bloc. Troisio, sélectionne tes amis et déniche-toi une chouette mémé...

Je n'écoutai plus la suite. Tout mon être se tendait vers Danièle. Mon amour venait de passer au vert.

Comme il m'était difficile d'aimer, à présent !

9

Un double rideau d'arbres nus, criblés de houppettes de gui, bordait l'étroite route. Au bout du chemin, la masse compacte du village luttait contre les brumes du crépuscule.

J'accélérai et ma Ferrari impétueuse balaya les quelques hectomètres me séparant encore des Mousseaux. La sarabande de peupliers cessa brusquement, me découvrant le chaste cimetière de campagne, ses murs gris et sa grille mal jointe. J'obliquai à gauche, désespéré par le chemin désert qui s'offrait. Danièle n'était pas encore arrivée. Ma montre marquait cinq heures moins dix. Malgré mon avance, j'espérais qu'elle m'attendait déjà. Je stoppai, coupai le moteur. Aussitôt des bruits ruraux m'assaillirent. Dans un champ voisin, un paysan épandait du fumier sur une terre labourée. Son tombereau cahotant produisait un bruit de scie à métaux. Des oiseaux invisibles lançaient des cris d'adieu au jour mourant. Mon anxiété me glaçait, je me sentais devenir aussi froid que ces gens qui gisaient de l'autre côté du mur. Il avait suffi que Danièle fût absente de chez elle pour qu'immédiatement se renouât le sortilège, pour que mon amour d'elle, pour que ma souffrance d'elle s'emparassent de moi.

Je l'appelais, du tréfonds de ma pensée. Je l'exhortais à me rejoindre. Les minutes passaient, de plus en plus glaciales. Des reliquats de jour escaladaient la crête des arbres. A cinq heures un quart je décidai qu'elle ne viendrait pas. Ma cruelle apostrophe de l'ascenseur avait tout détruit. Pourquoi ne m'acceptait-elle pas complètement ? Pourquoi ne me comprenait-elle pas jusqu'au bout ?

Les vitres de ma voiture s'embuèrent et je fus prisonnier. La résignation allait venir, comme chez tous les prisonniers. Il suffisait d'aller aussi loin que possible dans l'épuisement cérébral. Je sentais que cette cruelle partie de cache-cache avec mes sentiments m'avait plus éprouvé que mes excès de boisson.

A cinq heures vingt, la lumière un peu floue de deux phares bas surgit dans mon réflecteur. Elle s'immobilisa derrière ma voiture et s'engloutit. Malgré l'opacité de ma lunette arrière, je décelai la petite Austin blanche. Je voulus sortir de ma voiture, mais mes jambes paralysées par l'émotion restèrent obstinément enfouies sous mon tableau de bord. C'était une impression unique de la savoir à quelques mètres de moi et de ne rien faire pour la rejoindre. Je m'attendais à la voir surgir, mais elle aussi restait bouclée dans son auto. J'ignore ce que fut la durée de cette double attente. Nous étions un mâle et une femelle immobiles qui jouissaient sadiquement de se priver de leur présence. L'ivresse de l'amour, ce n'est pas seulement d'être ensemble, c'est surtout de concevoir l'instant fabuleux des retrouvailles, de même que le plaisir consiste en réalité à retarder le plaisir.

Elle craqua la première. Son ombre courut dans le chemin boueux. Danièle pénétra dans ma voiture. Elle sentait le soir mouillé. Nous ne nous dîmes rien. Je mis le moteur en marche et démarrai.

– N'allez pas trop loin, murmura-t-elle, j'ai très peu de temps.

– Où étais-tu cet après-midi ?

– A la maison.

– Menteuse !

– Je vous le jure !

– Menteuse, j'ai fait téléphoner par une amie, ton mari a répondu que tu étais sortie.

– Ah, c'est vous ce coup de fil, vers midi ? En entendant la sonnerie, j'en ai eu le pressentiment. Il a dû se douter de la vérité car il ne m'a rien dit.

Je voulus la croire. Je n'avais plus la force d'être jaloux.

– Il est infirme et c'est lui qui va répondre au téléphone ?

– Il en a décidé ainsi.

– Quand ?

– Depuis notre retour en France. Le téléphone lui appartient, comme sa piscine et ses béquilles. Pour ce vieux broussard, ça n'est pas un instrument usuel.

Je venais de déboucher sur la grand-route et d'obliquer en direction de Paris.

– Où allez-vous ! s'inquiéta Danièle.

– Je ne sais pas.

– Je ne dispose que d'un quart d'heure. J'ai dit à Thérésa que j'allais faire courir le chien pendant que mon époux prenait son bain du soir...

– Il passe sa vie dans sa piscine ?

– Il n'y a plus que dans l'eau tiède qu'il puisse se mouvoir presque normalement. Elle fait partie de sa rééducation.

– Et le chien ?

– Il est en train de passer sa langue par la vitre de mon auto.

– Un bestiau de son gabarit dans une Austin, ça doit limiter le nombre des passagers...

Nous roulions au milieu du flot des lundis soirs.

– Pourquoi cette route et tous ces gens ? Je pensais...

– Tu pensais qu'on se peloterait un peu devant le cimetière, histoire d'apprendre à vivre à ses locataires !

Elle se crispa. Au début de quelques instants, elle me dit sèchement :

– Faites demi-tour, Jean !

En guise de réponse, j'appuyai à fond sur l'accélérateur et doublai d'un seul bond une douzaine de voitures.

Je réalisais pleinement la sottise de mon comportement. Il

m'effrayait plus qu'il ne l'effrayait : « *Quelque diable, aussi, me poussant...* »

Dans mes moments déraisonnables, je me répétais ce vers de La Fontaine. Déjà je regrettais l'horizon éteint de la campagne, la solitude du cimetière. J'aurais dû la presser contre moi, dans la touffeur de mon auto, dévorer ses lèvres, caresser sa chair, exhaler mon désir en me grisant du sien. J'aurais dû lui crier ma peine, lui offrir mes larmes, mendier une promesse de bonheur. Au lieu de cela, je fonçais à tombeau ouvert sur l'autoroute. Je saccageais et saccageais encore ce qui restait de valable, de récupérable en elle et en moi. Par sadisme ou par désespoir ?

– Si j'étais courageuse, je sauterais, Jean !

– Saute !

– Je ne suis pas courageuse.

– Je te fais peur ?

– Non.

– Tu m'aimes ?

– Oui.

– Tu me voudrais autrement ?

– Je ne sais pas.

– Si tu m'aimes, tu dois te foutre de tout !

– Il faut le temps d'apprendre.

– On n'a pas le temps !

Je ralentis quelque peu. Elle regardait courir les plaques de métal délimitant les deux voies de l'autoroute.

– On ne peut plus faire demi-tour, réalisa-t-elle.

– Plus avant Paris.

– Si : à l'embranchement de Versailles, vous prendrez le pont, n'est-ce pas, c'est promis ?

– Je verrai. Tout dépendra de ce que je penserai alors ! C'est dans si longtemps !

– Dix minutes, avec votre bolide.

– C'est bien ce que je disais. Une éternité ! Tu es belle comme l'éternité, Danièle !

Elle attendit. Je me doutais qu'elle pensait à l'infirme en train de barboter dans sa piscine, au gros chien danois dont la bave dégoulinait sur la vitre de l'Austin. Elle n'osait plus parler, par crainte de me pousser à prolonger cette équipée. Je devenais d'un maniement difficile, à l'image de certains malades mentaux.

Nous pénétrâmes dans la zone éclairée de l'autoroute. Au loin, apparurent les signalisations annonçant l'embranchement pour Versailles et Saint-Germain-en-Laye. Je souris en sentant croître son anxiété. *J'ignorais ce que j'allais décider.* Il est des instants où ce n'est plus le cerveau qui commande, mais l'instinct ; et l'instinct, c'est la raison du corps. Peut-être que mes mains allaient « cisailler » le volant sur la droite ? Peut-être ne remueraient-elles pas, laissant la voiture poursuivre sa trajectoire rectiligne ?

Les panneaux défilèrent, le pont franchissant l'autoroute gifla l'auto de sa brève dépression. Danièle se tassa un peu plus sur son siège.

– Tu m'en veux ? lâchai-je piteusement.

– Prenez la seconde, répondit-elle sans trop y croire.

– Je ne pense pas.

Elle regarda sa montre. C'était l'instant où, à Monfort, Carbon sortait comme un vieux cachalot de l'eau tiède de sa piscine pour se traînailler entre ses béquilles. Vint le second embranchement, tout pareil au premier ! Cette fois, Danièle tenta quelque chose.

– Jean, soyez gentil...

– Je t'aime !

J'envoyai, du pied, une giclée d'essence dans les entrailles de mon bolide et la masse blanchâtre du deuxième pont s'engloutit derrière nous.

– Tu ne connaissais pas l'amour-folie, Danièle ?

– Il ne simplifie pas la vie.

– Qu'est-ce qu'on en a à fiche d'une vie simple ?

– Je n'aime pas vos lâchetés. Et vous venez d'en

commettre une, tout comme l'autre après-midi quand vous harceliez mon mari au téléphone. Vous ne risquez rien puisque vous êtes libre. Mais je parie qu'à l'époque de votre mariage, vous n'avez jamais agi ainsi. Si une épouse vous attendait, vous refréneriez votre fantaisie.

– Tu me méprises ?

– Non, je regrette seulement.

– Qu'est-ce que tu penses de moi ? Sois franche...

Elle médita tandis que je levais le pied pour m'engouffrer dans le tunnel de Saint-Cloud.

– Je ne sais pas si le mot existe : je crois que vous êtes un cinématomane.

– Il n'existe pas, mais il est éloquent.

Elle s'obstina pourtant à l'analyser.

– Vous êtes déformé par vos histoires, elles vous ont rendu excessif et vous éprouvez le besoin d'en vivre personnellement. Vous faites un complexe de héros. Vous voulez vous rendre intéressant à vos yeux, vous épater ; vous prouver que « tout ça » peut exister. De plus, vous n'êtes pas fait pour vivre seul, sans frein. Votre liberté vous grise...

Son diagnostic concordait étonnamment avec celui de Geneviève.

– Le soir de notre rencontre, tu m'as traité de pauvre type, je vois que ton opinion n'a pas varié, remarquai-je aigrement.

– L'échec de votre mariage vous incite à aimer cruellement, Jean. En admettant que vous m'aimiez, car je ne pense pas qu'un homme véritablement épris mette délibérément sa maîtresse dans l'embarras.

Je fus douché. Je venais de me comporter en gamin.

– Je parie qu'après ce coup-là tu ne voudras plus me voir ?

Elle haussa les épaules.

– Réponds !

– Je ne sais pas. Vous ne voulez pas me ramener à ma voiture ?

– Non. On va à mon hôtel. J'ai besoin de toi dans ma

chambre. Te faire l'amour d'abord... Ensuite, on essaiera de comprendre, d'y voir un peu plus clair...

– Si vous croyez que j'ai envie de faire l'amour en ce moment...

La colère m'enflamma.

– Quoi ! Ton vieux ? Ce ne sera jamais qu'une complaisance de plus qu'il aura à te consentir !

Je considérai son silence comme une marque de mépris et la regardai. Elle fixait l'avenue de la Reine, abondamment éclairée. Bien qu'elle fût de profil, j'aperçus distinctement ses larmes.

– C'est à cause de lui que tu pleures ?

– A cause de tout !

– De moi aussi ? insistai-je en baissant pudiquement le ton.

– Surtout à cause de vous.

– Explique.

– Je ne saurais pas...

Je remisai ma voiture devant l'hôtel. Le portier s'empressa pour aider Danièle à s'extirper de la Ferrari, et ce fut, je crois, la main gantée de cet homme qui la décida.

C'est seulement dans les lumières du hall que je vis la médiocrité de sa mise. Elle portait une jupe de drap bleu marine, un pull blanc, des souliers plats et un vieil imperméable beige sans ceinture. Ses chaussures étaient crottées par la boue du chemin de terre.

Je la poussai vivement vers l'ascenseur. Le liftier me sourit et la détailla du coin de l'œil. Je continuai de l'examiner par les yeux de cet homme. Je notai sa coiffure en désordre, son absence de fard, les sillons méandreux que ses pleurs avaient tracés sur son visage pâle... Ma honte s'accrut et j'eus honte de ma honte !

Quand on commet une infamie, le plus difficile ensuite est de s'en accommoder. Une fois dans la chambre, je dus faire un gros effort pour ne pas craquer.

– Tu vas téléphoner à ton mari, lui dis-je. Tu trouveras bien un prétexte plausible...

Elle considérait le téléphone avec hébétude.

– Je passe dans la salle de bains pour ne pas te gêner. J'ouvrirai le robinet de la baignoire afin que tu sois certaine que je n'entends pas. Les chutes du Niagara font moins de bruit que lui...

Avant de disparaître, je demandai le numéro de Carbon à la standardiste, puis, comme promis, je m'enfermai dans la salle de bains où je fis couler l'eau, en grand.

Les mains appuyées au lavabo, je passai plusieurs minutes à me considérer dans la glace. Plan moyen du héros. Zoom sur son regard ! Sa voix off retentit...

Je quittai ma colonne de gauche pour ma colonne de droite :

Jean DEBISE
Malgré tes outrances, tu restes un médiocre, Jean ! Elles ont raison, ces filles : tu n'es pas à la hauteur de ta liberté...

M'éloignant de la glace à refléter les remords, j'allai m'asseoir sur le bord de la baignoire et regardai bouillonner l'eau en m'efforçant d'oublier ma crise de conscience. Malgré la bonde d'évacuation ouverte, la baignoire s'emplissait. Etant donné qu'un robinet a un débit de...

Je le fermai et tendis l'oreille. Aucun son ne me parvenait de la chambre. J'y courus : elle était vide. Danièle venait de se sauver. Conclusion : elle se considérait comme étant ma prisonnière ; or on ne peut aimer son geôlier. Par acquit de conscience j'allai jusqu'à la porte. Le couloir désert ressemblait à mon âme. Je gagnai le lit et m'y allongeai tout habillé. De confuses idées de suicide me taraudèrent, doucereuses. Je me découvrais inapte à vivre. Les grandes constatations ne sont jamais dramatiques. Le moment fatal arrive où l'homme réalise son pouvoir ou sa faiblesse, où il prend conscience de ses vraies dimensions. Jean Debise, excellent dialoguiste pour films commerciaux, avait raté sa vie.

La porte s'ouvrit, tout doucement et le visage pathétique de Danièle s'inséra dans l'entrebâillement. Elle me considéra un moment avant de se décider, entra et referma la porte.

Je fermai les yeux sur ma brusque délivrance. Son retour, c'était beaucoup mieux que la mort.

– En somme, tu m'aimes ? murmurai-je.

Elle eut un grand soupir et répondit :

– Je crois bien que oui.

10

Danièle se débarrassa de son imperméable.

– Vous voulez bien retourner dans la salle de bains, cette fois je vais l'appeler.

– Je préfère attendre dans le couloir. J'ai eu trop mal.

Je sortis et me mis à faire les cent pas sur les tapis moelleux. Les ascenseurs montaient et descendaient dans un glissement soyeux, à peine troublé par un léger heurt métallique. Le garçon d'étage passa avec un plateau chargé de boissons. Je l'arrêtai d'un signe.

– Paul, vous m'apporterez une bouteille de Dom Pérignon, une autre de scotch et des amuse-gueules...

– Tout de suite, monsieur.

Voyant que je continuais de tourner en rond dans le couloir, il s'inquiéta :

– Monsieur a oublié sa clé ?

Je lui décochai un clin d'œil égrillard :

– Discrétion, discrétion, Paul. « On » téléphone au mari.

Il rit et s'en fut toquer à une porte derrière laquelle des Américains faisaient un tapage du diable. J'avais reconquis tout mon aplomb, tout mon cynisme.

– Jean !

Elle venait d'apparaître, un peu plus pâle qu'auparavant. Je la rejoignis et lui ouvris les bras. Au lieu de s'y précipiter, elle se laissa choir dans le fauteuil. Elle n'entendait pas recevoir tout de suite le salaire de ses mensonges.

– Tu t'en es sortie comment ? hasardai-je.

Elle jeta ses jambes par-dessus l'accoudoir du fauteuil, tira sa jupe sur sa cuisse dénudée et fit la moue.

– Mal ?

– Disons qu'il y a des moments désagréables.

– Qu'a-t-il dit ?

– Rien.

– Rien quoi ?

– Il m'a écoutée et a raccroché.

– Que lui avais-tu raconté ?

– Vous savez que je n'aime pas parler de ces choses ? Elles appartiennent à un aspect de ma vie que vous ignorez et qui ne vous concerne pas.

– Tout ce qui te concerne me concerne désormais !

– Bien sûr que non, fit-elle.

– Tu viens de me consentir un grand sacrifice, n'est-ce pas ?

– Il me semble.

– Tu veux que je te ramène ?

Elle secoua la tête.

– Ça n'est plus la peine. Vous croyez que mon chien... ?

La perspective de l'énorme danois enfermé dans l'Austin et s'y impatientant m'amusa.

– Il doit roupiller sur la banquette arrière. Maintenant, tu ne vas pas te tourmenter pour un éventuel pipi de chien !

On frappa. Paul apportait les boissons demandées. Il eut un salut déférent pour Danièle, un haussement de sourcils approbateur pour moi, et se retira non sans avoir savamment disposé son matériel sur la table.

– Vous avez l'intention de nous enivrer ?

– Pas nécessairement, mais j'ai pensé qu'un peu d'alcool te réconforterait.

– C'est une excellente idée, reconnut-elle. Pour une fois, je vais boire à bon escient.

– Champagne ou whisky ?
– Champagne, pour changer.
J'emplis deux coupes.
– A nos amours, Danièle !
– Elles sont bizarres ! dit-elle.
Et elle but son verre d'un seul trait. Je ne pus l'imiter car la seule odeur du champagne m'écœura. Mon foie me condamnait pour un certain temps à la sobriété. Elle me vit reposer ma coupe et demanda :
– Alors, ce soir, c'est moi seule qu'on saoule ?
– Si je bois, ce sera catastrophique. Depuis hier je ne filtre plus !
– Alors je boirai seule.
Elle avala mon champagne. La fameuse petite lueur d'excitation que je commençais à bien connaître brilla dans ses prunelles.
– Tu n'as pas envie que nous causions, ce soir, chérie ?
– Si, seulement il ne faut pas m'appeler chérie. Ça m'épouvante.
– Il y a longtemps que tu es mariée ?
– Je ne sais plus, douze ou treize ans. On est en quelle année ? Oui, treize ans !
– D'où es-tu originaire ?
Elle poussa sa coupe vide vers moi, en un timide geste de requête honteuse.
– Pendant quelques jours, il n'y a pas si longtemps, ma ville natale s'écrivait, zéro, zéro, zéro, zéro, zéro, vous devinez ?
Je récapitulai ses zéros. Il y en avait cinq.
– Grenoble, à cause des jeux ?
– Bravo, c'est beau un homme d'esprit.
– Ne te fous pas de moi !
Comme je ne lui servais pas à boire, elle s'empara de la bouteille et emplit les deux coupes.
– Tu joues sur deux claviers à la fois, fis-je en désignant les verres débordant de mousse joyeuse.

– Je bois pour oublier.

Elle prit un verre dans chaque main, absorba une gorgée du premier en annonçant.

– Un pour Julien.

Elle but une seconde gorgée à la deuxième coupe.

– Un pour Hamlet.

– Qui est Hamlet ?

– Mon chien. Un danois, il fallait lui trouver un nom original, n'est-ce pas ?

– Bon, tu es née à Grenoble.

– Dans la même rue que Stendhal, à trois numéros et cent cinquante ans de distance. Chose amusante, ma mère s'appelait Gagnon, comme la sienne. De là à conclure qu'un peu de son sang coule dans mes veines, hein ?...

– Et après ?

– Après ma naissance ?

Elle vida sa coupe gauche.

– ... Je me suis mise à vivre résolument !

– Que faisaient tes parents ?

– Ils étaient droguistes. Par moments, j'ai l'impression que je sens encore la naphtaline.

Elle allongea le bras droit vers moi. Une giclée de champagne m'éclaboussa. Danièle ne s'en aperçut pas.

– Est-ce que je sens encore la naphtaline, Jean ?

– Tu ne devrais plus boire !

– Vous me préférez sobre. Ou bien cela vous agace-t-il de ne pas pouvoir m'accompagner ?

Elle but ce qui subsistait de Dom Pérignon dans le deuxième verre.

– Vous n'êtes pas logique : vous commandez à boire et vous me conseillez d'être sobre !

– Bon, coupai-je, Grenoble, la droguerie... Ensuite ?

– Vous avez décidé que nous causerions, or vous me faites subir un interrogatoire, ce qui n'a rien de commun. Peut-on dire que le juge d'instruction et l'inculpé « causent » ?

Je m'approchai pour frotter un peu mes lèvres contre les siennes. C'était mieux qu'un baiser : une promesse de baiser.

– Je veux tout savoir de toi.

Elle mordit ma lèvre inférieure en me fixant à bout portant. La douleur me fit gémir. Alors elle desserra son étreinte et examina les traces de morsure.

– On voit l'empreinte de mes dents !

Son index parcourut le dessin de ma bouche, doux et léger comme du velours.

– Vous savez ce que j'aime aussi, chez vous, Jean ? Vous êtes appétissant. Après la droguerie, il y a eu le lycée. J'ai été la meilleure des mauvaises élèves de ma classe. Maman est morte le jour de mes dix-huit ans. *Happy birthday to you !* Papa s'est remarié la veille de mes dix-neuf ! J'aime aussi votre regard anxieux, Jean ! Il est naturellement triste ; sauf quand vous cherchez à prendre l'air triste. La seconde femme de papa n'était pas une marâtre comme le veut la tradition, mais une petite conne qui parlait à tort et à travers. Elle cherchait à se faire aimer de moi. Elle y serait parvenue si elle ne m'avait autant agacée. J'aime les perruches à condition qu'elles aient des plumes ; malheureusement, Mathilde n'en avait pas. Pourquoi souriez-vous ?

– Je t'adore, continue.

– Je ne me suis pas présentée au bac pour éviter un échec certain. Papa m'a permis de chercher du travail car il avait besoin de ma chambre pour l'enfant qu'il avait fait à sa perruche. Je me suis placée comme hôtesse dans un hôtel de Val-d'Isère. Je présentais bien. Le patron croyait que je parlais anglais... C'est dans cet hôtel que j'ai rencontré mon époux, monsieur le commissaire. Dois-je signer mes déclarations ?

– Tu avais eu des aventures avant ton mari ?

– Nous y sommes ! Ce long préambule pour en arriver à cette question. Que dois-je faire ? Mentir ou dire la vérité ? Servez-moi donc du champagne pendant que j'hésite.

Son autorité m'intimidait et m'amusait. J'emplis les deux verres. La bouteille se vidait rapidement.

Danièle but une coupe, toujours à la cosaque ; puis fit chanter le cristal du bout du doigt.

– Dans une de ses pièces, Roussin dit que la vérité c'est ce qui fait plaisir. Qu'est-ce qui vous ferait plaisir, Jean ? Que je me sois mariée vierge ou pas ?

– A toi de juger.

– Bon : j'ai eu une aventure, comme on dit, avant d'épouser Julien.

– Avec qui ?

– La plupart des filles sont violées par le plus pressé, dans mon cas c'est un employé de l'hôtel qui s'en est chargé. Un maître d'hôtel italien : Luigi ! Il proposait le médaillon de langouste aux clientes comme nos pères débitaient du Géraldy à leurs bien-aimées. Il est entré dans ma chambre dès le deuxième soir. A minuit je le griffais, à deux heures du matin je le suppliais de ne pas partir. Mais il avait sa tournée à poursuivre, le cher garçon. Les dames seules avec leur petit garçon... Je me demande quand il trouvait le temps de dormir. Par la suite, j'ai fini par croire qu'il avait un frère jumeau embusqué quelque part dans l'hôtel, car il se prodiguait comme deux.

– Et après lui ?

– Julien !

– Que fichait-il à Val-d'Isère, ton Africain ?

– Du ski ! Car je dois vous apprendre une chose, Jean : ce qui manque le plus en Côte-d'Ivoire, c'est la neige !

Je m'efforçai d'imaginer la lourde silhouette de l'infirme en train de dévaler une pente. Je n'y parvins pas.

– Tous les ans, il s'offrait trois semaines de neige, bien que février soit la bonne saison pour l'Afrique centrale.

– Il était célibataire ?

– Presque, puisque là-bas il n'avait que deux femmes.

– Tu me racontes ?

– Nous deux ? Si vous y tenez... Ç'a été une cour laconique. Il me regardait avec insistance, comme il jaugeait, dans la brousse, les arbres à abattre. Une ou deux fois, il m'a proposé de prendre un verre, au bar, avant de passer à table. C'était surtout moi qui parlais. Je le questionnais sur l'Afrique. Il s'animait un peu, devenait tendre pour parler de l'éléphant. « A cause de sa masse, les gens oublient que c'est un herbivore, grommelait-il. Rien qu'un gros sac de foin. » La veille de son départ, il m'a appelée dans sa chambre. Je le revois, en train de boucler sa grosse valise râpée.

« Je crois que vous allez bientôt venir en Afrique, ma petite Danièle, a-t-il murmuré sans me regarder, et je ne sais même pas votre nom de famille. Ecrivez-le-moi ainsi que votre adresse légale sur le carnet noir qui est sur la table. »

« Je n'en revenais pas. J'ai écrit mon nom. Il y avait plein de taches de cambouis sur les feuilles du carnet. « Très bien, je vous remercie », a-t-il dit.

« Rien d'autre. Pas un regard. La serrure récalcitrante de sa valise, seule, paraissait le préoccuper. Je suis sortie.

« La semaine suivante, j'ai reçu une grande enveloppe postée d'Abidjan. Elle contenait... un aller et retour Paris-Abidjan, deux billets de cent dollars et un mot écrit au dos d'un prospectus, ainsi libellé :

« Venez ! Si vous m'épousez on revendra le retour.

Amicalement. Julien Carbon. »

– L'histoire est belle. Tu es donc partie ?

– A cause du prospectus. Il représentait un buffle tué au milieu de la brousse, avec un pisteur noir debout derrière lui, un pied posé sur la tête de l'animal.

– Et une fois là-bas ?

– Nous nous sommes mariés un mois plus tard. Quand on accepte une aventure, il faut la vivre jusqu'au bout.

– Tu es devenue tout de suite sa maîtresse ?

– En arrivant à Abidjan. A l'époque le voyage durait dix-huit heures. J'étais épuisée. Il m'a emmenée à *l'Hôtel du*

Parc où j'ai eu une petite crise de désespoir. Seule, si loin... Il n'y avait plus que lui, comprenez-vous ? Plus que lui.

– Bien joué, persiflai-je, c'est un fortiche ton bourreau, chapeau !

Elle opina, mais d'un air attendri.

– Je ne pourrais pas avoir un scotch ? Ce champagne me barbouille.

– Méfie-toi de ce genre de mélange...

Danièle éclata de rire.

– Avant-hier vous me poussiez à l'ivrognerie et il a suffi d'une petite crise de foie pour vous transformer en militant de la ligue !

Elle s'empara de la bouteille de Haig's.

– Mettez-moi un glaçon d'abord, on se rend moins compte après de la quantité versée. Et puis parlez un peu, merde !

– Ce soir, je ne suis que réceptif !

– Forcez-vous. Racontez-moi n'importe quoi. Le propre d'une conversation n'est pas d'être intéressante, mais de faire oublier aux gens qu'ils n'ont rien à se dire.

– Très bien, alors, je vais te faire un aveu, Danièle. Cet après-midi, si j'ai appelé chez toi, c'était pour me décommander : je n'avais absolument plus envie de te voir. Je me trouvais dans le plumard d'une petite starlette et j'étais à peu près certain à cet instant de ne pas t'aimer.

Elle baissa la tête.

– Ton mari a prétendu que tu étais sortie. Ça m'a rendu fou de jalousie. On n'est jaloux que de ce qu'on aime, non ? Conclusion, je t'aimais. Qu'en dis-tu ?

Elle me lança le contenu de son verre au visage. Ce fut si brusque, si inattendu, que je pris le whisky dans les yeux.

Fou de douleur, je me précipitai dans la salle de bains en bousculant les sièges sur mon passage. Je me bassinai longuement le visage au lavabo. Peu à peu la vue me fut rendue, le feu qui embrasait mes yeux s'éteignit. Lorsque je revins, Danièle sirotait un nouveau whisky. Le glaçon éjecté de son verre achevait de fondre sur le coussin d'un fauteuil. Ma compagne me parut un peu prostrée. Un grand mécontentement coupait son front d'une ride profonde.

Je m'agenouillai devant elle et lui enserrai les jambes.

– Je te demande pardon, Danièle.

– Pas moi.

Elle fit rouler son verre sur son front, comme pour déplisser ce dernier.

– Je crois que je ne m'habituerai jamais à votre sadisme, déclara-t-elle. Vous croyez sérieusement qu'un amour a besoin de s'entourer de cruautés mentales pour s'accomplir ?

« D'ailleurs, m'aimez-vous ? Le sentiment que vous me portez n'est qu'en pointillé dans votre vie. »

– Tandis que chez toi c'est la bande jaune ?

Agacé je me redressai.

– Allez, viens, on s'en va.

– Comme vous voudrez.

– Pas la peine de laisser ton maître-nageur se ronger les sangs davantage.

Je l'aidai à passer son imperméable. Lorsqu'elle eut enfilé les manches, je nouai mes mains devant Danièle, par-dessus ses épaules. Je flairai son cou pour chercher son odeur. Elle sentait le mouillé. D'une secousse elle m'échappa :

– Attends, je suis malheureux ! lui dis-je.

Cela me prenait comme un point au côté. Mon amertume était si intense qu'elle en devenait physique. Je regardai Danièle, le lit, la chambre...

– Tout ce cirque pour que notre soirée s'achève aussi misérablement, lamentai-je.

Elle me sourit tandis qu'elle boutonnait son imperméable.

– Vous appartenez à cette sorte de gens qui ne vivent qu'au passé. Ils marchent à côté du présent sans parvenir à s'y intégrer. Demain, cette nuit peut-être, vous tirerez les conclusions de nos divagations...

Danièle sortit dans le couloir. Je la suivis tête basse, penaud, les yeux encore cuisants à cause du whisky.

Lorsque nous fûmes dans la voiture, elle partit d'un grand éclat de rire.

– Regardez, fit-elle : mon premier larcin !

Elle sortit la bouteille de whisky de la poche de son imperméable.

– Vous ne vous êtes aperçu de rien ?

– Non.

– Il faut croire que j'ai des dons, car je l'ai fauchée pendant que vous me regardiez. Ça doit être amusant de voler ; vous avez déjà volé, vous ?

– Quand j'étais étudiant ça m'est arrivé deux ou trois fois, histoire d'épater les copains. Pourquoi as-tu pris cette bouteille ?

– Pour rentrer à la maison. L'alcool donne du courage. Je me fous que ce courage soit illusoire, il m'aidera à regagner ma chambre.

– Tu couches avec ton mari ?

– Pas dans le même lit, car lui en a un spécial, avec des poulies et des manivelles, mais dans la même chambre.

Elle ôta le bouchon du flacon et but au goulot sous le regard effaré du portier. Je me hâtai de démarrer.

– Tu es certaine de ne pas être alcoolique, Danièle ?

– Pas encore. Avant de vous rencontrer, je ne prenais, je vous l'ai déjà dit, qu'une ou deux cuites par mois.

– Je viens de comprendre quelque chose. Ce n'était pas pour préparer des voluptés que tu buvais, mais pour avoir le cran, ensuite, de retourner chez toi. Vrai ou faux ?

– Vous faites de nets progrès en psychologie, Jean !

Entre nous, l'atmosphère s'était complètement détendue. Il avait suffi du gag de la bouteille.

– Si on se payait un peu de *Paris by night* ?

– Comme vous voudrez.

– Montmartre pour changer ? Tiens je vais te montrer quelque chose de marrant que tu n'as sûrement jamais vu.

Danièle s'abstint de me questionner. Je la conduisis en

plein Pigalle, dans l'officine d'un tatoueur dont j'avais fait la connaissance à la faveur d'un film.

L'homme et son antre étaient pittoresques. Une gigantesque photographie du roi de Danemark, torse nu, occupait toute la vitrine. Le monarque, entièrement tatoué, servait à la fois d'enseigne et de caution à Jeannot.

– Monsieur Debise ! En voilà une bonne surprise !

Il posa son espèce de pyrograveur dont il usait pour imprimer une ancre marine dans la chair d'un petit voyou fiévreux. Je le présentai à Danièle, laquelle paraissait fascinée. Elle louchait sur les murs tapissés de motifs proposés à la convoitise des aspirants tatoués : emblèmes, signes du zodiaque, cœurs fléchés, têtes de mort, aigles et serpents voisinaient curieusement.

– Vous m'excusez ! fit Jeannot en reprenant son ouvrage devant son établi encombré de poinçons et de flacons d'encre. J'ai presque terminé.

Son instrument zonzonnait sur la peau du patient, crachant la matière colorante et provoquant simultanément un léger saignement. L'encre qui pénétrait la chair du garçon et le sang qui en sourdait se mélangeaient pour former le long du dessin une troublante bavure. Jeannot la torchait de temps à autre à l'aide d'une éponge. Danièle se passionna pour l'opération.

– Ça fait mal ? demanda-t-elle au jeune homme.

Il fumait maladroitement une cigarette tremblotante, probablement pour se donner du cran, en évitant de regarder agir « l'artiste ».

– Comme ci, comme ça, répondit-il.

– Ça picote, quoi ! trancha Jeannot.

Un ultime coup d'éponge sur le dessin.

– Ça te va ? demanda mon copain à son patient.

Le voyou admira l'ouvrage dans la grande glace bordant l'établi. Un sourire enfantin éclaira son petit visage de fouine malade.

– Au poil.

Jeannot enveloppa son chef-d'œuvre dans des Kleenex.

– Tu n'y touches pas pendant quarante-huit plombes, hein, mon pote ? Je te le laisse emporter pour trente balles !

Quand la petite gouape fut sortie, Jeannot nous offrit à boire. C'était un garçon affable et plein d'esprit qui aimait son métier et n'était pas loin de le considérer comme une œuvre de salubrité publique. Il fourmillait d'anecdotes cocasses et savait les raconter. Soudain, Danièle l'interrompit.

– Vous tatouez aussi des femmes ?

– Bien sûr, rigola Jeannot ; des putes, principalement. Y en a une, à la suite de je ne sais quelle maladie, elle avait perdu son système pileux, vous voyez où je veux dire ? Je lui ai tatoué une corbeille de fleurs à la place. Paraît que les clilles se bousculent au portillon pour voir ça. Son bas-ventre est devenu comme qui dirait une petite succursale du Louvre.

Je n'eus pas le temps de m'esclaffer. Danièle venait de s'asseoir sur le siège destiné aux clients.

– Tatouez-moi ! dit-elle.

Jeannot faillit s'étrangler. Il me regarda d'un œil béant d'interrogation...

– Danièle, tu plaisantes ! protestai-je.

– Pas du tout. Je veux que Monsieur me tatoue nos initiales sur la cuisse.

Elle retroussa sa jupe le plus pudiquement qu'elle put, dévoilant l'extérieur d'une seule cuisse après avoir d'une pichenette fait sauter la fixation de sa jarretelle.

– En tout petit ! supplia-t-elle. *J.D.*, simplement.

– C'est stupide ! Songe aux conséquences, si...

– C'est vous qui me parlez des conséquences ? Ne vous tracassez donc pas pour cela, Jean.

Le tatoueur nous considéra alternativement.

– Qu'est-ce que je dois faire, m'sieur Debise ?

– C'est moi que cela concerne, non ? s'emporta Danièle. Chacun est l'exclusif propriétaire de sa peau !

– Tu le regretteras quand tu te mettras en maillot de bain !

– Pourquoi ? C'est une mode à lancer, après tout !

Jeannot attendit la fin de nos atermoiements en préparant ses ustensiles. Il savait comment se terminerait la discussion. Quelques minutes plus tard, son aiguille électrique butinait la peau tendre de Danièle.

Je m'assis pour suivre de près ce que je considérais comme une mutilation. Cette cuisse brune, ce bas baissé, cette jupe relevée ; la bride blanche de la jarretelle... Un formidable désir me prenait. Une sorte de fureur érotique. Le sang perlant sur la peau, le « J » de mon nom qui s'imprimait dans la chair de Danièle...

– Je crois que le « J » tout seul suffira, déclara-t-elle.

Jeannot se méprit :

– Je vous fais souffrir ?

– Non. Mais en y réfléchissant, deux initiales sont superflues. Vous ne voulez pas vous faire tatouer un « D », Jean ?

– Sans façon. Je ne conçois des initiales que sur mes chemises et mes valises.

Je voyais bien qu'elle avait mal. Une légère sueur coulait à ses tempes. A un certain moment, tandis que Jeannot passait sa grosse éponge pour ring de boxe sur le « J » sanguinolent, Danièle ouvrit ses jambes à cause de l'eau qui dégoulinait de part et d'autre de sa cuisse. La brève vision d'un petit triangle blanc frangé de dentelle mit le comble à ma folle excitation.

Jeannot appliqua sur le « J » un tampon de ouate qu'il fixa avec du sparadrap.

– Vous n'y touchez pas pendant quarante-huit heures...

– Combien vous dois-je, Jeannot ?

– Vous rigolez, m'sieur Debise ; une bricole pareille !

Je n'eus pas le cœur de le remercier. J'attrapai Danièle par le bras et la refoulai jusque dans la rue. Sur le trottoir d'en face, quelques tapineuses arpentaient le macadam devant la façade hermétique d'un hôtel. Je guidai sans pudeur ma compagne vers le porche où d'autres filles échangeaient des propos égrillards. Danièle se cabra, mais j'accentuai ma pression. Alors elle se soumit totalement et passa au milieu des prostituées, sans se soucier de leurs regards hostiles ni de leurs quolibets.

Ce fut bien plus intense que la première fois.

11

Il était onze heures passées lorsque nous quittâmes l'hôtel. Danièle ne voulut pas dîner.

– Ramène-moi à ma voiture, maintenant, me demanda-t-elle.

Je voguais dans une rare félicité. Peu d'hommes sont heureux après l'amour. Or, je me trouvais comblé, moralement comme physiquement.

Elle tenait sa tête appuyée sur mon épaule tandis que je pilotais.

– Tu dors ? chuchotai-je.

– Oh, non !

– Tu crois qu'un jour nous vivrons ensemble ?

– Je l'ignore.

– Tu voudrais ?

– Je ne pense qu'à ça.

– Depuis quand ?

– Depuis le premier soir.

– Je te jure que je ne serai jamais plus sadique !

– Ça ne dépend pas de toi. Tu deviens cruel quand tu es désorienté, on dirait que tu espères te sentir moins seul en faisant mal aux autres.

– Pourquoi t'es-tu fait tatouer ?

– Une femme aimante cherche toutes les façons de se donner.

– Tu ne trouves pas inhumain que nous nous quittions, maintenant ?

– C'est par humanité que je te quitte.

– Tu sais que tu me tutoies à présent ?

– Je sais...

Avant le pont de Saint-Cloud, je m'arrêtai dans une station-service pour prendre de l'essence.

Au moment où j'allais descendre de la voiture, elle me prit le bras.

– Attends, dis-moi au revoir tout de suite, implora Danièle.

– Quelle idée !

– Je te le demande.

Nous nous embrassâmes longuement sous le regard goguenard d'un jeune pompiste rouquin que je fus gêné d'affronter après cette fougueuse étreinte. Quand il m'eut servi, je trouvai Danièle endormie. Elle se tenait un peu en chien de fusil, la tête posée sur son bras contre la portière. Mon démarrage la fit basculer contre moi. Elle émit une espèce de plainte informe qui m'inquiéta.

– Danièle ! Que se passe-t-il, tu es souffrante ?

Je stoppai sous un lampadaire. Sa tête ballottait sur le dossier du siège. Elle avait les yeux à demi ouverts : ils étaient presque blancs. Je m'affolai.

– Danièle ! Réponds-moi, qu'est-ce que tu as ?

Elle essaya de proférer des mots à travers un vagissement. Je plongeai ma main de l'autre côté de son siège et ne tardai pas à récupérer la bouteille de whisky. Elle était maintenant à moitié vide. Je compris alors pourquoi ma compagne tenait à ce que je prenne congé d'elle avant de descendre. Son état semi-comateux m'affola. Je ne pouvais la laisser ainsi... J'élevai le flacon pour mesurer plus précisément la quantité absorbée. Ma seconde évaluation confirma la première : une demi-bouteille ! La dose était sévère, mais elle ne dépassait cependant pas celle qu'elle avait avalée le soir de notre rencontre, par exemple. La syncope résultait de ce qu'elle venait de boire cela d'un trait et sans eau. Que faire ?

– Tu m'entends, Danièle, petite imbécile ?

– Hmmmm !

– Ce ne serait pas plus simple de quitter ton mari plutôt que de te mettre dans des états pareils pour l'affronter ?

– Je veux...

– Tu veux quoi ?

– Rentrer...

Elle lâchait chaque syllabe comme un dernier soupir.

– Je vais te faire boire du café fort... Attends...

De l'autre côté de l'avenue, un café-tabac ruisselait de lumières entre deux immeubles gris. J'y courus. Quelques graves ivrognes discutaient au comptoir, tandis que des jeunes gens actionnaient mornement des billards électriques. La projection des billes d'acier dans des couloirs lumineux, aux méandres compliqués, déclenchait des cataractes de déclics harmonieux.

Je m'adressai en confidence au garçon du comptoir.

– Je voudrais un double café très fort pour ma femme qui est malade dans la voiture...

Il mit son percolateur en marche. Certaines circonstances vous amènent à exécuter des actions traditionnelles. Le café fort pour la cuite carabinée appartenait à ces sottes traditions dont on sait l'inefficacité, mais qu'on s'obstine à employer pour se donner l'impression de « faire quelque chose ». Pour ma part, le café, en pareil cas, me rendait plutôt malade. Je n'en portai pas moins une grande tasse à Danièle. Elle but quelques gorgées et détourna la tête.

– Plus ! articula-t-elle. La maison...

– Tu ne veux pas venir à mon hôtel quelques heures ?

– Non...

J'allai rendre la tasse. J'hésitais toujours sur la conduite à adopter. Pas question qu'elle puisse conduire sa voiture. Je devais donc l'emmener à Montfort. Restait la question de son auto... avec le gros danois...

– Tu tiens absolument à rentrer chez toi ?

– Oui. Faut bien...

Evidemment. N'avait-elle pas avalé cet alcool uniquement pour effectuer son retour ?

Je repris ma place au volant.

***

De la lumière brillait à une fenêtre du premier étage. Je m'arrêtai au ras du portail.

– Nous sommes arrivés, Danièle.

– Merci.

Elle fit un gros effort, parvint à soulever sa tête, et m'adressa un sourire d'aveugle.

– Tu es gentil...

– Je veux absolument que tu t'arranges pour me téléphoner demain, c'est compris ?

– Oui...

– J'ai besoin de te revoir, Danièle, très vite ! Je t'aime. N'oublie pas... Tu me jures que tu n'oublieras pas ? Je t'aime ! Tu es ma vie dorénavant. Mon île ! Ma blessure !

Je l'embrassais entre chaque phrase. Elle se laissait aller, n'ayant plus suffisamment d'énergie pour tenir sa tête droite. Enfin je descendis de l'auto et j'allai sonner à la grille. Je pressai le timbre longuement, recommençai quatre secondes plus tard... Une deuxième fenêtre s'éclaira à l'autre extrémité de la façade. Un volet s'ouvrit.

– Qu'est-ce que c'est ? s'inquiéta une voix féminine.

Je crus reconnaître celle de la mulâtresse.

– Madame Carbon, elle est souffrante, voulez-vous venir, je vous prie ?

Un temps relativement long s'écoula. Des lumières naquirent au rez-de-chaussée, puis dans le jardin, et la fille de couleur s'avança, drapée dans un peignoir de bain blanc.

En me reconnaissant, elle détourna les yeux.

– Oh ! c'est encore vous !

– Aidez-moi !

J'ouvris prudemment la portière du côté de Danièle. De ma main libre je retins ma passagère qui s'y appuyait.

– Qu'est-ce qu'elle a ? demanda Thérésa.

– Un verre de trop !

Nous sortîmes la jeune femme à grand-peine. L'air de la nuit fouetta sa volonté. Elle parvint à se tenir debout.

– Tu peux marcher ?

En m'entendant tutoyer sa maîtresse, la mulâtresse tressaillit.

– Nous allons la prendre chacun par un bras, lui dis-je.

– Non, laissez, je m'en occupe, trancha Thérésa, d'un ton hargneux.

Cette fille possédait une grande force. D'un bras ferme, elle soutint sa maîtresse tout en me claquant la grille au nez.

Je regardai s'éloigner leurs deux silhouettes chancelantes. Mon cœur cognait à toute volée. Cette petite Noire insolente venait de m'arracher ce que je considérais déjà comme mon seul bien en ce monde !

***

L'Austin remuait au clair de lune. Je vis, depuis le tournant, son ombre frémir sur le mur blafard du cimetière.

M'étant approché, j'aperçus l'énorme molosse qui tournait en grondant dans le petit véhicule.

– Hamlet ! le hélai-je d'un ton engageant !

Il s'arrêta de tourniquer pour darder sur moi son regard rouge. La bête paraissait plus féroce lorsqu'elle se tenait immobile.

La clé de contact était restée sur le tableau de bord. Seulement, avant de ramener l'auto devant la maison des Carbon, je devais tenter d'apprivoiser le chien.

– Hamlet, mon vieux toutou !

Ridicule ! Je clapotais de frousse. L'animal ne cessait de me fixer avec une effrayante intensité. J'approchai lentement la main de la vitre à demi baissée, sans cesser de bredouiller des niaiseries de vieilles mémères. « Toujours parler à un chien méchant ! » assurait mon père... Lui dire n'importe quoi. Seule importait l'intonation. Pourtant je ne pouvais m'empêcher de m'adresser à Hamlet.

– On l'a fait attendre, ce gros chien !

Ma main se trouvait à quelques centimètres de la portière. Il paraissait ne pas la voir. Et puis il poussa un grondement et sa gueule béante jaillit hors de l'auto. Heureusement, ma méfiance ne s'était pas relâchée. Je pus, de justesse, retirer ma main. Je compris, dès lors, qu'il me serait impossible de monter dans l'auto sans me faire égorger. J'allais abandonner la partie quand il me vint une idée. Pour l'exécuter, il fallait une audace et des réflexes de cascadeur chevronné, mais « *quelque diable, aussi, me poussant* », je résolus de risquer le coup.

Je me plaçai dos à la voiture (côté volant). Je pris la poignée de la portière arrière de la main gauche, celle de la portière avant de la droite et je les ouvris simultanément. Le jeu consistait à pénétrer à l'avant de l'Austin pendant que le danois en sortirait par l'arrière. Je devais, pour me mettre hors d'atteinte, me ruer sur le siège et reclaquer la portière en utilisant le laps de temps nécessaire à la bête pour contourner sa porte. Seulement sa poussée fut si violente que je manquai de promptitude. Ses mâchoires d'acier se refermèrent sur mon mollet gauche. Je sentis ses dents s'enfoncer dans ma chair.

– Saloperie !

J'étais assis d'une fesse sur la banquette. Le danois parut réfléchir. S'il se mettait à tirer, il allait me dépecer la jambe. Lentement j'ôtai mon mocassin droit, l'assurai dans ma main et à toute volée abattis le talon sur le crâne de l'animal. Cela fit un bruit creux, comique. Le danois lâcha prise et poussa un hurlement. Je me jetai dans l'auto, claquai la portière et tournai la clé de contact. Quand le fauve revint à la charge, je démarrais déjà. Il courut un bon moment après la voiture de sa maîtresse. Ce vilain bougre essaya plusieurs fois de sauter à l'intérieur de l'Austin par la porte arrière que je n'avais, bien entendu, pas eu le temps de refermer.

Je réussis à le déséquilibrer en exécutant de brutales embardées. Ensuite je roulai à une vitesse suffisante pour qu'il se décourage.

Un vrai rodéo !

Il m'avait changé les idées en me faisant savourer l'ivresse d'une action périlleuse.

***

La maison était obscure lorsque j'y parvins. J'en conclus que l'état de Danièle ne donnait pas d'inquiétude à son entourage et je partis vers le centre du bourg, à la recherche d'un taxi qui me ramènerait à ma propre voiture.

Je dormis fort mal, à cause de la morsure du danois. Six trous violets marquaient mon mollet. Ces petites plaies rondes me brûlaient et provoquaient dans toute ma jambe de douloureuses lancées. Je finis par m'assoupir au matin, mais mon sommeil tourmenté s'accompagna de cauchemars redoutables.

12

– Monsieur devrait consulter, conseilla le garçon d'étage auquel je montrai ma jambe tuméfiée, après lui avoir réclamé du mercurochrome. Ce n'est pas beau !

C'était même très laid. Mon mollet avait doublé de volume. Les chairs se couvraient de vilaines marbrures bleu-vert.

– Ce chien est propre, au moins ? insista le domestique.

– Il a un plus beau pedigree que moi et ne mange que du blanc de poulet, ricanai-je. Je préfère attendre un peu avant de voir un toubib. Donnez seulement mon pantalon à stopper, c'est lui le plus malade !

– Monsieur a tort de plaisanter avec ces choses-là !

Je mis fin à l'entretien en décachetant la lettre accompagnant mon petit déjeuner. Elle était de Barnaque. Je l'attendais. J'aurais su la lire sans la décacheter, car elle contenait à peu près tous les poncifs sur les vieilles amitiés qui... et sur les tourments professionnels que...

Je ne la lus même pas jusqu'au bout, bien décidé à répondre par un silence hautain à cette avalanche d'excuses. Je me servirais de la missive pour prouver à Marcé une bonne foi que j'étais loin d'avoir.

Ce projet de film était tombé de moi comme un fruit gâté avant d'avoir accompli son mûrissement tombe de l'arbre. Je le refusais en bloc et, à vrai dire, n'y pensais plus.

Mon individu se tendait vers le téléphone. J'attendais désespérément que Danièle se manifeste. J'avais besoin de sa voix. Je revivais, seconde après seconde, les événements de la veille : mon kidnapping, sa résignation, la manière dont elle s'était enfuie de ma chambre et dont elle y était revenue... Mais le clou restait la séance chez le tatoueur. Cette mutilation délibérée, endurée fermement. « *Une femme aimante cherche toutes les façons de se donner.* » Et puis l'hôtel à putains dont l'ignominie avait constitué un autre acte de foi... Hier, Danièle m'avait donné au moins deux preuves d'amour à l'heure. Désormais je l'attendrais avec confiance. Ma patience constituerait une sorte de réhabilitation.

Je me préparai pour mon rendez-vous avec le vieux Klassmann. Celui-ci restait très en arrière-plan de mes préoccupations. Comme, à dix heures trente, Danièle ne s'était toujours pas manifestée, j'appelai le producteur pour lui demander de reporter notre entretien. Je lui expliquai qu'un chien m'avait mordu et que je ne pouvais quitter la chambre. Il parut vaguement irrité par ce contretemps, me souhaita une prompte guérison du ton qu'on prend pour congédier un tapeur et raccrocha au beau milieu de mes regrets.

Une étrange veillée d'armes commença. J'avais beau m'efforcer au calme, la fièvre me gagnait. Vers midi, à bout de nerfs, je me risquai à réclamer le numéro des Carbon. Je voulais parler au mari, lui demander des nouvelles de Danièle, m'excuser. Jusque-là, l'inaction constituait mon pire ennemi. Je ne pouvais plus supporter cette faction dans ma chambre.

Exceptionnellement, une voix féminine me répondit. J'eus une bouffée d'espoir, vite évanouie, car je reconnus le ton douceâtre de la mulâtresse.

– Monsieur Carbon est à Paris.

– Passez-moi Madame...

– Madame l'a accompagné.

– Comment va-t-elle ce matin ?

A cet instant seulement elle sut qui j'étais et raccrocha. La triste plainte de notre communication interrompue servit d'accompagnement sonore à ma détresse. Je crus que j'allais crier de chagrin. Je joignis les mains. « Danièle, mon amour, je t'en supplie, ne m'abandonne pas. » Moi qui croyais ne pas avoir la foi, j'en vins à prier. Je m'agenouillai devant l'appareil téléphonique, comme devant un crucifix : « Mon Dieu, faites qu'elle m'appelle ! Faites qu'elle m'appelle. »

Elle m'appela dix minutes plus tard. Elle parlait vite, comme quelqu'un qui risque d'être surpris.

– Jean, il faut que je vous voie...

Ce vouvoiement retrouvé me fit mal.

– Je n'attends que ça.

– Nous sommes à Paris. Nous allons déjeuner au *Relais de Suède.* A une heure précise je me rendrai aux lavabos, vous pourrez vous y trouver ?

– Bien sûr !

– Je vous en supplie, ne faites pas d'esclandre ; vous me le promettez ?

– Je te le jure !

– A tout à l'heure.

– Danièle, tu m'aimes ?

Elle avait déjà coupé.

Je fus saisi d'une grande angoisse. Quelque chose de grave s'élaborait. Je sentais qu'on édifiait une barrière entre nous. Enfin libéré de cette chambre, je sortis en traînant ma patte blessée. Bien qu'il fût à peine midi et demi, j'allai directement au *Relais de Suède* et m'installai au bar. Un regard m'avait suffi pour constater que les Carbon n'étaient pas encore arrivés. Depuis mon tabouret, je pouvais surveiller l'entrée. Mon malaise s'accroissait. La perspective de découvrir Danièle et son mari côte à côte endommageait mon bonheur de la revoir. Je bus un verre d'aquavit pour me doper. Il traça un sillon de feu dans ma gorge. Soudain, un maître d'hôtel se précipita vers la porte vitrée. Carbon pénétra dans le restaurant en se tortillant comme un cachalot entre ses béquilles chromées. Il portait son pardessus de l'autre jour, un chapeau de cuir noir et un foulard blanc qui soulignait son visage basané, strié de fines rides sombres. Danièle marchait derrière lui, à pas menus, portant un attaché-case en crocodile. On eût dit la secrétaire d'un P.-D.G., accompagnant son patron à un conseil d'administration. Aidé de la demoiselle du vestiaire, le maître d'hôtel débarrassa l'arrivant de son manteau et le fit asseoir sur une copieuse banquette de cuir rouge. L'infirme disparut de ma vue. Je ne vis plus que ses béquilles plantées entre la banquette et le mur. Danièle aussi s'engloutit. Elle ne m'avait pas aperçu.

– Un autre verre, je vous prie !

Qu'importait ce trait brûlant planté dans ma gorge comme une écharde ? Il me fallait tenir le coup. Le serveur me regarda en biais. Je sus pourquoi lorsque je n'eus de moi qu'une image brouillée dans la glace du bar. Je retenais des larmes... Mais je les contenais mal. Danièle, là, à portée de voix, à portée d'amour, et pourtant inaccessible ! Danièle dans une robe noire que je ne lui connaissais pas encore. Avec un manteau noir à col d'hermine...

Je considérais les béquilles, la mallette de croco posée sur le dossier de leur banquette. Ces objets... Ils me parlaient de Carbon. Ils représentaient Carbon. J'attendis une demi-heure, affaissé sur mon tabouret. Pantelant de navrance. Confusément humilié aussi.

A une heure moins cinq je descendis de mon siège. Ma jambe douloureuse, engourdie par la position assise, ploya sous moi. Je serrai les dents pour subir sans hurler l'effervescence d'une fourmilière vorace. Au bout d'un instant il ne resta plus que les lancées consécutives à la morsure du molosse. Je clopinai vers les toilettes, m'efforçant de ne pas regarder en direction de leur table par crainte de me trahir.

Je pris un jeton de téléphone pour me donner une contenance en attendant Danièle, et je composai le numéro de l'horloge parlante.

Elle survint un peu plus tard, vint directement à ma cabine et se blottit farouchement contre moi. La jeune fille en costume scandinave chargée du vestiaire et des lavabos nous regarda avec stupeur, mais nous nous en moquions. Je pressai Danièle contre moi, ma main s'égarait sous ses jupes, ma bouche écrasait la sienne. Je sentais encore sous mes lèvres la légère protubérance consécutive à ma gifle de la première nuit. Dans notre frénésie, nous fîmes crisser nos dents. La douleur calma notre fureur physique.

– Danièle, je ne peux plus exister sans toi. Depuis que je t'ai quittée, j'ai subi toutes les minutes comme autant de petites morts...

Elle ne disait rien. Je regardai par-dessus son épaule, en direction de l'escalier. Je savais bien que l'infirme ne pouvait s'y aventurer, pourtant je redoutais de le voir apparaître, de son allure de robot détraqué.

– Jean, si tu savais...

– Il t'a fait une scène pour hier ?

– Non, c'est pire... Nous partons !

– C'est pas possible ! Où allez-vous ?

– En Afrique. Rassure-toi, pour une quinzaine seulement.

– Une quinzaine, répétai-je, anéanti. Tu as le courage d'ajouter : seulement !

Elle se fit pardonner d'une pression de tout son corps.

– Nous avions envisagé ce voyage pour l'an prochain, il a décidé de le devancer.

– Quand partez-vous ?

– Vendredi.

Elle paraissait malade encore de sa folie de la veille. On la devinait blafarde sous son fond de teint, et elle avait les yeux sans éclat.

– Il m'a annoncé cela ce matin, lorsque je me suis réveillée avec un mal de tête effrayant. Il m'a dit : « Petite, le moment est venu de retourner là-bas. »

– Où allez-vous ?
– A San Pedro, en Côte-d'Ivoire...
– Je t'y écrirai poste restante.
Elle sourit.
– Tu ne sais pas ce que c'est San Pedro. Il n'y a pas de poste, pas d'électricité. C'est simplement un village au bord de l'eau, à l'embouchure d'un fleuve. Nous descendons dans un relais de chasse que mon mari connaît.
– N'y va pas, suppliai-je. Oh ! n'y va pas, mon amour ! Songe que j'ai failli devenir fou parce que j'ai passé une matinée sans nouvelles de toi. Quinze jours, je ne m'en sens pas capable.
Nous nous embrassâmes violemment, puis elle déclara :
– Ecoute, Jean, j'ai bien réfléchi. Je crois que cette épreuve n'est pas inutile.
– Toutes les épreuves sont inutiles !
– Non. Dans quinze jours, nous saurons vraiment ce que nous représentons l'un pour l'autre !
– Moi, je le sais déjà ! Mais toi tu doutes, hein !
Je la secouai.
– Avoue-le donc, bon Dieu ! Tu doutes !
– Pas de moi, Jean, mais de toi, reconnut Danièle. Au bout de ce voyage, quand nous nous reverrons, je saurai... Il me suffira d'un regard... Quoi que tu fasses, je lirai sur ton visage ce qu'est devenu ton amour. Maintenant il faut que je te quitte : il risquerait de se douter de quelque chose !
– Non, Danièle ! Tu n'as pas le droit ! On va ficher le camp ensemble ! Laisse-lui son Afrique, il se débrouillera avec !
– Sois raisonnable, Jean. Il me semble que le chagrin purifie. Si nous devons vivre ensemble un jour, ce sera après avoir suivi une route difficile. Pour bien s'aimer, il faut se mériter.
– *Amen !* Je ne savais pas que tu avais des théories de bigote !

– Tu m'as promis de ne jamais plus être cynique.

Je posai mon front contre le sien.

– Pardon, Danièle.

– Je te jure qu'à mon retour je t'appellerai. Mais si tu dois m'oublier dans l'intervalle, oublie-moi, Jean ! Les souvenirs, il ne faut pas les cultiver, ça ne sert à rien. Ils doivent vivre ou mourir à leur gré. Ce sont eux qui décident.

Elle eut une lente caresse, très osée, mais qui pourtant ne me choqua pas. D'un ton quotidien, elle me demanda :

– Tu as mal à la jambe ? Il m'a semblé que tu boitais tout à l'heure ?

– Ton chien m'a mordu lorsque je suis allé chercher ta voiture.

– Il a disparu, fit-elle. Mon mari veut faire passer une annonce car il y tient beaucoup.

Elle ne s'inquiéta pas de ma blessure. Nous nous séparâmes sur ces mots. Je la vis s'approcher d'un miroir pour rectifier son fond de teint et son rouge à lèvres. Après quoi elle gagna l'escalier, non sans m'adresser un léger geste de la main. Cet adieu furtif me sembla trop désinvolte.

Tout me paraissait désinvolte, d'ailleurs. J'étais victime d'une impertinence générale.

– Monsieur ! appela doucement la préposée, excusez-moi, mais vous ne m'avez pas payé le jeton.

– C'est moi qui m'excuse, mademoiselle.

Elle prit mon billet et m'observa d'un œil troublé tout en préparant la monnaie.

– Si je vous demandais de sortir avec moi ce soir, accepteriez-vous ? lui demandai-je.

Elle rougit.

– Sûrement pas, monsieur.

– Et demain ?

– Demain, non plus !

– Dommage, j'aurais aimé vous parler d'elle, à vous qui nous avez vus ensemble. Eh bien, puisque vous ne voulez pas, il ne me reste plus qu'à partir pour l'Afrique.

DEUXIÈME PARTIE

JULIEN

1

Une ligne de cocotiers bordait la mer. Toutes les couleurs étaient accusées : le vert bleuté de l'eau, la blancheur de la barre d'écume, le jaune or du sable, le vert foncé de la forêt, à droite, aussi infinie que l'océan.

Le pilote me parlait d'abondance, heureux d'avoir un interlocuteur de la métropole. « Quelqu'un de Paris », enfin ! Lui qui était natif de Levallois !

– Ces petits zincs : des merveilles ! Plus faciles à piloter qu'un vélo. Tenez, je lâche tout : est-ce que ça bouge ?

Ça ne bougeait pas, pourtant je préférais voir ses mains sur le semi-volant des commandes. J'imaginais déjà une turbulence inattendue qui ferait se cabrer l'appareil. Il n'aurait pas le temps de...

– Et comme sustentation, pardon, visez un peu : je coupe les gaz !

Un angoissant silence nous enveloppa. L'avion continua sa route, mais une vague langueur s'emparait de lui et il commença mollement à perdre de l'altitude.

Je me dis que le moteur ne redémarrerait plus et que nous allions nous abîmer dans la belle eau dont on voyait les fonds jaspés. Le moteur ronfla docilement, le zinc amorça une courbe ascendante, son nez argenté pointé vers le ciel couleur d'acier bleui.

– Ça vous amuse de prendre le manche ?

Je louchai sur la réplique du demi-volant placé face à moi et luttai contre l'obscure tentation de m'emparer des commandes pour me mettre à batifoler dans l'immensité somptueuse qui m'environnait.

– Pas la peine...

– Mais si !

J'aventurai mes mains sur le demi-cercle noir. Tel un cheval capricieux qui ne sent plus la poigne de son cavalier habituel, l'appareil exécuta une glissade à droite. La forêt se mit à la verticale.

– Doucement ! fit le pilote en riant. C'est sensible, ces machins-là. Il suffit de les effleurer...

J'en convins et lui restituai ses prérogatives.

– C'est la première fois que vous allez à San Pedro ?

– C'est même la première fois que je viens en Côte-d'Ivoire.

– Chouette pays, vous savez ! Un des plus agréables d'Afrique. Ça vous amuserait de voir des éléphants ?

Il me proposait les éléphants, comme un guide parisien propose la Sainte-Chapelle ou l'esplanade de Chaillot.

– Il y en a par ici ?

Le pilote consulta sa montre.

– Presque midi, c'est bientôt l'heure de la sieste, mais on a encore des chances.

– Ils font la sieste, les éléphants ?

– Excepté quelques oiseaux, tout ce qui vit fait la sieste, ici.

Il quitta l'océan pour piquer vers l'intérieur des terres. L'avion cessa son vol placide pour se mettre à danser au-dessus des forêts. Bientôt nous survolâmes une petite plaine marécageuse, sorte de clairière, pareille à une déchirure de la brousse. Nous perdîmes de l'altitude. Il me parut que les roues de notre avion devaient effleurer les bouquets d'arbres. Je voyais défiler une savane roussie, émaillée de mares qu'on devinait fangeuses. La terre se dévidait sous mes yeux comme un tapis roulant en folie. Je me dis qu'à l'instant de ma mort, ma vie déferlerait peut-être de cette manière sous mes yeux presque éteints. Quel serait « le temps de passage » de Danièle parmi ce torrent d'images désordonnées ?

– Là-bas ! cria le pilote.

Il opéra, sur l'aile, un virage qui me décrocha le cœur. « Bon Dieu, me dis-je, je vais crever à cause d'un éléphant. Alors qu'il y en a plein les zoos de préfectures ! »

Dans un tournoiement de kaléidoscope, j'aperçus le pachyderme annoncé. Il avançait rapidement, les pattes raides, les oreilles écartées, la trompe à l'horizontale.

Le pilote redressa l'appareil.

– On va repasser sur lui ! promit-il. Vous ne craignez pas le mal de cœur ?

– Pas du tout.

– Parce qu'il y a des passagers qui dégueulent. Regardez bien, il s'approche de la forêt.

Nous piquâmes sur l'éléphant ; en rase-mottes. L'animal ne semblait pas avoir peur, il paraissait plutôt importuné. La noblesse puissante de sa démarche me frappa. Et puis je vis la forêt, imminente, avec ses arbres plus hauts que nous. Mon compagnon tira sur les commandes. Nous fîmes un bond magistral par-dessus les frondaisons. Je me retournai. L'éléphant n'était déjà plus qu'une petite breloque perdue dans l'immensité.

– Je vous remercie.

– C'est normal. Vous allez au *Relais de San Pedro* pour chasser ou pour pêcher ?

– Je ne sais pas encore, j'y vais surtout pour me reposer...

– En ce cas, vous ne pouvez pas rêver mieux comme isolement. Ce coucou est le seul lien qui rattache les gars de là-bas à la vie civilisée. Nous servons à la fois d'autobus, de facteur et d'épicier.

– Vous faites partie d'une entreprise ?

– Non, je suis prof au lycée de Sassandra. On a organisé

un aéro-club pour se distraire tout en se rendant utiles. Nous sommes plusieurs à piloter après nos cours. Aujourd'hui, c'est jeudi, on se régale.

Il rit. L'avion venait de rejoindre la mer et de retrouver sa parfaite stabilité du début.

Je me dis : « C'est jeudi ! Le premier jeudi du mois. » Je n'irai pas voir Mauricette. Tout à la frénésie de mon brusque départ, j'avais omis d'écrire à la petite et elle allait m'attendre tout l'après-midi dans la cour grise du pensionnat. Je l'imaginais, avec sa blouse bleue à col blanc, son petit œil inquiet, ses cheveux noirs et plats, coupés net au niveau des oreilles. Chose surprenante, elle ressemblait un peu à Martine. Personne n'était surpris quand elle la présentait comme étant sa fille. Je regrettais d'avoir adopté cette enfant. Nous n'étions pas dignes d'elle. Elle vivait déjà chez nous lorsque j'avais appris que la prétendue stérilité de ma femme était en fait un refus de maternité. Martine se confiait à sa meilleure amie. Ces dames papotaient autour d'une tasse de thé, le jour où j'étais rentré à l'improviste. Elles ne m'avaient pas entendu venir. Leur conversation était édifiante. Je ne saurais exprimer la grande tristesse physique que je ressentis alors. Une tristesse mêlée de rage. Je faillis foncer dans le salon pour gifler mon épouse. La plus odieuse des tromperies ! Le plus affligeant des abus de confiance ! Au lieu de cela, je m'étais rendu dans la chambre de Mauricette. La petite faisait ses devoirs, la tête inclinée, la langue pointée, ses doigts bleus d'encre crispés au ras de la plume. Je m'immobilisai, glacé encore par ce que je venais d'apprendre incidemment, et fixai longtemps la gamine brune dont les cheveux traînaient sur les pages du cahier.

« – Pourquoi tu me regardes comme ça, papa ? »

Je n'avais pas la force de lui sourire.

Mauricette possédait une petit visage parfaitement ovale, un front large, des yeux en amande. On ignorait tout de son père, quant à sa mère, une nymphomane, fille de notaire reniée par les siens, elle avait déjà fait, paraît-il, une demi-douzaine d'enfants depuis Mauricette.

« – J'ai eu une image à l'école pour mes additions.

« – C'est bien. »

J'étais reparti, abîmé par ma découverte. Curieux comme au fil des jours l'existence vous ébrèche...

– Voilà San Pedro, ils ne sont pas prévenus de votre arrivée, au *Relais ?*

– Non, je me suis décidé à la dernière minute. Hier matin on ne m'avait pas encore vacciné contre la fièvre jaune.

– Alors je vais faire un petit tour d'honneur pour les prévenir.

Au loin, dans l'horizon bleuté, se découpait l'estuaire d'un fleuve dont les eaux étaient beaucoup plus sombres que celles de l'océan. Des mamelons hérissés d'arbres bordaient la côte. Les ruines d'une construction de style colonial sommaient l'un d'eux. Tout de suite après ces mamelons, j'aperçus le village de San Pedro : un agglomérat de huttes ocres en essaim sur une terre presque rouge ; puis le terrain d'atterrissage coincé entre les collines et la mer. Il s'agissait en fait d'une route rectiligne qu'on avait élargie et à l'extrémité de laquelle une biroute blanche cerclée de rouge flottait au vent du large.

Nous survolâmes en rafale le village. Des Noirs agitaient les bras, des gamins gambadaient... L'avion suivit le terrain et déboucha au-dessus d'une interminable plage jalonnée de rochers peuplés d'oiseaux de mer.

Je découvris une alignée de cases de conception africaine, sans doute, mais de réalisation européenne. A deux cents pieds d'altitude on s'en rendait compte, à cause de leur espacement régulier, de leurs dimensions et des teintes pastel qui les différenciaient.

Le pilote vira au-dessus de la mer. De la main gauche, il fit coulisser le panneau de plexiglas du cockpit, puis fourra deux doigts dans sa bouche et lança un coup de sifflet strident.

Ce signal me parut puéril.

– Vous croyez que votre sifflet couvre le bruit du moteur ? le plaisantai-je.

– Et comment ! Pas ici, mais en bas ils n'entendent que lui !

Nous avions déjà déferlé au-dessus du campement. « Le bout du monde, me dis-je. » Et je fus attendri à la pensée que Danièle connaissait déjà ces lieux.

L'appareil décrivit une nouvelle courbe, loin au-dessus des flots. Mon pilote avait perdu sa désinvolture.

– Cet aérodrome, faut se le faire, avec ces vacheries de collines, murmura-t-il, on n'a rien pour se rattraper aux branches, ici !

Il passa à quelques mètres des ruines dominant le fabuleux paysage et plongea, comme plonge une cabine du grand huit parvenue à son apogée.

Nous nous posâmes sèchement en soulevant un nuage de poussière jaune.

L'avion roula longtemps sur le sol inégal. Des enfants noirs couraient le long de la piste en agitant les bras.

– Et voilà le travail, fit joyeusement mon compagnon en déverrouillant les portes.

Une chaleur crépitante m'enveloppa lorsque je descendis de l'avion. Le soleil perpendiculaire cognait ferme sur le terrain. Cela me fit songer à un plateau de cinéma, lorsqu'on y tourne depuis plusieurs heures dans un décor abondamment « arrosé ».

J'aidai le pilote à extirper mes bagages de l'étroite soute. Comme nous achevions de les rassembler, je vis déboucher une vieille 2CV en haillons, d'une piste chaotique. Sa capote n'existait plus. La voiture était cabossée et crépie de boue rouge. Un grand garçon maigre, au nez cassé, en descendit. Il portait des sandales éculées, un short court, une chemise déboutonnée jusqu'au nombril et une casquette verdâtre, à longue visière, en provenance de quelque magasin de surplus américains.

Il me salua d'un air interrogateur.

– Client ! annonça le pilote-professeur.

– Alain Lombard, se présenta l'arrivant. On ne vous attendait pas.

Le pilote sortit de sa combinaison une liasse de lettres.

– Voici le courrier, il y a là un télégramme qui doit probablement annoncer la venue de monsieur...

Nous chargeâmes mes valises dans la voiture débarrassée de son siège arrière. Cette bagnole était une vraie poubelle dont le délabrement avait quelque chose de pathétique.

Je pris congé de l'aviateur :

– Vous restez longtemps à San Pedro ? demanda-t-il.

– Je ne sais pas exactement, une quinzaine environ...

– Vous nous aviserez en temps utile. On se pose ici trois ou quatre fois par semaine.

Les tôles de la 2 CV semblaient parvenir au point de fusion. Je m'y hasardai comme dans un autoclave et fus immédiatement en nage.

– Mon arrivée inopinée pose des problèmes ? m'enquis-je quand je fus seul avec le grand jeune homme.

Pas du tout. Simplement on aime mettre les petits plats dans les grands lorsque arrive un client.

– Je ne suis pas porté sur la nourriture.

– C'est U.T.A. qui vous a branché sur nous ?

– Une agence des Champs-Elysées... Votre dépliant est très alléchant.

– Tous les dépliants, fit-il avec un sourire.

– C'est vous le patron ?

– Patron adjoint ! Je suis guide de chasse ! Vous venez pour tirer de la viande ou pour pêcher ?

– Je viens pour supprimer quelques jours d'hiver de ma vie. Quand arrive mars, à Paris, on a l'impression que le soleil n'existe plus.

– Un safari-photos, en somme ? insista Alain Lombard.

Son obstination à vouloir qualifier mon voyage m'amusa.

Quelle tête aurait-il faite si je lui avais dit que je venais dans ce coin perdu pour y attendre une femme ?

Depuis notre brève entrevue dans la cabine téléphonique de la maison de Suède, je n'avais plus eu de nouvelles de Danièle. Je me rappelais la façon craintive dont je longeais leur travée en traversant la salle. Carbon mangeait des hors-d'œuvre, les coudes sur la table, en tenant sa fourchette comme Mauricette tenait son porte-plume... Il parlait la bouche pleine, semblait détendu. Danièle l'écoutait en hochant la tête. Lorsque j'étais passé devant eux, elle avait gardé les yeux baissés sur son assiette, mais à un frémissement de sa personne, je sus qu'elle « sentait » ma présence.

– Non, j'ai horreur des photos car je travaille pour le cinéma. La pellicule est une denrée qui me paraît vile lorsque je suis en vacances.

– Metteur en scène ?

– Scénariste-dialoguiste seulement. Je me mets la cervelle en tire-bouchon pour inventer de belles histoires que les autres saccagent.

Lombard haussa les épaules.

– Oui, fit-il, ça ne doit pas être marrant. Moi, Paris, je ne pourrais plus. Y a qu'une chose que je regrette : les restaurants, j'ai pas l'air, maigre comme un clou, mais j'aime la bouffe. Pour le reste, ça me flanque des frissons rien que d'y penser...

Nous longeâmes une allée bordée de bananiers et débouchâmes sur le vaste terre-plein où se dressait le *Relais*. Un arc de triomphe en bambou limitait son territoire et annonçait, en caractères gigantesques : *« Relais de Chasse »*. La plage était éblouissante.

Le soleil à pic écrasait les cases. Une construction ovale, plus vaste que les autres, servait de salle commune. On avait laissé un large espace entre les murs de torchis et le toit de palmes pour la ventilation de la pièce. La pénombre du local renforçait le bleu de la mer garnissant l'intervalle du fond.

Deux longues tables, un bar de roseau, des fauteuils meublaient la salle. Des trophées de chasse la décoraient : défenses, petits crocodiles et toucans naturalisés, peaux de serpents, papillons, becs d'oiseaux inconnus dérisoirement plantés dans des bouteilles ; le plus spectaculaire consistait en une tête d'éléphant, dépouillée de tous tissus mous et qui servait de table basse. A cause de ses formidables dimensions, ce tronçon de squelette n'incommodait pas.

Une demi-douzaine de Blancs déjeunaient silencieusement en écoutant la musique d'un minicassette. Lorsque nous débouchâmes, une vigoureuse femme blonde se leva et vint à ma rencontre. C'était l'hôtesse. Je me présentai et lui remis mon bon d'agence. Tout comme le guide, elle déplora de n'avoir pas été au courant de mon arrivée.

– Vous avez d'autres pensionnaires en ce moment ? remarquai-je en lui désignant la tablée.

– Non, personne. Ces messieurs sont des chefs de travaux qui préparent l'aménagement du futur port. Car on va nous souiller le paysage. Mais j'attends deux clients pour samedi : un couple... Vous désirez manger tout de suite, ou bien préférez-vous vous installer ?

Un couple ! Le terme sapa la félicité que m'apportait ce voyage. Danièle et son mari, un couple ? Je me refusais à l'admettre. Un véritable couple, c'était elle et moi, l'autre nuit, dans l'hôtel à putains.

– Je voudrais boire quelque chose de frais et m'installer. Je n'ai pas faim.

Lombard me servit une bière qu'il prit dans un vieux réfrigérateur à pétrole. Des jeunes Noirs s'activaient autour de la grande table où la patronne avait repris sa place. Les convives, un instant déconcertés par mon arrivée inattendue, se remettaient à parler, en italien. Alain Lombard me regardait d'un œil faussement détaché, à l'abri de sa longue visière. Je le déroutais confusément. Généralement, on devait débarquer dans ce relais avec des intentions précises : chasse, pêche ou photo. Un vague esprit conquérant présidait immanquablement à un tel voyage. Et voilà que j'arrivais, cravaté, avec mes élégantes valises de porc et mon blazer de yachtman, sans idées précises. Il flairait un mystère...

Mon regard accrocha une carapace de tortue de mer accrochée au mur. Je me souvins des paroles de Danièle : *« Tu es comme une tortue à la renverse. »*

N'était-ce pas parce que je manquais de défense que je me comportais si sottement, si vilainement, parfois ? Je donnais des coups de nageoires dans le vide, essayant de blesser à tort et à travers qui passait à ma portée.

Je dégustai la bière mousseuse avec délectation.

– Vous en prenez une avec moi ? proposai-je.

– Volontiers.

Il se servit. Il fallait que je parle encore, que je m'adapte à ce milieu, m'y incorpore pour ne pas éveiller la suspicion de Carbon quand il débarquerait. Brusquement je songeai que Danièle lui avait peut-être dit mon nom, ce qui flanquerait tout par terre...

– Ça bouffe beaucoup, un éléphant ?

Je m'entendis parler, trouvai ma question stupide parce qu'inopportune. Un monsieur arrivant en pleine Afrique a d'autres préoccupations que la quantité de nourriture absorbée par un éléphant. Loin de créer un climat « relaxe », j'augmentais la surprise du jeune homme.

– Cinq cents kilos d'herbe par jour !

Comment poussait-on un petit sifflement impressionné ? De quelle voix s'exclamait-on « Mazette » ? Je restai amorphe, à transpirer devant ce méchant comptoir de bois sur lequel des coquillages servaient de cendrier.

– Je suis crevé, m'excusai-je au bout d'un silence indécis. Songez qu'hier après-midi encore j'étais sur les Champs-Elysées...

– Il faisait quel temps ?

– De la merdouille. Vous me montrez mes appartements ?

– C'est un bien grand mot !

Il frappa dans ses mains. Un boy, vêtu d'un short blanc et d'une chemise en nylon dont le motif figurait de la peau de panthère, accourut.

– Cyprien, porte les bagages du monsieur dans la case du bout.

Nous sortîmes, à la suite du Noir, dans la chaleur impitoyable. Le sable brûlant pénétrait dans mes souliers de daim. La rumeur de la mer m'attirait. J'avais hâte de me mettre en maillot de bain et de me laisser rouler par les vagues.

– Vous boitez ?

– Oui, une sale morsure de chien danois, au mollet. Ça n'a pas l'air de vouloir se cicatriser... Je pense que l'eau de mer lui fera du bien.

– Faites attention en vous baignant : la barre est mauvaise par ici...

Un lézard bleuté qui somnolait sur le seuil de ma hutte se sauva à notre approche. Cyprien ouvrit la porte d'un coup d'épaule. Le bois gonflé d'humidité raclait le sol cimenté. Une armoire de bois blanc, un fauteuil et deux lits pourvus de moustiquaires constituaient tout le mobilier. Un rideau de plastique masquait un lavabo et une douche. Il fallait utiliser des water-closets chimiques de caravane.

– Un minimum quand on débarque, n'est-ce pas ? jeta Lombard. Après quelques jours de brousse, ce minimum devient presque du superflu. Cyprien, tu apporteras une savonnette et du papier-cul au monsieur.

Le jeune Noir rit à pleines dents. Machinalement, en habitué des palaces, je me fouillai pour lui remettre un pourboire, mais le guide vit mon geste et secoua la tête.

– Ne nous cassez pas la cabane, murmura-t-il, on a assez de mal à trouver de la main-d'œuvre. Vous alliez lui donner combien ?

Je tirai un billet de mille francs C.F.A. tout froissé.

– Vous rêvez : ça représente sa paye d'une semaine. Si

vous lui aviez remis ce billet, il ne serait pas venu travailler demain.

« Je vous laisse à votre installation. Ce soir je vous donnerai une lampe. Naturellement, il n'y a pas d'eau chaude. Vous avez un rasoir comment ? »

– Electrique, avouai-je piteusement.

Il secoua ses maigres épaules.

– On a l'habitude : je vous en prêterai un à main.

Quand il fut parti, je jetai ma veste sur le fauteuil, relevai la moustiquaire d'un des lits pour m'allonger. Le voile blanc sentait l'étoffe moisie. Cette odeur me fit penser à un sépulcre. J'essayai de trouver l'origine d'une telle impression, mais n'y parvins pas.

Dans ce fruste décor, mes bagages racontaient des catastrophes suivies d'évacuations. Ils me firent regretter mon douillet appartement du *George V*. Un ignoble insecte long et jaune traversa la hutte avec autorité. Comme Cyprien revenait je le lui désignai.

– Qu'est-ce que c'est que ça ?

Il regarda :

– Mille-pattes, patron !

– Un dix-mille-pattes, tu veux dire !

Le boy écrasa la bestiole sous son pied nu.

– En somme, cette case, c'est une philosophie, murmurai-je.

– Qu'est-ce que tu dis, patron ?

– Rien !

Je sortis le billet de mille francs et le lui tendis.

– Tiens, Cyprien !

– C'est quoi ? s'inquiéta-t-il.

– Une expérience ! Prends !

Toute sa personne éclata de rire : ses yeux principalement.

– Seulement tu viendras travailler demain, n'est-ce pas ?

– Oui, patron, je viendrai !

– Si tu ne venais pas, ça me ferait de la peine.

Il fourra le billet dans sa poche et me regarda avec tendresse.

– Toi y en a chic type, patron !

Il restait debout au pied du lit.

– Bon, je n'ai plus besoin de rien !

Je m'assis sur le lit. Le garçon avait dit : « Toi y en a ». Je croyais cette formule petit-nègre inventée par les colons ou par quelque ancien chef de publicité de la maison Banania.

Cyprien ne partait toujours pas.

– Le patron en arrive de Paris ?

– Oui.

– C'est bon, Paris.

– Oui, c'est bon...

Surtout avec Danièle à son côté. Danièle sous la pluie. Danièle avec sa jupe retroussée, chez le tatoueur. Danièle revenant, soumise, dans ma chambre, comme un évadé se rend, vaincu par la liberté illicite. De tout ce qu'elle avait fait ou dit depuis le vendredi de notre rencontre, qu'est-ce qui était le plus important pour l'histoire de nous deux ? La gifle ? Mes larmes ? Le tatouage ? Ou tout simplement cette caresse indécente de femelle possessive dans la cabine téléphonique ?

Demain serait un premier anniversaire. Celui des huit premiers jours d'une éternité...

– Tu comprends, Cyprien : pour nous autres, mortels, l'éternité tient parfois dans un instant. Le temps joue avec nous, il faut bien que nous jouions avec lui. C'est logique, non ?

Ses dents brillaient. Il roucoulait son incompréhension, ne se formalisait pas de mon langage saugrenu. Lui m'acceptait tel que j'étais. Il me trouvait NORMAL !

– Est-ce que j'ai l'air d'une tortue à la renverse, Cyprien ?

– Non, patron.

– De quoi ai-je l'air, alors ?

– D'un Blanc !

– On peut voir des tortues, ici ?

– Vers les Guinéens, patron.

– Qu'est-ce que c'est, les Guinéens ?

– Les pêcheurs, au bout du San Pedro. Y z'ont toujours tortues.

– Ça va, tu peux t'en aller...

Il partit en cabriolant. Je m'occupai de déballer mes effets. Lorsque je les eus rangés tant bien que mal dans l'armoire, je me déshabillai pour passer un maillot de bain. Je n'avais pas changé de vêtements depuis une trentaine d'heures, aussi eus-je un sursaut en découvrant ma blessure. Ma jambe était enflée maintenant de la cheville au genou. Sous les chairs dilatées, mes veines apparaissaient, noirâtres comme des racines vénéneuses. Chose paradoxale, je souffrais un peu moins.

En clopinant dans le sable brûlant, je traversai la plage. Des crabes jaunes, presque translucides, se sauvaient à mon approche pour plonger dans d'innocents petits trous. Longtemps je m'amusai de leurs fuites de profil. Chacun possédait son gîte propre. Quand je parvenais à lui barrer la route, désemparé il se précipitait à la mer.

Las de les tourmenter, j'entrai dans l'eau à mon tour. Et je me mis à marcher vers l'infini éblouissant.

2

Ils arrivèrent vers une heure de l'après-midi, le samedi, alors que j'étais à table avec les chefs de chantiers italiens.

Depuis le matin, je guettais les bruits ambiants, avide d'y découvrir le ronflement du petit avion bleu. J'avais passé deux journées de torpeur, au bord de l'eau, à gésir sur le sable mouillé comme un corps rendu par les flots. Maintenant je ne sentais presque plus ma blessure, bien qu'elle fût de plus en plus inquiétante d'aspect, car toute ma peau rôtie me brûlait.

Je n'étais qu'une immense plaie à vif. Mme Garcin, l'hôtesse, m'oignait avec sollicitude de crèmes parasolaires et me morigénait d'importance, affirmant que j'étais aux limites de l'insolation.

Mais j'éprouvais un mauvais plaisir à rougir, à peler, à me racornir au bord de l'eau. J'étais le seul usager de la plage, si l'on exceptait les Italiens, lesquels s'octroyaient un rapide plongeon en fin de journée. Le continent africain tout entier m'appartenait. La mer, le soleil, le ciel aussi, dont l'infernale limpidité blessait la vue. Alain, avec qui je sympathisais, me proposait des parties de pêche, des balades. Il tenait à honorer le dépliant du *Relais*, sur les volets duquel on voyait des buffles morts ou des barracudas gros comme des cétacés. Je refusais...

– Plus tard, laissez-moi auparavant me gaver de soleil.

– Vous savez : le soleil c'est comme le pili-pili : il faut le consommer à petites doses. Vous ne voulez pas venir au moins jusqu'au village ?

– J'ai le temps... Qu'est-ce que c'est que ces taches blanches qu'on distingue, là-haut, au sommet de la colline ?

– Des tombes.

– On peut donc mourir ici ?

– On peut. Notez que ces sépultures remontent au siècle dernier. Deux Anglais, un Français... Des militaires...

– On s'est battu pour la conquête de ce paysage !

– N'en vaut-il pas la peine ?

Des cohortes de Noirs défilaient sur la plage. Ils arrivaient de lointains villages pour venir à San Pedro vendre ou acheter quelques denrées de première nécessité. La plage constituait une route naturelle. Les femmes passaient de leur démarche altière, portant sur leurs têtes des bassines émaillées emplies de poisson, ou des paniers de manioc. Le premier jour, l'une d'elles, une vieille édentée, drapée dans un pagne jaune, s'arrêta pour me demander si j'avais du linge à laver. Le second jour, elle dépêcha de son groupe une jeune fille aux formes émouvantes pour me faire prévenir qu'elle savait faire l'amour comme les Blanches et se tenait à ma disposition.

– Toi, l'amour ? demandai-je à la beauté.

La jeune fille ressemblait à ces statues de bazar représentant des Vénus d'ébène. Elle hocha la tête et me désigna la vieille qui attendait, attentive et souriante, un peu plus loin :

– Pas moi, l'amour : elle !

– Toi, oui, si tu veux.

Elle ne parut pas offusquée.

– Faut demander à mon père.

– Quel âge as-tu ?

– Je ne sais pas. Faut demander à mon père !

Elle s'éloigna d'une allure souple et noble. Je regardai longtemps onduler sa croupe. Avais-je envie d'elle ? Je ne le pensais pas. Alors pourquoi cette contre-proposition ? Par jeu ? Pour m'épater ? Cela ne finirait donc qu'avec moi, ce mesquin besoin d'autocontradiction ? Je me recouchai sur ma serviette de bain. Ma jambe mordue devenait lourde comme le sable mouillé.

Allait-elle se gangrener ? Cette perspective ne m'alarmait pas. J'envisageais sans effroi de pourrir sur cette plage et d'aller rejoindre sur la colline proche les carcasses des soldats défunts.

L'un des Italiens arrosait sa nourriture de pili-pili et larmoyait en la mangeant. Il prétendait que le piment tuait les microbes. D'une façon générale, ces hommes parlaient peu. L'Afrique paraissait les accabler. Rien n'est plus triste au monde qu'un Italien triste. J'essayais de les animer un peu en évoquant leur pays. Ils venaient de la Vénétie mais ne connaissaient pratiquement pas la capitale de leur belle province. Pour essayer de les défiger, je leur racontais Venise, ses petites *calle* sentant la friture, les inoubliables palais sur l'eau sombre du Grand Canal, les gondoliers dans la paix d'un dimanche matin. Mais je ne tirais d'eux que des larmes.

Le ronron que je croyais entendre se constitua, s'amplifia.

– Voilà nos clients, dit Mme Garcin.

Alain marmonna des désagréments. Il détestait interrompre son repas.

L'avion passa au-dessus des huttes, à faible altitude. Lombard jeta sa serviette sur la table et but son verre de vin. L'appareil vira au-dessus de l'eau. Un bref instant je l'aperçus dans l'intervalle bleu cernant la salle de séjour. Se pouvait-il que Danièle se trouvât dans ce jouet brillant ?

« Es-tu bien sûr de toi ? m'interrogeai-je. N'es-tu pas venu ici seulement pour l'épater, ou pour t'épater ? » Mon calme, voisin du détachement, me surprenait. Je continuai de manger paisiblement mon buffle en daube. Bon, elle allait paraître au côté de son béquilleux. Et après ? Elle sursauterait en m'apercevant, blêmirait probablement. Et après ? Une fois « mon effet » obtenu, qu'éprouverais-je ? Je ne parvenais pas à le prévoir, pis : je m'en désintéressais. Le coup de sifflet se planta dans la hutte comme une flèche. Il précéda la tornade de l'avion.

– Dépêchez-vous, Alain ! enjoignit Mme Garcin.

Le guide rafla sa casquette verte. Il avait une silhouette cocasse, avec ses longues jambes effilées, son nez de travers, sa chemise dont il nouait les pans à la taille.

– Pas la peine que j'aille troubler son atterrissage.

Avant de sortir il nous raconta qu'un jour un Noir gambadait au beau milieu de la piste tandis que l'avion tournoyait pour se poser. A force de voir l'appareil décrire des cercles, les gens du *Relais* étaient allés sur place se rendre compte. Candidement, le Noir leur avait dit que son patron se trouvait dans le Cessna et qu'il venait l'accueillir.

Lombard partit enfin.

– Reprenez un peu de buffle, monsieur Debise !

– Non, merci.

– Vous ne mangez presque rien, notre popote vous déplaît ?

– Au contraire, chère madame. Je pense que mon inappétence provient de la chaleur...

En cet instant, l'avion venait de stopper sur la terre galeuse de la piste. Le nuage de poussière ocre retombait mollement. Le pilote devait tendre la main à Danièle pour l'aider à descendre. Et Carbon ? Pas facile d'extraire sa grande carcasse du petit zinc.

– Vous semblez ailleurs, monsieur Debise ? remarqua Mme Garcin.

Donc j'étais troublé ?

Je souris pour m'excuser.

– Je vous défends expressément de retourner au soleil. Vous ressemblez à un homard.

Sur le terrain, Lombard arrivait à la rescousse... pour aider à débarquer Carbon.

– Cyprien ! tonna Mme Garcin, tu as encore haché le camembert, bougre d'idiot !

Elle nous prit à témoin.

– Mais qu'est-ce qui se passe dans leur tête, je me le demande. Depuis des mois, chaque jour, il hache le camembert ; j'ai beau lui dire... Mets deux couverts pour les nouveaux clients, Cyprien !

– Ils viennent de France ? demanda distraitement un Italien.

– Oui, de Paris. Je les connais de nom. Le père Carbon a fait fortune en Côte-d'Ivoire, avec les bois. Il a dû prendre le mal du pays, probablement.

Elle semblait ignorer son infirmité.

– Qui veut du camembert haché ? plaisanta l'hôtesse.

Les chefs de chantier en prirent. Je me servis un verre de vin. Ce dernier provenait d'Espagne. Il picotait légèrement, ce qui m'était agréable au palais. Je devenais de plus en plus glacé sous mes brûlures. Jamais, avant Danièle, je n'avais eu l'impression de devenir exsangue, de me refroidir telle une viande morte.

Mme Garcin devait probablement me parler puisqu'elle me fixait pendant que ses lèvres remuaient. Pourtant aucun son ne me parvenait.

La 2 CV démantelée surgit et s'arrêta sur la piste accédant au *Relais*. L'auto se trouvait juste en face de l'ouverture de la hutte, à l'ombre dérisoire d'un arbrisseau épineux. Je vis Carbon, debout à l'arrière, cramponné à la traverse métallique chargée de supporter la capote de la voiture. Ses béquilles étincelaient au soleil. Il portait une chemise brune à manches courtes, avec des épaulettes. On eût dit un vieux baroudeur blessé qu'on évacuait.

Puis il y eut comme un halo blanc, de l'autre côté du véhicule. Danièle !

Vivement, elle contourna la 2CV pour s'avancer vers notre hutte. L'attaché-case de croco se balançait au bout de son bras. Elle ne s'occupa pas de son mari, un instant je crus que le soleil l'incommodait et qu'elle était pressée de se mettre à l'abri. Seulement, quand elle atteignit l'entrée de la hutte et qu'elle se mit à regarder vivement à l'intérieur comme pour chercher quelqu'un, je compris que j'en étais pour mes frais avec ma « surprise ».

Elle savait que je l'attendais.

***

Tout de suite nos regards se prirent. Une détente s'opéra alors chez l'arrivante. Le mouvement qu'elle fit était le contraire du haut-le-corps escompté. Son soulagement s'exprima par un léger affaissement de toute sa personne. Un sourire glissa sur son visage en sueur, et disparut.

– Bonjour, fit-elle timidement.

Mme Garcin s'empressait, la faisait asseoir, lui demandait si le voyage...

Danièle ne me regardait plus. Je bus mon verre, à petites gorgées voluptueuses. L'expérience était positive. Je venais de connaître un instant fabuleux. Je la regardais et la désirais. Je ne pensais plus à l'infirme que le gars Lombard déballait péniblement de la 2 CV. Plus rien ne comptait que cette fille vêtue de blanc qui répondait calmement aux questions polies de l'hôtesse, les jambes croisées, en s'éventant avec un vieil illustré que tout le monde ici avait dû lire au moins dix fois.

Le signor Luigi, mon voisin de table, le seul Italien du groupe qui soit demeuré coquet, se pencha à mon oreille.

– Jolie, dame, hé ?

– Sensationnelle, lui retournai-je, on se l'enverrait facile !

Il eut un rire gourmand. Ses yeux dévêtirent Danièle et je me retins de lui casser la bouteille de vin sur la tête.

Le grand rectangle lumineux de l'entrée s'obscurcit.

– Salut la compagnie ! lança une voix forte.

Il parlait comme un clairon ou comme un ténor, Carbon. Son timbre sonnait ferme et haut. Il obstruait la porte de toute sa masse. Avec ses béquilles, on eût dit un cargo en chantier.

Il lâcha l'une de ses poignées de cuir pour présenter sa large main à la patronne.

– Bonjour, petite dame !

« Un maquignon, pensai-je ; elle a épousé un maquignon. »

Quand on le regardait agir, et qu'on l'écoutait surtout, on comprenait la maison cubique de Montfort, les volets rouges, la piscine en forme de volière zoologique et les personnages de Blanche-Neige sur ses pelouses... Il devait ignorer Van Gogh, Flaubert, la manière d'utiliser des pinces à escargots. Combien de Noirs avait-il tué pendant son long séjour en Afrique ? Ses béquilles n'arrivaient pas à le diminuer. Il continuait de donner une sensation de force brutale.

– Ravie de vous connaître, monsieur Carbon, j'ai beaucoup entendu parler de vous.

– Votre bonhomme n'est pas là ?

– Il a emmené un banquier anglais en Haute-Volta pour un safari.

– Son « Président » est toujours aussi infaillible ?

– Toujours, s'esclaffa Mme Garcin, je vois que vous le connaissez bien.

Elle expliqua à Danièle :

– Le « Président », c'est le fusil avec lequel mon époux tire les éléphants. Vous désirez aller tout de suite dans votre case ?

– On bouffe avant ! s'écria Carbon. Moi, je la pile ; rien ne me creuse autant que l'avion.

Il s'avança vers nous, nullement intimidé. C'était un être débordant de puissance, qui toisait l'existence avec insolence.

– Bon appétit, messieurs !

J'imaginai son froncement de sourcils si on lui avait dit qu'il venait d'employer une réplique fameuse de Ruy Blas.

Ses retrouvailles avec l'Afrique le grisaient visiblement. Mme Garcin vint faire les présentations. Carbon baragouina des salutations en italien. A moi il me dit « enchanté », mais d'un ton un peu ironique. Ma qualité de client équivalait pour lui à celle de « pigeon ». Mon nom ne le fit pas tiquer. Il me tendit la main par-dessus la table, après s'être arc-bouté sur sa béquille droite. Il avait une main énorme, des bras noueux, couverts de poils gris.

– Viens ici, petite ! lança-t-il à Danièle.

Docile, la jeune femme abandonna son siège.

– Je vous présente ma femme !

Des mains se tendirent. Elle les pressa en distribuant des petits sourires de bon ton. Elle parvint à ne pas modifier son attitude lorsque ce fut mon tour de la saluer. Nos doigts se touchèrent rapidement.

– Mes hommages, madame !

Ensuite, ils s'assirent et on leur servit à manger. Danièle se tenait à l'autre extrémité de la table, par rapport à moi. Je ne la voyais qu'en me penchant en avant. Elle évitait de regarder dans ma direction et écoutait discourir son mari. Carbon s'adressait à Mme Garcin et à Lombard. Il demandait des explications à propos du futur port qui allait constituer un nouveau poumon pour la Côte-d'Ivoire. Plus besoin de charrier les bois jusqu'à Abidjan. Toute cette zone de forêt serait exploitable à moindres frais. Il racontait ses débuts, les campements, les maigres moyens techniques, le flottage des arbres... Un pionnier. L'Afrique l'avait buriné, tanné, dépouillé de toutes conventions mondaines. Il parlait à chacun comme il devait gueuler ses ordres aux Noirs, jadis. Il ne mangeait pas : il bouffait ! Les coudes sur la table, le buste penché sur son assiette, utilisant son propre couteau : un vieil Opinel rafistolé dont la lame avait diminué de moitié à force d'être affûtée. Il coupait son pain en tronçons qu'il se fourrait dans la bouche et il mastiquait triomphalement, la tête inclinée comme un chien rongeant un os. Sa présence bousculait

« mon état d'âme ». A cause de cet ogre je ne parvenais pas à savourer la présence de Danièle, à me repaître du bonheur de l'avoir là.

Les Italiens se levèrent pour retourner à leurs chantiers, Lombard les imita. Nous ne fûmes plus que quatre à la grande table : les Carbon, Mme Garcin et moi. L'infirme buvait sec. Il lui arrivait de vider son verre sans lâcher la bouteille et de l'emplir aussitôt.

Entre deux plats il me lança un regard amusé :

– Qu'est-ce qu'il vous a mis, le mahomed !

– Pardon ?

– Le soleil ! Vous en avez morflé plein la poire, hein ? Quand on n'a pas l'habitude, c'est toujours comme ça. On se méfie pas, on arrive de l'hiver, on veut se faire dorer la praline, et puis en moins de deux on ressemble à un steak tartare.

Il but encore, s'essuya la bouche d'un revers de bras et lança à Danièle :

– Tu feras attention, petite. Oublie pas que t'as la peau fragile !

Je comprenais qu'il tînt à son danois car la bête lui ressemblait. Ils devaient former un beau couple tous les deux.

– Vous venez de Paris ?

– M. Debise est un célèbre dialoguiste de films, se rengorgea Mme Garcin. Jean Debise, vous devez connaître.

Je sentis le reflux de mon sang. Si Danièle lui avait parlé de ma profession, nous allions vivre quelque chose d'extrêmement pénible. Le manque de réaction de ma maîtresse me rassura.

– Oh ! moi, le cinéma, vous savez...

Il se cura les dents avec l'ongle du petit doigt.

– Tu dois connaître, toi, Dany ?

Dany ! Je fus humilié par ce diminutif.

– Oui, dit-elle d'un ton détaché. Je connais.

J'en eus assez de cette situation saugrenue. La vue de cet

homme me fut insupportable. Je me levai et sortis dans la lumière. La chaleur atteignait son apogée entre une heure et deux heures. Je m'éloignai en traînant ma patte malade.

Ma hutte sentait de plus en plus le sépulcre. On crevait de chaleur, pourtant l'humidité était souveraine. Elle corrompait tout, sournoisement. Les tissus pourrissaient, les bois gonflaient, les métaux rouillaient. Lorsque je changeais de vêtements, ceux que je sortais de l'armoire avait changé de consistance. Ils étaient moites et imprégnés de l'odeur de la case.

Je quittai mes sandales de corde pour m'étendre sur le lit étroit. Les mains sous la nuque, je regardais la faible charpente de bois soutenant la toiture de joncs. Des termites y avaient accroché d'horribles poches de terre qu'on sentait gonflées de larves inquiétantes. Le seul véritable ennemi de l'homme, l'homme excepté, c'est l'insecte. L'insecte qui vole et qui rampe ! Qui fourmille, qui se métamorphose.

Je ne parvins pas à dormir. La sieste est une habitude. Je n'avais jamais contracté celle-là. Quand il m'arrivait de somnoler l'après-midi, je végétais le restant de la journée.

Par ma porte restée grande ouverte je contemplais un morceau de plage hérissé de petites plantes chétives à fleurs mauves.

« Tu es un homme abandonné, Jean ! » songeai-je. « Abandonné de toi autant que des autres. »

Pourquoi cette déception ? Danièle était accourue jusqu'au relais, pourtant, avertie de ma présence par son instinct de femme. Son soulagement, quand elle m'avait aperçu, plus que des mots exprimait son amour. Et voilà que, malgré tout, je restais insatisfait. Pas malheureux exactement ; plutôt mal heureux. Cela parce que Carbon me faisait honte. J'avais honte qu'elle fût la femme d'un tel rustre.

Ils vinrent occuper la hutte voisine de la mienne ; celle qui possédait un crépi vert. Carbon chantait à tue-tête : « *Les jolis soirs dans les jardins de l'Alhambra.* » Un cocu content, en somme. Il ne songeait plus aux récentes escapades de son épouse.

Je n'aurais jamais dû violer leur intimité en venant ici, car, dans mon cas, c'était la violer que d'en être le témoin. La voix torrentielle de Carbon me parvenait. Elle ressemblait à une brouettée de pierres qu'on décharge.

– Pose les valises ici, Blanche-Neige. C'est quoi ton nom ?

– ...

– Cyprien ? M'étonne pas. Aide-moi à m'asseoir sur le lit. Bon Dieu qu'il est bas ! Tu me tiens bon, hein, Boule-de-neige ? Si jamais tu me lâches, je te casse mes béquilles sur la tête ! Ouf ! T'en va pas, mon gars. Faut que tu me retires mon pantalon. Pose mes deux jambes sur le lit, et ensuite...

Je me mis l'oreiller sur la tête pour ne plus l'entendre. Malgré son infirmité, il était grotesque et je lui refusais toute pitié. Dans la touffeur des plumes, je somnolai un peu, malgré ma volonté de rester éveillé. Je dus amorcer un cauchemar parce que je respirais mal, me débattis et émergeai en suffoquant des limbes opaques. La sueur me collait les cheveux. J'avais soif. J'hésitai à aller au bar. Tout le monde devait roupiller dans le camp. Et autour de nous, dans la forêt... J'imaginais les bêtes tapies dans des broussailles, anéanties par la chaleur.

Le grondement de l'océan devenait vite insoutenable si l'on y prêtait attention. Depuis ma couche gluante, je suivais le moutonnement de la mer, la grosse brosse constante formée par la barre, les vagues inégales qui venaient s'étaler sur le sable dont elles modifiaient la couleur.

Un lézard bleu, à tête blanche, se tenait immobile sur le pas de ma porte. Je le voyais fréquemment dans ma case. Il paraissait toujours sur le qui-vive, et cependant ne s'enfuyait qu'à la dernière extrémité, quand ma semelle le surplombait déjà.

Il resta un long moment sur le ciment brûlant, puis il

s'affola et disparut. Danièle entra furtivement. Elle portait un maillot de bain et une chasuble vaporeuse, dans les tons corail. Elle se jeta dans l'ombre du logement, mit un doigt sur ses lèvres et m'attendit.

Je ne la rejoignis pas tout de suite, voulant l'admirer tout mon saoul. Je trouvais ses longues jambes magnifiques. Rien n'est plus suave que de s'abandonner à la volupté. La vue d'un morceau de sparadrap collé sur son tatouage acheva de me survolter. Je me levai. Ah ! son odeur ! Le goût de son souffle enfin retrouvé. La chaleur vibrante de son corps...

Nous ne nous dîmes pas un mot ! J'arrachai son fin maillot de bain et la pris debout contre le mur de la hutte.

3

Nous restâmes longtemps pressés l'un contre l'autre, les bras noués, les jambes tremblantes de l'effort accompli. Heureux enfin, comme nous l'avions été dans le minable hôtel de passes, en face de chez le tatoueur.

– Tu savais que j'étais ici ? demandai-je au bout d'une longue délectation.

– Oui.

– Quand as-tu su ?

– Avant-hier soir, j'ai téléphoné à ton hôtel ; on m'a répondu que tu étais parti en voyage, alors j'ai compris.

– Et si tu ne m'avais pas trouvé à San Pedro ?

– Ç'aurait été effrayant.

Je répétai, frappé par l'excès du terme :

– Effrayant ?

– Oh ! oui, Jean.

Je frottais mes joues contre sa tempe en sueur.

– Alors tu m'aimes ? demanda-t-elle. Tu m'aimes puisque tu es venu m'attendre ?

– Il m'est impossible de vivre sans toi.

Elle hocha la tête.

– Il se doute de quelque chose ?

– Non, absolument pas.

– Je ne savais pas qu'il était ainsi, murmurai-je.

– Qu'entends-tu par « ainsi » ?

Elle semblait contrariée !

– C'est un être si différent de toi, éludai je. Il est en fonte brute et toi en porcelaine de Limoges. Comment as-tu fait pour ne pas te briser contre lui ?

Danièle ne répondit pas. Elle m'embrassa et sortit sans se soucier d'être vue quittant ma case. J'allai regarder dehors : le camp frappé de léthargie dormait. Je descendis jusqu'à la mer. Ma blessure était trop laide pour que je me permette le slip de bain. Je l'avais malmenée en étreignant Danièle. A présent des rats affamés me dévoraient la jambe. Je regrettais de n'avoir pas consulté un médecin avant de quitter Paris. En geignant de douleur je m'assis contre un des piquets plantés dans le sable. Toutes les sept vagues, la mer s'élançait jusqu'à moi et léchait mes pieds nus. Quand elle se retirait, je sentais se creuser le sable sous mes talons. Chaque fois ils s'enfouissaient un peu plus profondément.

– Vous êtes dingue, mon vieux, de rester au soleil sans chapeau !

Carbon se tenait devant sa case, entre ses béquilles. Il s'était coiffé d'un large panama à ruban rouge.

– Vous n'avez donc pas de galure ?

– Non !

– Fifille ! Porte-lui ma casquette de toile, aboya le gros homme.

Un comble ! Voilà que j'allais devoir utiliser ses effets !

– Pas la peine ! criai-je.

– Mais si !

Danièle dévala la rampe sableuse, une casquette blanche de tennisman à la main. Elle marchait sur moi en m'adressant des baisers et des œillades frénétiques.

– Tiens ! murmura-t-elle en me tendant la coiffure.

– Ridicule, je n'en veux pas !

– Ça lui fait plaisir. Et puis il a raison, tu vas attraper une insolation. Tu crois que c'est le moment de tomber malade ?

Je m'emparai du couvre-chef et feignis la surprise.

– C'est à lui, ça, tu es sûre ? Il n'y a pas de trous pour ses cornes !

– Tu trouves que c'est généreux de dire ça, Jean ?

– En amour, la générosité n'existe pas. Je te défends de vivre davantage en compagnie de ce type. Ça me choque !

– Elle vous va ? demanda Carbon depuis sa hutte.

Rageusement je coiffai la casquette qui me tomba au ras des sourcils. Danièle éclata de rire. Du coup ma fureur disparut.

– Ton maquignon est un amour, murmurai-je, je sens que nous allons vite devenir une paire d'amis. Y a pas à dire, ça crée un courant de sympathie entre deux hommes d'avoir la même femme.

Elle tourna les talons. Je faillis crier son nom, mais me retins à temps.

Je passai l'après-midi à les regarder exister, tous les deux. Carbon demeura jusqu'au dîner devant sa case, dans le fauteuil de rotin. Il contemplait la mer. Sa sérénité finit par m'en imposer. A deux reprises il envoya sa femme lui chercher à boire au bar.

– Vous prenez un drink, monsieur Cinéma ? me demanda-t-il la deuxième fois.

– Pas maintenant, merci.

En fin de journée, Danièle vint se baigner. Elle me dit « Je t'aime » en passant près de moi.

– Ne va pas trop loin, à cause de la barre.

– Je suis bonne nageuse !

– La mer s'en fout, des bons nageurs !

Il est probable que Carbon et moi communiâmes dans le spectacle de Danièle se baignant. Elle nageait avec grâce, d'une manière coulée. On la voyait surgir de la vague fracassante et bondir par-dessus la suivante avec une agilité de dauphin. Elle disparaissait de nouveau pour jaillir là où on ne l'escomptait pas, ruisselante d'eau et de soleil. Puis elle s'abandonnait à la frénésie du flot, se laissait entraîner jusqu'à la plage où l'océan dédaigneux la roulait à coups de boutoir écumants.

Dans ces périodes d'abandon où son corps pantelait, je sentais s'exalter mon continuel désir. J'avais envie de me traîner jusqu'à Danièle, de la saisir et de m'engloutir avec elle dans l'eau qui verdissait à l'approche du crépuscule.

« Je suis venu ici pour la contempler, me disais-je. J'ai parcouru des milliers de kilomètres afin de vivre ces minutes étranges, embusqué à l'ombre du mari. Désormais, ma vie incohérente a un but : arracher Danièle à cet homme vulgaire. »

Je pensais à Mauricette qui m'avait attendu tout l'après-midi du jeudi. Elle n'aimait pas la pension. Martine l'y avait mise après mon départ de la maison en alléguant qu'elle ne se sentait plus le courage d'élever seule cette enfant. En réalité mon ex-femme désirait utiliser totalement sa liberté, peut-être aussi m'infliger un remords supplémentaire ? Elle connaissait mes crises de conscience... Mauricette devait pleurer, le soir, dans son dortoir. Elle savait que nous n'étions pas ses vrais parents et possédait déjà ce don de la résignation des êtres qu'un sort mauvais a marqués dès leur berceau. Nous ne lui avions apporté qu'un faux bien-être car nous étions, Martine et moi, encore plus orphelins qu'elle.

Lorsque Danièle sortit de l'eau, la nuit se précipitait sur l'horizon orangé. Déjà les chiches lumières des lampes à gaz s'allumaient dans la salle commune du camp.

Elle marqua un temps près de mon piquet, comme elle l'avait fait à l'aller.

– Tu t'ennuies, Jean ?

– Non, je te convoite, c'est merveilleux.

L'eau dégoulinait sur ses cuisses. Le sparadrap couvrant son tatouage se décollait et je pouvais apercevoir le haut du « J » ourlé d'une plaie menue.

– Tu es à moi, lui dis-je.

– Je sais.

– Prends pas froid, petite ! lui cria Carbon. V'là la fraîche qui tombe !

– Vieux con, marmonnai-je.

Je savais bien que je n'aurais pas dû parler de la sorte devant sa femme. Que c'était inélégant et de très mauvaise politique, mais je ne pouvais me contenir.

Un peu plus tard, nous nous retrouvâmes au bar, près de la tête d'éléphant servant de table. Une jeune Noire, belle et timide, servait de barmaid à l'occasion.

– Un gentil petit lot, remarqua Carbon en me poussant du coude, vous devriez vous l'acheter pour votre séjour, m'sieur Cinéma.

– L'acheter ? Je croyais l'esclavage aboli depuis longtemps.

– Dieu merci, on a encore la possibilité d'acheter les filles à leur père. Celle-ci, je parie que pour trente mille balles C.F.A. et quelques bouteilles d'huile, elle serait à vous.

Il caressa le genou de Danièle.

– Avant que j'épouse Madame, je m'achetais deux ou trois négresses par an. Notez qu'en amour, ces filles, c'est zéro. On a beau essayer de les éduquer, elles n'ont pas de tempérament.

Il me choquait et m'intimidait à la fois. Je le trouvais odieux ! C'était un butor, mais un butor d'envergure.

Lombard entra, l'air préoccupé. Ce garçon semblait toujours soucieux ; quand il lui arrivait de rire, il riait bref et triste.

– Oh ! Grand ! l'interpella Carbon, j'ai envie d'aller taper mon pied la brousse, demain.

Alain fronça les sourcils. Taper son pied la brousse signifie aller à la chasse, il imaginait mal l'infirme en train d'arpenter la forêt inextricable avec ses béquilles.

Sa surprise lui valut un ricanement de l'infirme.

– Me regarde pas avec ces yeux ronds, garçon. Bien sûr,

je ne vais pas aller me baguenauder dans la brousse en traînant mes pauvres guibolles fanées ; mais on pourrait remonter le San Pedro jusqu'à quelque bout de clairière et y établir un affût, non ?

– C'est faisable, monsieur Carbon.

– Tu arranges ça pour demain matin, on partirait avant le jour ?

Je posai les yeux sur Danièle. J'envisageais déjà une journée voluptueuse dans ma hutte.

– Tu viendras avec nous, Fifille ! trancha Carbon...

– Je préférerais me reposer, demain, fit-elle.

– Tu dis ça parce que tu es vannée par le voyage, mais après une nuit de repos tu seras en pleine bourre. Rappelle-toi comme tu aimais chasser. Elle a un coup de fusil fantastique, cette petite, nous dit-il.

– Je verrai, éluda Danièle.

Mon regard insistant la faisait rougir. Elle perdait de son assurance.

– C'est tout vu, tu viendras, coupa péremptoirement l'infirme.

Il se tourna vers moi.

– Le cœur vous en dit, m'sieur Cinéma ?

– Je ne suis pas chasseur !

– Si vous nous accompagnez, vous le deviendrez. Qu'on vous colle un flingue dans les pattes, et quand vous apercevrez la viande, vous verrez comme l'index vous démangera.

– Ça m'étonnerait, j'ai horreur de tuer !

Ce genre de déclarations irrite les hommes comme lui. Carbon haussa les épaules.

– Horreur de tuer ! Qu'est-ce que ça veut dire ! les sardines en boîte, vous les bouffez pas ? Le poulet chasseur, la côte de bœuf ! Vous me faites marrer ! Tout le monde tue tout le monde ! Le moustique sur votre joue, c'est une caresse que vous lui donnez ? Alors un buffle ou un moustique, où est la différence ? Le premier saigne davantage, sinon c'est du kif !

Je lus la muette supplique de Danièle.
– Très bien, j'irai.

***

– Cyprien, apporte du champagne ! ordonna Mme Garcin. Nous allons fêter l'arrivée de nos hôtes ! ajouta-t-elle. Mettez de la musique, Alain ; je vais profiter de la présence ici d'une autre femme pour danser. Quand je suis seule je ne peux pas me le permettre, j'aurais l'air d'une entraîneuse... Et pourtant, j'adore !
– C'est-à-dire que je ne danse pas, s'excusa Danièle.
– Vous n'allez pas me faire ça, protesta la patronne, et puis une femme qui ne sait pas danser, ça n'existe pas. Surtout quand on a un cavalier comme Luigi !
Lombard tripota le mini-cassette. Il repéra un slow langoureux, régla l'appareil et servit le champagne.
Je voulus inviter Danièle, mais Luigi m'avait devancé. Déjà il entraînait ma maîtresse vers le centre de la pièce. J'aurais dû inviter notre hôtesse, mais je restais paralysé. Danièle entre les bras de ce type... Je revivais notre première soirée quand elle dansait le tango dans la boîte de nuit. Luigi avait le même style professionnel de bastringue que l'autre. Il pratiquait le joue à joue, le ventre à ventre...
Un second Italien s'inclina devant Mme Garcin.
– Santé, mon vieux ! fit jovialement Carbon en me passant une coupe.
Je pris le verre d'une main qui tremblait.
– Ah ! la gambille, soupira l'infirme, ce que j'ai pu aimer. Le soir, dans la brousse, on mettait le phono et nous dansions une partie de la nuit, Danièle et moi.
Cette évocation ne fit qu'attiser ma jalousie. Luigi exagérait. Il se pâmait en dansant, son regard mi-clos ressemblait à celui d'un chat engourdi au coin du feu.
Je le désignai au mari.

– Vous ne trouvez pas ce cavalier un peu cavalier?

Rapporteur ! Je devenais minable. Si Carbon ne s'était pas trouvé là, je serais intervenu.

Il considéra le couple enlacé sans paraître contrarié.

– Ces Ritals, ils s'endorment un peu sur le rôti, plaisanta-t-il grassement.

Le slow me parut interminable. Danièle devinait ce que j'éprouvais et s'efforçait de rester guindée, mais l'autre pieuvre l'enveloppait de ses tentacules, la faisait virevolter et jouait de son déséquilibre pour mieux l'étreindre. Lorsqu'enfin la musique cessa, ils mirent plusieurs secondes à se désunir. Luigi, tout émoustillé, se permit de la tenir à la taille pour la ramener à la table. Vert de rage, j'attendis qu'il se fût éloigné des Carbon pour lui porter une coupe de champagne.

– Oh ! Merci..., me dit-il en souriant.

– Si vous dansez encore une fois avec elle, je vous casse la gueule ! murmurai-je.

Son sourire s'évanouit instantanément. Il vit mon visage convulsé, mes yeux fous et recula d'instinct. Je l'abandonnai pour m'approcher de Danièle. Un tango succédait au slow.

– Vous permettez? demandai-je avec raideur à Carbon.

– Tu parles, soupira-t-il.

Je l'entendis ajouter, *mezza voce* :

– Il est difficile d'interdire aux autres ce qu'on ne peut pas faire soi-même.

Sa réflexion m'attrista. J'éloignai ma partenaire du groupe.

– Tu sais que j'ai failli provoquer un esclandre en te voyant danser avec l'Italien?

– Je m'en suis rendu compte. Tu es toujours au bord d'une explosion, Jean. Avec toi, on vit sur un volcan.

Nous fîmes quelques pas, assez maladroitement quant à moi.

– Tu es malade? demanda-t-elle tout à coup. Si tu te voyais : tu es blême et ton front est couvert de sueur.

– Ma jambe, expliquai-je.

Je souffrais mille morts.

– Quoi, la morsure d'Hamlet ?

– Ça s'est infecté, il avait la vérole, votre horrible cabot l

– Arrêtons-nous, Jean. On dirait que tu vas t'évanouir.

– Ne t'inquiète pas. C'est bon d'avoir mal par toi, chérie.

Luigi venait d'inviter Mme Garcin et nous rejoignait ostensiblement.

Il s'était remis de sa surprise et me coulait des œillades féroces. Au cause de leur présence nous ne pûmes plus parler avant la fin du morceau.

– J'espère que tu n'iras pas chasser demain matin ? Et que nous resterons ensemble ?

– Impossible, quand il a décidé quelque chose !

– Moi aussi, j'ai décidé quelque chose.

– Quoi donc ?

– Tu vas le quitter !

– Pas encore, Jean... Ne me tourmente pas.

– Alors tu ne m'aimes pas.

Elle n'eut pas le temps de protester : nous étions de retour à la table.

– Ce que ça me fait envie, déclara Carbon. Si je vous disais : j'aime tellement le tango que celui-là, je l'ai dansé avec mes doigts. Tu te rappelles, Dany, autrefois, dans la brousse ? Des nuits... Le phono n'en pouvait plus. On n'avait pas d'aiguille de rechange, il graillonnait tellement sur la fin que ça ressemblait au bruit du métro !

Mme Garcin rembobina le même tango.

– Vous permettez ? fit Luigi en s'inclinant sur Danièle.

Il détourna la tête et me sourit fielleusement.

– Je préfère pas, répondit la jeune femme.

– A cause de ce que je t'ai dit ? intervint son époux. Voyons, fillette, ça me fait plaisir de te voir danser. Allez, allez !

Danièle hésita encore.

– Je suis tellement fatiguée...

– La danse, ça délasse, affirma le vieux bœuf. Ne te fais pas prier !

Alors elle se leva. Luigi l'enlaça sans cesser de me défier. Ils dansèrent.

– Je ne suis pas votre genre, monsieur Debise ? me demanda la patronne, mi-figue mi-raisin.

Aveuglé par la colère, j'évitai de lui répondre. Elle suivit la direction de mon regard et son instinct féminin l'avertit confusément de ma jalousie. Elle dut pressentir la vérité car elle devint aussitôt pensive. Sur la piste improvisée, Luigi s'en donnait à corps joie. Il dansait aux limites de l'indécence, malgré les louables efforts de Danièle pour le tenir à distance.

– Vous leur faites trop bouffer de piment, à vos Ritals, déclara Carbon. Voyez comme ils sont énervés quand ils dansent.

– Ils ne voient pas beaucoup de femmes, objecta Mme Garcin.

L'infirme fit encore quelques plaisanteries grossières à propos de la chasteté forcée des chefs de chantier.

Ecœuré, je me dirigeai vers la porte. La nuit était tiède, très claire, presque brillante. J'attendis la fin du tango. Désormais je ne pourrais jamais plus supporter ce rythme. Un peu avant les dernières mesures, je croisai le regard de Luigi. Je fis signe à l'Italien de me rejoindre après son exhibition et sortis de la grande hutte pour essayer de me dénouer un peu les nerfs en marchant.

Dans la forêt proche, un oiseau de nuit poussait une plainte misérable dont l'écho allait mourir sur la mer. Quand Danièle se déciderait à partir avec moi, je l'emporterais dans un petit coin perdu d'Europe, en Suisse de préférence, pour que notre amour soit entouré de montagnes. Une fois là-bas, je la séquestrerais afin qu'elle ne soit plus qu'à moi et qu'aucun homme ne puisse plus jamais porter la main sur elle. Je la guérirais de ses souillures passées par cet isolement.

– Alors ? me dit une voix chantante.

Je me tournai vers Luigi. Une peine sucrée tempérait ma fureur.

– Qu'est-ce qui vous prend, c'est pas votre femme ! ajouta l'Italien.

– Si ! m'étranglai-je. Si : c'est ma femme ! Et je te défends de la toucher, tu m'entends, salaud ! Vous êtes tous des porcs !

Luigi tournait le dos à la lumière et je ne vis pas partir son poing. Cela produisit comme une explosion. Je crus que ma mâchoire se disloquait et que mes dents, brusquement effeuillées, m'emplissaient la bouche. J'avais toujours professé des sentiments pacifistes et prônais la politique « de la joue gauche ». Il n'empêche que si j'avais à ce moment-là disposé d'une arme, j'aurais tué mon adversaire sans la moindre hésitation. « Tout le monde tue tout le monde », venait d'affirmer Carbon. Fou de douleur, je me jetai sur l'Italien. Cela faisait au moins une dizaine d'années que je ne m'étais pas colleté. La dernière fois, je m'étais battu à cause de Martine. Nous assistions à un mariage. Le chef de la petite formation dansante ne la quittait pas des yeux, ce que tous les invités avaient remarqué. Le lendemain, j'aperçus le musicien près de mon domicile, qui guettait ma femme, embusqué sous un porche. Un coup de sang m'avait précipité sur lui. J'éprouvais encore au creux de ma paume la brûlure de la gifle.

Notre empoignade avait été brève. Quelques gnons... Des gens nous regardaient. Leur curiosité nous avait calmés. On s'était quittés sans un mot, à peine chiffonnés.

Cette fois-ci, la lutte fut sévère. Ma ruée venait de déséquilibrer Luigi. Nous roulâmes dans le sable encore chaud en nous martelant maladroitement. Un paso doble très cuivré couvrait notre remue-ménage. Je frappais de toutes mes forces, au petit malheur la chance ; je donnais des coups de tête, des coups de genoux. Un sombre besoin de détruire m'animait. Je ne sentais plus ses poings. Ma rage changeait en chiquenaudes les plus durs horions. Il soufflait fort, en grommelant des injures italiennes. A un certain moment, je me trouvai agenouillé contre lui. Son polo blanc s'était retroussé et je voyais la tache claire de son ventre partiellement dénudé. Mon poing s'abattit dans la chair molle. Luigi émit un petit râle qui ressemblait à une protestation. D'un bond je me redressai. Avant qu'il n'ait eu le temps de m'imiter, je lui lançai mon pied dans l'estomac. Le souffle interrompu, il se mit à se trémousser dans le sable. Instantanément, je récupérai mon calme. Je tendis la main à Luigi.

– C'est ridicule, bredouillai-je, pardonnez-moi.

Il se massait l'abdomen, lentement. Des hoquets le secouaient.

– Charogne ! me dit-il.

Je m'obstinai à conserver ma main tendue. Il cracha dedans. Alors je le giflai, essuyai son crachat après sa chemise et me relevai. Une indicible tristesse me taraudait. Je me rappelais comme il avait les larmes aux yeux tandis que je lui parlais de Venise. Il vivait à six mille kilomètres de chez lui, pour travailler durement dans un pays où il ne se sentait pas bien, et voilà que pour une sotte question de jalousie... Allais-je donc me mettre à molester tous les hommes qui regarderaient Danièle ?

– Je suis sincèrement navré, Luigi. Mais il faut que je vous dise : cette femme est ma maîtresse. Je l'adore ; Je suis venu à San Pedro pour la voir. Oh ! comprenez-moi...

Il me regarda. Il saignait du nez. Dans la nuit son sang paraissait noir. Ça coulait autour de sa bouche, dégoulinait sur son menton, puis sur son polo blanc.

Il proféra quelque chose dans sa langue. Je ne compris pas, mais à l'intonation, je ne pense pas que ce fût une insulte. Il se leva en geignant. Demain, sur son chantier, il arborerait un visage contusionné. Il travaillait dur. Le soir, après le repas, il écrivait à la mauvaise clarté des lampes à gaz de longues lettres sur du papier jauni. Son écriture « frisait » comme du vermicelle. Quelque part, dans un village de Vénétie, une femme alourdie par les maternités attendait ces lettres qui devaient lui parvenir par paquets de quatre ou cinq... Luigi y racontait sans doute son travail, les clients du relais de chasse, le temps, les fantaisies imprévisibles des Noirs... Ce dont j'avais surtout honte, c'était de mon oisiveté.

– Vous souffrez ?

– *Va bene !*

Il s'éloigna en direction de sa case.

Alain Lombard remua dans l'ombre. Il se tenait assis sur un tronçon de pirogue servant de jardinière. Je croyais que notre bataille avait duré très longtemps, pourtant le même paso continuait de sévir.

– Vous étiez là ?

Il passa la main dans l'échancrure de sa chemise pour se gratter furieusement la poitrine.

– Les intellectuels ne savent pas se battre, et pourtant ils font mal, déclara-t-il. Leur colère brouillonne déconcerte l'adversaire.

Il ajouta :

– Vous devriez aller faire danser un peu la patronne, sinon elle va attraper une jaunisse.

4

La nuit ne fut qu'un interminable cauchemar à répétition. J'avais le corps endolori par ma blessure, le soleil et les coups de poing de Luigi. Le bougre m'avait cassé une dent et je ne cessais de passer ma langue sur le morceau subsistant.

Des coups à ma porte m'arrachèrent au songe hallucinant qui me faisait mourir dans des conditions fantasmagoriques.

– Debout ! lançait la voix sèche de Lombard. Il est l'heure.

Je vagis une vague promesse et attendis que se dissipent un peu les brumes de mon inconscience. Il faisait nuit. Par les lattes de mon petit volet, j'aperçus de la lumière en provenance de la case voisine. Les Carbon se préparaient pour cette stupide partie de chasse. « Les Carbon ». Lorsque je pensais au couple, Danièle cessait d'être « ma » Danièle pour devenir quelqu'un d'anonyme. Je bâillai, décidai de remuer... Me mouvoir devenait un problème après tous ces incidents. Bientôt je serais plus handicapé que Carbon lui-même.

Mon attention fut attirée par un mince trait lumineux sur mon oreiller. Je crus qu'il s'agissait d'un reflet provenant de la hutte d'à côté. Je passai ma main au-dessus du trait, pensant l'anéantir ; au contraire, sa luminosité se trouva renforcée. La chose avait je ne sais quoi de surnaturel. Elle prolongeait mes cauchemars.

Vivement je me levai, m'empêtrai dans la moustiquaire et

me mis à la recherche de la torche électrique de plongée qui me servait de lampe de chevet. Ici, les lampes normales ne résistaient pas à l'humidité. Le faisceau transforma le filet lumineux en un ver brun, répugnant, dont la vue acheva de me réveiller. La voix de Carbon retentit. Il chantait « *Nuits de Chine* ». On le sentait joyeux de vivre. Malgré sa paralysie inférieure, ce type demeurait à la mesure de l'existence. Existait-il beaucoup d'hommes capables d'aller chasser en brousse, appuyés sur deux béquilles ?

Je me rasai maladroitement, presque au jugé. Il me restait toujours des touffes de poils sur la glotte ou les lèvres. Je mis un pantalon propre, non sans avoir examiné ma plaie au mollet. Elle n'empirait pas, ne se résorbait pas non plus. Son côté stationnaire m'inquiétait. Se pouvait-il que ma jambe restât dure, bleue et enflée jusqu'à la fin de mes jours ?

Ma montre indiquait quatre heures. Je rejoignis les autres à la grande hutte. Lombard n'avait allumé qu'une lampe. On avait l'impression d'une veillée funèbre.

– Tiens, voilà monsieur Cinéma ! tonitrua Carbon, lequel dévorait deux tranches de jambon à la fois.

« Vous n'appréhendez pas trop ? »

Je les saluai, tous les trois, maussade. Le ver phosphorescent en compagnie duquel j'avais dormi me tourmentait comme un mauvais présage et les yeux fervents de Danièle ne parvinrent pas à calmer mon angoisse. Cette partie de chasse me déplaisait. Je trouvais mesquin de suivre le couple, ça déclassait notre amour.

– Vous devriez casser une graine, vieux, recommanda Carbon. Vous seriez plus d'attaque.

– Je ne mange jamais le matin.

– Forcez-vous !

Honoré, un vieux Noir servant de pisteur et de jardinier apparut, vêtu d'un pagne imprimé et d'une casquette blanche. Il y avait dans la figure de cet homme les signes d'une calme mélancolie.

– Le matériel est prêt ? lui demanda Alain.

– Tout prêt, patron.

– Les jerricans sont pleins ?

– Pleins complets, patron.

– Les fusils, les munitions, le casse-croûte ?

– Eh oui, tout !

Le café trop fort m'écœura. J'abandonnai ma tasse et me déclarai prêt à partir. Nous prîmes place dans un vieux camion plus en ruine que la 2 CV. Carbon fut hissé à l'avant, près du chauffeur. Danièle et moi montâmes sur le plateau avec le Noir. La perspective de cette semi-intimité me fit plaisir, sans pourtant dissiper mon sale pressentiment.

Dès que nous fûmes assis, je pris la main de ma compagne.

– Tu parais très contrarié, chuchota-t-elle.

Le brusque démarrage du véhicule nous coucha sur le tas de fusils. Je profitai du cahot pour l'embrasser. Honoré se tenait debout, agrippé à la cabine.

– Je n'aime pas ça, avouai-je.

– Cette partie de chasse ?

– La vie qu'on mène ici. Ces baisers furtifs, ces regards, la cordialité de ton mari. Tu ne trouves pas cela dégradant ?

– Je ne sais pas. Je t'ai, c'est bon.

– Moi, je n'ai pas le sentiment de t'avoir, bien au contraire. Je comprends que tu appartiens à un autre. Il ne peut plus se comporter comme un mari, il n'empêche que tu es sa femme, sa chose. Je t'observe... Tu le crains. Et tu l'admires aussi, avoue ?

– C'est probable.

– Il est rugueux comme du chêne-liège ; il...

– Oh ! non, Jean, tu sais que je déteste ça...

– Attends : il est grossier à l'intérieur comme à l'extérieur, il n'a aucune vie intellectuelle, c'est un gros plouc sans conversation, mais tu lui es soumise.

Elle sourit et murmura :

– On dirait que tu zozotes !

Elle avait une façon déroutante de changer la conversation par des remarques de ce genre.

J'écartai les lèvres et pointai la langue dans la brèche de ma denture.

– Je zozote parce que je me suis battu comme un chiffonnier hier soir avec ton danseur et qu'il m'a cassé une dent.

Danièle fronça les sourcils.

– Lorsque vous êtes sortis, après le tango ?

– Oui.

– Je m'en suis doutée, tu étais vert de rage.

– Il y avait de quoi. Pour tout arranger, ton cher époux me calmait. Un comble, non ? Vois-tu, Danièle, je vais te dire : pour moi l'amour est une chose très importante. J'ai soif d'absolu. Personne ne me fera jamais admettre que la femme que j'aime vive avec un autre, danse avec d'autres, parle à d'autres...

Le camion cahotait de plus en plus par une route ravinée. Cette fin de nuit était chargée d'odeurs résineuses. Nous traversâmes le village endormi. Çà et là, des coqs chantaient, comme dans les métairies de chez nous. Ensuite nous suivîmes une route bordée de hauts cocotiers dont les lourdes grappes se détachaient en ombres chinoises sur le clair du ciel.

– Je te fais peur, n'est-ce pas ?

– Plus maintenant, Jean.

– Pourquoi ?

– Parce que maintenant je sais que tu m'aimes. Avant je sentais que tu n'étais pas sûr de toi. Tu obéissais à des caprices. Désormais tout est net. Notre amour brûle du même feu.

– Pas d'accord, le tien ressemble à de la braise. Il grésille gentiment dans l'âtre de ton foyer. Tandis que le mien...

– Le tien est un amour d'homme libre. Ton impatience l'attise. Mais nous sommes à l'unisson, mon chéri !

Elle loucha vers le Noir. Le vent de la vitesse retroussait la casquette d'Honoré et rendait son gros nez plus camard.

Rapidement elle embrassa ma bouche. Sa langue s'insinua entre mes lèvres.

– Tu coupes ! pouffa-t-elle avec un rire d'enfant.

Elle me tira la langue. Une petite perle rouge s'y formait.

– Il faudra que tu ailles chez le dentiste. Il te mettra une belle couronne en or qui donnera de l'éclat à ton sourire. A propos, sais-tu que nous avons récupéré Hamlet ?

– Heureux de l'apprendre !

– Il est revenu tout seul. Avant-hier matin, Thérésa l'a trouvé couché devant notre portail en allant chercher le lait.

Nous roulions en forêt, cette fois. Des ramages d'oiseaux trouaient l'immense paix de la brousse.

Je découvris une succession de chantiers peuplés de gros engins jaunes. Des clairières récentes ressemblaient, avec leurs arbres fraîchement déracinés, à un terrain pilonné par des bombes. L'odeur de sève se fit plus pénétrante.

– Parle-moi, Jean, implora-t-elle en caressant lentement ma cuisse.

– Je n'ai plus envie de te parler en présence des tiers.

– Le Nègre n'entend pas !

– J'ai horreur du mot nègre.

– Il est pourtant dans le dictionnaire. A « nègre » on dit de se référer au mot « noir », et à « noir » de se reporter au mot « nègre ». Je t'en supplie, ne boude pas. Tout s'arrangera si nous le voulons vraiment, à condition de ne rien brusquer...

– Qu'est-ce que tu proposes ? D'attendre le décès de ton mari ? J'ai dix-huit ans de moins que lui, mais il a trente-six fois plus de santé que moi !

Avant sa réaction, je lui pris les mains et lui demandai pardon. Le camion ralentissait au bas d'une rampe très rapide. Une fraîcheur moelleuse s'abattit sur nos épaules. Lombard stoppa.

– Terminus ! lança-t-il.

Il vint à l'arrière et nous regarda, Danièle et moi, longuement, d'un œil indéfinissable. A bien analyser son regard, on y aurait trouvé de la réprobation. Alain était de ces brise-tout qui jouent les cyniques, mais qui admettent mal qu'on fasse cocu un paralytique.

Il offrit sa main à Danièle pour l'aider à sauter du camion.

– Vous permettez ? me demanda-t-il d'un ton hargneux.

La fraîcheur montait du San Pedro tout proche, dont on entendait le glissement soyeux. La route cessait à sa rive pour reprendre ensuite à l'état de piste. Un bac compliqué permettait le passage, mais, à cette heure indécise, personne ne se trouvait là pour l'actionner. La nuit, les habitants de San Pedro étaient totalement coupés du monde.

Honoré coltina le matériel jusqu'à une barcasse de fer, toute cabossée, qu'on avait amarrée en amont du bac. Lombard expliqua que seul le fer pouvait résister à la navigation sur ce fleuve. Son cours, perturbé par des rapides violents, des troncs d'arbres immergés et des roches, nécessitait une embarcation à toutes épreuves... Pour atteindre la barque nous devions patauger dans une boue glaiseuse qui formait ventouse et vous aspirait littéralement.

– Jamais mon mari ne pourra aller au bateau, avertit Danièle, après s'être hasardée dans la fange rougeâtre.

– Nous allons le porter ! décida Alain.

Il ordonna à Carbon de nous prendre lui et moi par le cou et de s'asseoir sur les béquilles que nous tiendrions à hauteur de siège. Cela me causa une curieuse sensation d'avoir le bras musclé et velu du mari de Danièle sur mes épaules. Carbon devait bien peser cent kilos. Il dégageait une odeur de fauve, très violente, qui accrut mon écœurement. Je dus serrer les dents pour aider à le coltiner.

Nous le déposâmes à l'avant du bateau. Il s'assit le dos au courant et nous adressa un geste romain avec la main.

– Merci, les gars, et excusez le poids du colis ; quand on se balance entre deux béquilles, on attrape plus de graisse que de muscle.

Je pris place aux côtés de Danièle, sur le banc central, cependant que Lombard et le Noir s'installaient à l'arrière. Après quelques rudes sollicitations, le Johnson de 18 CV se mit à pétarader. Son ronflement se répercutait sous la voûte des arbres. Le jour ne se levait toujours pas. L'eau du fleuve semblait d'un noir d'encre. Les rives étaient bordées de palétuviers touffus, dont les racines aériennes plongeaient en colonnettes serrées dans le limon des berges.

Nous partîmes dans le matin frais chargé d'odeurs opiacées. Aux approches de son embouchure, le San Pedro décrit de souples méandres. Il est large et profond. Puis, très vite, ses courbes se calment et son lit se met à ressembler à celui d'un torrent. Pendant la saison des pluies, il devait être terriblement gonflé.

Au-delà des palétuviers, des arbres gigantesques lançaient au ciel des ramures compliquées dans lesquelles un oiseau, qui paraissait être partout le même, émettait à intervalles réguliers un long cri en cascade.

– L'oiseau pleureur ! nous dit Carbon.

Je lui désignai le tronc anguleux des formidables arbres.

– C'est quoi, comme espèce ?

– Des fromagers. J'en ai pris un commak sur les côtelettes, un jour. Il n'était pas tombé du côté où il penchait.

Il soupira en caressant ses béquilles.

– C'est réglo : j'en avais tellement démoli ! Il est normal que l'un d'eux se soit vengé.

La vie s'éveillait progressivement. Elle commençait en l'air. Un animal pareil à un squelette d'oiseau affublé de larges ailes traversa le fleuve. Son vol faisait le bruit des draps que les lavandières secouent avant de les plier.

– Toucan ! sourit mon vis-à-vis.

Il baignait dans la joie, Carbon. La vie du fleuve ranimait en lui des sèves assoupies. Il respirait l'air poivré de la forêt, contemplait les frondaisons dont le faîte s'éclaircissait un peu et souriait d'aise.

Parfois, il s'arc-boutait pour pouvoir plonger la main dans l'eau. Il la gardait un instant immergée.

– Elle est tiède...

Puis à sa femme :

– Touche, Fifille !

Danièle n'obéissait pas, pour m'exprimer sa réprobation. C'était une manière de s'insurger contre les ridicules petits noms dont son mari l'accablait.

– On dirait la flotte de ma piscine. Tu veux pas toucher ? Toi, t'as pas l'air en train ce matin. Encore sommeil, ma gosse ? Tu vas voir, quand le jour se lèvera, comme tu seras contente.

On le sentait plein d'indulgence pour elle. Je me dis que je n'aurais jamais avec Danièle cette patience infinie, parce que jamais je ne pourrais, moi, la considérer comme ma fille.

Comprenant qu'elle boudait, il n'insista pas et me choisit comme seul interlocuteur.

– Ce que j'ai pu aimer ce pays. Vous avez tapé votre pied la brousse, déjà ? Non. Faudra ! Les petites pistes qu'on est obligé de reformer à coups de machettes, les poto-poto qu'il faut traverser à pince quand on n'a pas un radeau de rondins à sa disposition. Vous ne savez pas ce que c'est qu'un poto-poto ? Bon, comment vous expliquer : un étang dans la forêt, plus exactement un marécage... Là-dessus flotte une espèce de mousse verte. L'eau est chaude. Le soir on voit briller les yeux de crocodiles... On avance là-dedans avec peine en tenant son fusil et ses cartouches à bout de bras. Du sport ! Vous voulez que je vous dise ? L'Afrique, y a plus que ça d'encore vrai ; et peut-être l'Amérique du Sud aussi, je connais pas. Seulement faut se grouiller d'en profiter car leur vacherie de progrès bousille tout. La preuve : San Pedro ! Dans dix ans ce ne sera plus la peine d'y revenir. Des jetées, des immeubles, des bars où les petites Noires feront boutique-leur-cul comme elles disent... J'aime autant Toulon.

Il fit signe brusquement à Lombard de couper le moteur.

Docilement, le guide obéit. On ne perçut plus que le clapotis de l'eau sur les flancs de la barque. Honoré s'arma d'une pagaie pour faire dériver l'embarcation vers un banc de sable où elle s'échoua.

D'un hochement de tête, Lombard interrogea Carbon.

Mais ce fut au Noir que Carbon s'adressa :

– Tu comprends, singe, là ? chuchota l'infirme en désignant un fromager plus immense que les autres, sur la rive d'en face.

Nous nous tûmes. Honoré tendit l'oreille. Au bout d'un instant, un grand sourire affirmatif éclaira son visage. Il acquiesça.

Carbon désigna un fusil. Docilement, Lombard me le tendit et je le passai à Carbon.

– Vous entendez quelque chose ? chuchotai-je à l'oreille de Danièle.

Elle fit non de la tête. Pourtant, à travers le bruissement du fleuve et les cris rauques du toucan, une sorte de léger croassement, bref et creux, se fit entendre. Carbon épaula d'une manière fulgurante. Puis il resta absolument immobile, comme pétrifié dans son geste. Au bout d'un instant, il y eut un murmure de feuillage. Une forme jaillit d'une branche pour s'élancer sur une autre. Le coup de feu claqua. La forme interrompit sa trajectoire et plongea en poids mort. Un long déchirement de feuillages froissés et de branches brisées retentit. Une seconde forme affolée voulut quitter l'arbre. Comme la première, un coup de feu la foudroya. Le deuxième singe parvint à s'agripper à une branche. Il pendait au bout de ses deux longs bras tendus, tel un gymnaste s'apprêtant à exécuter une figure délicate. Puis l'une de ses mains lâcha prise. Sa silhouette pitoyable se découpait sinistrement sur le ciel. Enfin ses ultimes forces abandonnèrent l'animal qui tomba tout droit et s'écrasa au sol avec un « plouf » brutal.

– Beau doublé, admira Lombard. Dans la pénombre et à cette distance, chapeau !

Carbon cligna de l'œil en direction de Danièle :

– Pas rouillé, hein ? Les prochains seront pour toi !

Il prit des balles dans ses poches et rechargea le fusil.

– Pourquoi avoir tué ces deux singes inoffensifs, alors qu'ils ne sont même pas comestibles ? m'insurgeai-je.

L'infirme s'amusa de ma colère :

– Tiens, monsieur Cinéma qui prend les crosses de la société protectrice des animaux ! Je commence à croire que vous ne serez jamais chasseur !

– Je m'en flatte !

Il haussa les épaules :

– Chacun est comme il est !

– Ça vous amuse de tuer, monsieur Carbon ?

– Ce qui compte, c'est la cible atteinte, vieux !

– Mais il y a un instant, cette cible vivait ! Elle s'ébattait dans les arbres, elle bouffait, faisait l'amour ! Maintenant deux bêtes commencent à pourrir, pour rien, dans la forêt.

– D'autres bêtes les boufferont avant qu'elles pourrissent !

Je n'insistai pas. Le moteur ronronnait de nouveau et nous poursuivions notre remontée du fleuve. Le jour pointait. Des échassiers blancs, dont la tête s'ornait de caroncules bleues, marchaient à petits pas précieux sur les parties sableuses du fleuve.

Carbon épaula. Il y eut, en réplique à la fumée sortant de son arme, une volée de plumes blanches sur l'embryon de plage. Les plumes retombèrent mollement sur un peu de bouillie sanglante. Je compris que ce nouveau coup de fusil m'était en quelque sorte adressé ! Par le truchement de l'oiseau blanc, Carbon tirait sur mes protestations. Il me disait merde avec une balle.

Je sentis l'épaule de Danièle effleurer la mienne, et je sus que, ce matin-là, elle commençait à abandonner son mari. Je gagnais progressivement une partie dont l'infirme n'avait pas conscience.

La navigation devenait de plus en plus délicate. Les arbres tombés dans l'eau se multipliaient. Nous devions, soit nous coucher dans la barque pour franchir leurs immenses troncs jetés en travers du fleuve, soit nous frayer un passage à coups de machettes dans les branchages immergés.

– C'est pas des roses, hein ? jubilait Carbon.

A un moment donné, le fleuve s'élargit sur une lande de sable où il s'étala, ne coulant plus que par étroits ruissellements sans profondeur. Le débit du plus important était si faible que nous dûmes descendre, tous, à l'exception du paralytique, pour haler la barque. Malgré nos efforts, elle s'ensabla de telle sorte qu'il aurait fallu un tracteur ou un attelage de bœufs pour la tirer.

– Nous allons enlever le moteur pour alléger l'arrière et creuser un petit chenal à l'avant, décida flegmatiquement Lombard.

Je trouvai cette tâche attrayante. Le jour se levait enfin et les oiseaux se déchaînaient. Un soleil indigo rasait le toit de la forêt et rendait au fleuve ses vraies couleurs. L'eau devenait verte et rouge à cause de la terre ocre.

Alain prit une pelle de campeur et s'activa. Je l'aidai de mon mieux en utilisant une pagaie pour écarter le sable des flancs de la barque. Honoré avait dévissé le moteur et le plantait debout contre un fût d'acajou. Vingt minutes d'efforts nous permirent de libérer le bateau de son enlisement.

– Bon Dieu, lamentait Carbon, si je n'avais pas mes guibolles en caramel mou, je te vous l'arracherais comme une fleur, votre putain de barque !

Les regards dont l'accablait sa femme me comblaient d'aise. Danièle s'irritait de ses vantardises de taureau devenu bœuf. Tout compte fait, j'avais eu raison de venir. La confrontation jouait en ma faveur. Elle commençait à le mépriser et le moment viendrait vite où elle ne pourrait plus le supporter.

– Bon, on va pouvoir repartir ! soupira Lombard.

Le jeune homme était exténué par son terrassement.

– Attendez, je vais retourner chercher le moteur, dis-je, sans me douter que mon empressement allait infléchir le cours de trois destins.

5

Le poids de l'engin me surprit ; je ne l'estimais point aussi lourd.

Dans ma jeunesse, ma mère se lamentait : « Ce gamin ne sait rien faire de ses dix doigts. » Peut-on se corriger de la maladresse ? Etait-ce ma faute si les objets me désobéissaient ? S'ils me trahissaient une fois dans mes mains ? Je ne me suis jamais guéri de cette petite infirmité. Lorsqu'on me tend une tasse de café, je m'attends toujours à la voir basculer sur mon pantalon. Cela pour expliquer qu'au lieu de saisir le moteur par la manette destinée précisément à son transport, je le saisis à bras-le-corps, sans souci de tacher mes vêtements pour une fois, et me dirigeai en pataugeant vers mes compagnons.

Lombard reprenait souffle, adossé à l'avant de la barque. Carbon lui parlait chasse. Danièle contemplait mélancoliquement le fleuve sur les rives duquel les culs-blancs et les martins-pêcheurs se pressaient de plus en plus nombreux. Personne ne me prêtait attention, et j'ahanais comme un bûcheron avec mon moteur tout huileux dans les bras. Comme j'arrivais à la hauteur de la barque, à l'endroit où le courant retrouvait sa vigueur, mon pied gauche s'enfonça brusquement de trente centimètres. Je faillis tomber dans l'eau. J'eus le souci du moteur. S'il était immergé, ses bougies noyées le rendraient inutilisable. Un réflexe désespéré me le fit soulever. Dans mon mouvement, les pales de l'hélice raclèrent ma jambe blessée. L'intensité de la douleur me fit défaillir. J'eus une nausée, un vertige, une faiblesse.

– Vite ! balbutiai-je.

Lombard se précipita pour me délester de mon fardeau. Je m'agrippai alors à la barque et fermai les yeux pour essayer d'emprisonner en moi ma souffrance. Lentement, je sentis que le courant du fleuve la calmait et je pus respirer.

– Qu'avez-vous ? me demanda Danièle.

– Je me suis blessé avec l'hélice...

Je m'assis sur le banc de nage et, précautionneusement, retirai mes jambes du fleuve. Mes compagnons poussèrent une exclamation en voyant ma jambe rouge de sang.

– Je suis tellement maladroit, bredouillai-je.

– Il faut faire quelque chose ! dit Danièle ! Montrez !

L'hélice avait fendu le bas de mon pantalon de toile sur une cinquantaine de centimètres. Cette déchirure découvrait complètement ma blessure. On voyait parfaitement ma jambe enflée, violacée, avec ses marbrures verdâtres et ses veines en saillie. La pale de l'hélice avait percé la plaie comme l'eût fait un coup de lancette. Un sang douteux, trop sombre et marqué d'infâmes stries blanches sourdait de l'ouverture.

– Mon Dieu ! fit ma maîtresse en détournant les yeux.

Carbon se pencha :

– Eh ben ! dites donc ! vous avez la guibolle dans un joli état ! Qu'est-ce qui vous était arrivé ?

– Une piqûre infectée ! soupirai-je.

C'est alors que Lombard laissa tomber inconsidérément la cruelle petite phrase dont je ne finirai jamais, jusqu'au dernier jour de mes jours, de mesurer les conséquences :

– Vous m'avez dit que c'était un chien danois qui vous avait mordu !

Du coup je cessai de souffrir dans ma chair. Il n'y eut plus au monde que ces mots innocents qui n'en finissaient pas de retentir et de nous atteindre.

« Vous m'avez dit que c'était un chien danois... »

« Un chien danois. »

« Chien danois ! »

Les deux mots martelaient nos esprits, à tous trois. Un solo de batterie, comme dans un film à suspense...

« Chien danois, chien danois, chien danois. »

Mon sang le scandait également à mes tempes.

« Chien danois. »

Et les trois syllabes sortaient des yeux de Carbon. Peut-être existe-t-il des individus capables, en pareille circonstance, de reprendre la situation en main. D'inventer n'importe quoi de plus ou moins plausible, et de le débiter d'un ton enjoué ? Oui, peut-être. A ceux-là j'adresse un grand salut admiratif. Car moi je ne pouvais que me recroqueviller sous le regard du mari. J'aurais voulu m'écouler de moi-même par la plaie de ma jambe. Mon attitude avouait le reste, tout le reste.

– Il y a combien de temps que ce monsieur est arrivé à San Pedro ? questionna Carbon.

Sa voix restait calme, unie. A peine avait-elle diminué d'intensité. Elle était légèrement plus sourde, plus neutre.

Personne ne répondit. Lombard venait de réaliser les conséquences de sa réflexion. Il ne comprenait pas pourquoi une phrase aussi innocente créait un drame, mais il lisait ce drame sur nos figures.

– Hmm ? insista Carbon en se tournant vers lui, il est arrivé quel jour ?

– Jeudi ! répondit brièvement Alain.

Et il s'affaira à replacer le moteur à l'arrière de la barque.

Carbon se tenait bien droit, le fusil posé en travers de ses jambes inertes.

– Fifille ! appela-t-il doucement, c'est lui, hein ?

Danièle eut un bref acquiescement.

Un bon sourire d'homme honnête tordit les lèvres de Carbon.

– C'est marrant, soupira-t-il. Je ne me doutais franchement de rien.

Il secoua sa grosse tête pleine de fines rides noires et de cheveux blancs, drus, coupés court.

– De rien, répéta-t-il. Faut vous dire, monsieur, que je suis d'un naturel plutôt naïf. Je me suis toujours efforcé de penser le moins possible. La vie n'est pas faite pour les penseurs.

Il se racla la gorge et cracha dans le fleuve.

– Bon, dit-il à Lombard, on va faire demi-tour, fiston, faut soigner notre blessé. Avec une plaie aussi tarte, si on ne fait pas le nécessaire dare-dare, il rentrera en France avec une jambe de bois.

Honoré, qui s'était absenté, en vrai pisteur, pour aller musarder sur la rive, revint à l'appel d'Alain.

– Patron, dit-il, buffle a fait son cabinet, tout près. Il est pas loin...

– On rentre, lui répondit notre guide avec un haussement d'épaules fataliste.

***

Nous avions conservé les mêmes places dans l'embarcation. Nous nous faisions l'effet, Danièle et moi, de deux coupables sur le banc des accusés. Carbon, lui, était le juge souverain. Un juge qui possédait un fusil au lieu d'un maillet de buis. Ses yeux pâles se posaient parfois sur nous, puis erraient sur le fleuve. Je me récitais mentalement le *Bateau ivre* de Rimbaud afin de m'occuper l'esprit. Mais une unique pensée monopolisait mon entendement : « Que va-t-il se passer MAINTENANT ? » Nous venions d'accéder à la minute de vérité, à cet instant sacré où un couple adultère comparaît devant l'un des conjoints. Je n'entrevoyais plus de continuité à notre liaison. Mieux : je ne pensais plus à Danièle, mais à ce tronçon d'homme qui se tenait en face de nous.

– Dany, fit-il après un long silence, sais-tu à qui je pense ? A Dianolé. Tu te rappelles Dianolé ?

– Oui, répondit ma compagne d'une voix blanche.

Carbon me regarda.

– C'était un des Noirs de mon entreprise. Il n'avait qu'un rêve, qu'un but dans l'existence : s'acheter un carillon Westminster qu'il avait vu dans la vitrine d'un horloger d'Abidjan. Il a économisé sou par sou le prix du carillon. Cela a duré des années. Et puis un jour, il a eu la somme et il m'a demandé un congé de trois jours pour aller acheter son horloge. Nous étions à cent vingt kilomètres d'Abidjan. Ça faisait donc deux cent quarante aller et retour. Un tel voyage, à pied, dans la brousse, me paraissait impossible à faire en si peu de temps. Néanmoins je lui ai accordé la permission. Trois jours plus tard, mon Dianolé était de retour, exténué, avec son carillon Westminster dans les bras. Le plus cocasse, c'est qu'il ne savait pas lire l'heure. Ce qui l'intéressait, c'était la sonnerie. Moi je ne pouvais pas supporter cette musiquette répétée, aussi j'ai confisqué les poids de son coucou. Je les lui rendais le dimanche. Alors Dianolé s'éloignait dans la forêt. Il accrochait le carillon à un fromager et il passait la journée devant l'horloge à préparer son foutou. Au bout de quelque temps, le carillon n'a plus marché : l'humidité l'avait détraqué. Vous me croirez si vous voulez, mais Dianolé s'est mis à dépérir. Il a attrapé je ne sais quelle vacherie et il est mort. On l'a enterré avec son carillon. Pourquoi est-ce que je pense à lui, en ce moment, dis, Fifille ?

– Monsieur Carbon, murmurai-je.

Son visage cessa d'être gentil. Ses yeux bleus se firent d'une dureté de cristal.

– Ta gueule ! s'emporta l'infirme.

Il épaula son fusil et, avec une rapidité inouïe, il tira deux fois à gauche et deux fois à droite. Les balles sifflèrent à nos oreilles. Lorsque le bateau eut parcouru quelques mètres de plus, j'aperçus les petits cadavres disloqués de quatre oiseaux sur les rives. Carbon avait passé sur eux sa bouffée de rage. Je me dis qu'il suffirait de très peu de chose pour qu'il me foudroie. Un rien : un regard inopportun, une parole de trop... Je n'avais pas peur.

– Soulagé ? lui demandai-je hardiment.

Le canon de sa carabine obliqua spontanément vers moi. Il s'en fallut d'une fraction que Carbon tirât.

– A cette distance, ce ne serait pas un beau coup de fusil, mais un vilain massacre ! murmurai-je.

Je plastronnais pour Danièle, histoire de lui prouver que je n'avais pas peur. J'osai la considérer enfin. Mon premier regard sur elle depuis que son époux savait... La jeune femme était impassible. Je vis le sparadrap sur sa jambe nue et ma confiance revint. Notre amour reposait sous ce pansement, comme le mètre-étalon au Pavillon de Breteuil. Carbon qui ne perdait pas de vue mes faits et gestes tendit la main vers le coin du sparadrap et tira dessus. Danièle poussa un cri de douleur. Le « J » ressemblait à un marquage au fer. Il était barbare, mais noble. Il signifiait que cette femme m'appartenait.

– C'est beau, une épouse qui se fait tatouer l'initiale de son mari, non ?

C'était stupide : pas un seul instant je n'avais pensé que « J » est également l'initiale de « Julien ». Cette découverte m'anéantit. Ainsi donc, Danièle n'avait pris aucun risque en se faisant tatouer ! Elle avait prétendu à Carbon que c'était son initiale à lui ! De qui se jouait-elle ? De lui ou de moi ? Ou bien des deux ? A moins qu'elle ne se laissât ballotter par l'événement... Je respirai un grand coup avant de décocher à Carbon une dernière flèche empoisonnée :

– J'ai remarqué que vous n'aviez pas la mémoire des noms, monsieur Carbon. Je ne m'appelle pas monsieur Cinéma, mais Jean Debise. Jean, avec un « J », comme Julien !

Il se tassa sur son banc de fer, inclina la tête et se mit à caresser le canon de la carabine.

***

– Honoré, décharge le matériel, pendant que j'emmène ces messieurs-dame au *Relais*, ordonna Lombard quand nous eûmes rallié le bac.

Une grande animation régnait à présent sur ce point du fleuve. Des camions chargés de blocs de pierre traversaient l'eau sur le tronçon de pont qu'un Noir athlétique actionnait à l'aide d'une forte manivelle de fer. Des ouvriers mangeaient leur riz pilé dans un carré d'étoffe. D'autres mâchaient des morceaux de canne à sucre dont ils recrachaient la pulpe à dix mètres.

Tous nous saluèrent joyeusement par des gestes et des rires.

Un instant délicat : le transbordement de Carbon de la barque au camion. Je n'osai proposer mon aide. Ce fut lui qui la requit.

– Approchez-vous, les gars, nous lança-t-il à Alain et à moi en écartant ses bras.

Nous le prîmes comme à l'aller. Ma jambe blessée s'enfonça dans la fange rouge. Combien de microbes se précipitaient dans ma chair par la plaie béante à cette seconde ? Je frissonnai en y pensant.

– Foutez-moi à l'arrière ! ordonna l'infirme. Il fait trop chaud dans la cabine, fiston !

Nous le hissâmes sur le plateau et il s'acagnarda comme il put contre un montant. Danièle hésita, puis grimpa à l'avant. Avait-elle peur d'affronter trop vite son mari, ou bien préférait-elle nous laisser seuls ?

Je m'assis face à Carbon. Le camion démarra en tanguant sur les fondrières. Je cherchai quelque chose à dire pour rompre la tension de notre intimité, mais Carbon regardait obstinément ailleurs... Cette fois, je regrettai l'absence d'Honoré, après avoir, tout à l'heure, déploré sa présence. Il faisait chaud. Un vaste soleil couvrait cette nature en chantier. Partout des bulldozers, des pelleteuses, des camions, des pics pneumatiques grondaient, foraient et concassaient rageusement. Les hommes semblaient saisis d'une folie destructrice. Les arbres tombaient en lisière des clairières et la terre rouge, éventrée, se laissait arracher de tentaculeuses racines.

– Quel gâchis ! murmura mon compagnon.

Parlait-il des travaux ou de notre situation ?

Nous traversâmes un hameau de petites cases délabrées devant lesquelles des poules chétives et des enfants nus aux nombrils proéminents s'ébattaient en piaillant.

Un peu à l'écart, un vieux Noir tournait en rond, les mains au dos, tel un écolier puni. Il avait un énorme bloc de pierre en équilibre sur sa tête.

– Il fait une pénitence, murmura Carbon.

Tout le monde, autour de notre camion, semblait heureux sous le soleil. Y compris le vieillard au bloc de pierre qui touchait, en se martyrisant de la sorte, un acompte sur des félicités supra-terrestres.

– Ecoutez, monsieur Carbon, il faut que je vous dise...

Il planta son gros regard bleu sur moi.

– Quoi ?

– Non, rien...

– Evidemment, ajouta-t-il.

Il n'y avait rien à dire. La situation parlait toute seule...

Parvenus au *Relais*, nous descendîmes mon compagnon du plateau. Avec des gestes forts et précis, il cala ses gros bras dans les supports en demi-cercle des béquilles, puis il resta immobile et nous dûmes l'attendre pour franchir l'enceinte de bambou du relais. Il nous toisa et demanda :

– Il n'y a pas d'avion prévu, aujourd'hui ?

– Non, fit Lombard.

– Par la route, Sassandra est à combien d'ici ?

– Soixante kilomètres.

– Soit une heure et demie de camion, hé ?

– En effet, monsieur Carbon.

– Bon, vous allez y conduire monsieur... heu !... Jean. Faut qu'il voie un toubib d'urgence ! Laissez-lui le temps de faire ses valises parce que ensuite il retournera en France se soigner, pas vrai, monsieur... Jean ?

– Je verrai, essayai-je d'ergoter.

– C'est vu ! La santé avant tout, mon vieux ! Un beau gosse comme vous avec un pilon, ça la foutrait mal.

Il souleva sa béquille droite et donna une tape qui réussissait à être polissonne sur les fesses de Danièle.

– Tu viens, Fifille ?

Elle ne bronchait pas. Il réitéra son coup de béquille.

– On va casser une croûte, les émotions, ça creuse...

Lombard remonta dans son camion pour aller chercher Honoré et le matériel. Je pris la direction de ma hutte.

Au bout de quelques pas, Danièle me rejoignit en courant.

– Jean ! haleta la jeune femme. Oh ! Jean, écoute-moi.

Elle pleurait. Je désignai le « J » qui frémissait sur sa cuisse.

– Il signifiait Jean ou Julien, lorsqu'on te l'a tatoué ? demandai-Je.

Elle secoua la tête, ses sanglots l'étouffaient.

– Je vais te dire, poursuivis-je, il signifiait les deux, voilà la vérité. Tu m'emmerdes, Danièle. Adieu !

***

J'achevais de faire mes valises lorsque Mme Garcin entra dans ma hutte, portant une boîte verte frappée de la croix rouge.

– Il paraît que vous êtes blessé ? s'inquiéta-t-elle, je viens d'apprendre la chose par Alain. Montrez un peu.

J'écartai les lambeaux de mon pantalon.

– Mais c'est de la démence de rester comme ça ! s'écria-t-elle.

– Je suis dément, chère madame.

– Asseyez-vous, je vais toujours désinfecter la plaie.

Elle déboucla sa trousse de secouriste et se mit à me soigner avec dextérité. Elle avait des gestes précis et énergiques.

– L'infection est interne, assura l'hôtesse, à mon avis, ce coup d'hélice n'a pas été une mauvaise chose.

– Vous avez été infirmière ?

– Au contraire : je le suis devenue. Notre *Relais* est une petite succursale de l'hôpital Saint-Louis. On y soigne un peu tout et surtout les maladies vénériennes. La blennorragie sévit dans le coin. Chaque semaine des garçons viennent me voir, tout penauds. Ils prétendent pudiquement qu'ils se sont coincé « le chose » en dormant, ce qui est une manière délicate de justifier leurs gonocoques. Je vous fais mal ?

– Ça brûle, mais allez-y !

– Je suis navrée de vous voir partir. En somme, votre séjour ici aura été un fiasco...

Lombard ne lui avait parlé que de ma blessure. Elle ignorait mes démêlés avec les Carbon.

– Un fiasco complet, renchéris-je. Pourtant je crois que je n'oublierai jamais votre établissement.

Cyprien vint chercher mes bagages et m'avertit que le camion était prêt. Je pris congé de Mme Garcin et contournai ma hutte pour éviter de passer devant celle de mes voisins. Nous n'avions plus rien à nous dire. Dans le fond, ma blessure facilitait les choses en me fournissant un bon prétexte pour filer.

Alain qui attendait au volant du vieux G.M.C. recula en me voyant déboucher sur la piste. Mes valises se trouvaient déjà sur le plateau du véhicule. Avant de grimper dans la cabine surchauffée toute dégoulinante d'huile, je jetai un regard d'ensemble au paysage. La mer d'un bleu infini me parut plus tranquille que les jours précédents. Je vis les huttes sagement alignées comme des ruches, les rochers peuplés d'oiseaux de mer gris cendré, les fleurettes mauves de la plage, les bananiers du jardin, le gros réservoir d'eau sur son échafaudage de bois ; puis mes yeux se portèrent sur la case des Carbon.

– Danièle, murmurai-je. C'est donc un adieu !

Les vrais adieux sont solitaires. On ne quitte vraiment un être aimé que lorsqu'il n'est plus là.

Je ne parvenais pas à m'arracher à ma contemplation.

– Je ne voudrais pas vous bousculer, dit Lombard, mais si nous pouvions faire la route avant le gros de la chaleur...

Sans un mot, je pris place à bord, sur une banquette de faux cuir, ravagée. Elle brûlait.

Lentement, le camion s'ébranla, soulevant comme toujours son nuage rouge. Des cris, derrière nous, firent stopper Lombard. Nous nous penchâmes de part et d'autre de la cabine et nous vîmes surgir Danièle. Elle courait, les cheveux au vent, dans la poussière rouge tourbillonnante qui teintait son short immaculé.

– Qu'y a-t-il ? demanda Alain d'une voix mécontente.

Nos petites histoires lui tapaient visiblement sur les nerfs. Il devait détester les complications sentimentales. Lentement, l'âge aidant, il deviendrait un type dans le genre de Carbon. Quelqu'un de calme, aux idées méthodiques.

– Pousse-toi ! me dit Danièle, je vais avec vous.

Je lui fis de la place. Elle grimpa lestement près de moi. Elle avait les joues en feu, les cheveux collés par la sueur et sentait la femme.

– On peut y aller, cette fois, oui ? ronchonna Lombard.

Quand il redémarra, je jetai presque machinalement un regard par la lunette de la cabine. J'aperçus Carbon sur le chemin. Planté entre ses béquilles scintillantes, il nous regardait partir sans un geste.

– Vous savez, madame Carbon, avertit le conducteur, je ne reviendrai pas avant la fin de la journée car je vais profiter de ce voyage à Sassandra pour y faire des courses.

Danièle le considéra avec surprise. Puis elle éleva un petit fascicule bleu qu'elle tenait à la main. Je vis qu'il s'agissait de son passeport. Elle n'avait que ça pour tout bagage. L'essentiel, en somme. L'indispensable.

– Qu'est-ce que vous imaginez ? fit-elle, je ne reviendrai pas.

Elle coula son bras sous le mien, saisit ma main et me força à déployer mon index. Elle le promena doucement sur le « J » frappé dans sa chair ; puis, posant sa tête sur mon épaule, très vite elle chuchota :

– Ça voulait dire Jean.

6

Le premier train passait à sept heures moins dix. Il faisait trembler les ferrailles du viaduc, glissait sur la rampe courbe qui le conduisait au second viaduc traversant Gstaad et se mettait à siffler avant d'entrer dans la petite gare style Far West revu et corrigé par la Fédération helvétique.

Son bruit m'éveillait ou, plus exactement, confirmait mon réveil car mon subconscient le pressentait. Je tâtonnais pour récupérer Danièle dans le « grand lit français » installé tout exprès pour nous par le gérant de l'agence, un monsieur maigre et affable qui parlait lentement et beaucoup. M. Printz traitait ses clients de la manière dont un directeur de pensionnat traite les enfants livrés à sa responsabilité : avec une fermeté teintée d'indulgence.

Danièle remuait beaucoup pendant la nuit. Et il m'arrivait, au matin, de la retrouver lovée au pied du lit.

Ce jour-là, elle m'attendait, au déboucher de mon sommeil, la joue posée sur son coude replié.

Son regard attentif luisait doucement dans la pénombre de la chambre.

– Comment va ta jambe ?

– Mieux, la preuve : j'ai pu dormir sans cachet...

Elle couchait nue. Je glissai ma main sur ses seins et la caressai voluptueusement. Tous les matins c'était pareil. A mesure que s'affirmait ma lucidité, mon désir naissait. Nous faisions l'amour et une nouvelle période de sommeil succédait. Un sommeil d'une autre qualité, plus intense, plus rare, qui ressemblait à de l'anéantissement.

– Sais-tu depuis combien de temps nous nous connaissons, Jean ?

– Vas-y : je n'ai pas encore les idées nettes.

– Quinze jours aujourd'hui ; nous sommes vendredi ! Ça paraît impensable, non ? Tous ces événements...

– Ces quinze jours, Danièle, ç'a été de la vraie vie, bien riche, bien intense.

J'enfouis mon visage dans la touffeur de ses seins.

Les événements défilèrent dans ma mémoire à la vitesse où un manipulateur habile fait passer un jeu de cartes d'une main dans l'autre. Les bars, la maison cubique de Montfort, le vieux Klassmann chez le coiffeur, Geneviève et sa mère, la lettre de Barnaque, la mulâtresse, le chien danois, ma salle de bains du *George V*, le tatoueur, la cabine téléphonique du *Relais de Suède*, l'avion de nuit pour Abidjan dont les hôtesses de couleur portaient des pagnes bleus, Alain Lombard avec sa casquette verte, la 2 CV pourrie, les huttes qui sentaient la mort, les oiseaux en essaim sur les rochers, Carbon entre ses béquilles, Carbon agrippé à mon cou, Carbon avec la carabine sur les genoux, Danièle et son passeport, le médecin de Sassandra qui sentait l'anisette et faisait la grimace en examinant ma jambe...

Il fourrageait dans ma plaie avec son scalpel. Je regardais ailleurs, les dents crispées. On apercevait des Noirs en palabre sur une petite place. Un appareil à air conditionné zonzonnait dans le cabinet.

« Je vais vous mettre un drain, mais je vous conseille d'aller à l'hôpital d'Abidjan. C'est moche, vous savez. Vous avez eu tort de le négliger... »

Pendant que le toubib me charcutait, Danièle parvenait à se dénicher un bout de robe dans une boutique qui vendait de tout : depuis du pétrole jusqu'à du rouge à lèvres. Une fois à

Abidjan nous n'étions pas sortis de l'aéroport. Un avion partait pour Dakar. Une fois à Dakar, un autre appareil s'envolait pour Genève.

Je conservai de ce vagabondage au-dessus des continents un souvenir confus. J'avais de la fièvre et me gavais d'aspirine. Je somnolais en pointillé sur l'épaule de Danièle. Je regardais déambuler les hôtesses et le steward comme dans un rêve. A chaque instant je chuchotais :

– Tu ne regrettes rien ?

– Non, essaie de dormir.

J'y parvenais par à-coups. Alors la forte silhouette de Carbon se dressait dans mon sommeil. Je le voyais planté sur le chemin du *Relais*, pareil à une statue qu'on n'aurait pas encore débarrassée de ses étais. Formidable et pathétique. Un tressaillement de l'appareil me réveillait à demi. J'admirais un instant le profil de Danièle se détachant sur la lumière du hublot.

– Dors, ce n'est rien...

J'avais consulté un autre médecin à Genève, dans une maison luxueuse en bordure du lac. Loin des miasmes et du louche foisonnement microbien de l'Afrique, dans la Suisse cristalline, je me sentais en parfaite sécurité. Le docteur genevois était roux-grisonnant. Il avait enfilé une blouse blanche et des gants en caoutchouc rose pour soigner ma plaie. Ses gestes mesurés, son mutisme, achevaient de me rassurer. Cette fois, Danièle assistait à la consultation.

Elle me souriait pour me réconforter.

– Tu es ma femme ! lui dis-je en sortant.

Elle caressa ma tête.

– Tu transpires !

– Il fait une chaleur du diable dans ce chalet.

Le mot chaleur me fit évoquer San Pedro.

– Je me demande s'il y est encore, fit-elle

– Transmission de pensée, dis-je.

Danièle hocha la tête, sceptique.

– Quand on vit les mêmes événements, il est normal qu'on pense simultanément aux mêmes choses et aux mêmes gens.

– Ça te tracasse ?

– Quoi donc ?

– Lui, parbleu !

Elle réfléchit.

– J'y pense, c'est normal. Tu as cessé de penser à ta femme dès que tu l'as eu quittée, toi ?

– Non.

– Tu vois bien... Tu l'as quittée, comment ?

– Comme un malpropre, y a pas trente-six façons !

J'abandonnai ses seins pour retrouver mon oreiller tout frais de ma courte absence.

– C'est vrai, reconnut-elle, il n'y a pas trente-six façons.

Depuis San Pedro, nous n'avions jamais reparlé directement de Carbon. Nous procédions par allusions prudentes : « Tu ne regrettes rien ? – A quoi penses-tu, Danièle ? Ton passé fait des bulles ? – Tu crois que tu es heureuse avec moi ? – Je ne te déçois pas trop, Jean ? Nous deux, ça répond bien à ce que tu espérais ? »

Cette dernière question, surtout, me troublait. En fait, avais-je réellement espéré vivre avec elle un jour ? Ce qu'il y avait de lassant, en moi, c'était que je doutais sans cesse de mes actes. Je gardais toujours l'impression déprimante d'avoir été le jouet des circonstances ; même mon divorce me semblait résulter d'un morne enchaînement de hasards et de soumissions.

– Lorsque tu as été parti, Jean, de quelle manière pensais-tu à elle ?

– Je craignais qu'elle ne fût désespérée. Je l'imaginais solitaire, rongeant ses ongles devant des photos jaunies ;

alors qu'elle se tapait déjà un vieux bellâtre. Quand j'appris qu'elle comblait ce cher homme, je m'obstinai à penser qu'elle agissait ainsi par désespoir. Nous sommes tous des monstres d'orgueil, mon petit amour. On ne peut jamais se résoudre à être absent des autres.

Je me levai pour ouvrir les volets. Un jour glorieux entra dans la chambre. Le soleil brillait sur les sommets enneigés ; la trouée, en direction des Diablerets, semblait à portée de main tant elle était limpide.

– Somme toute, dis-je sans cesser de respirer la montagne, ce matin tu me demandes une consultation.

Cela faisait le quatrième jour de notre installation dans ce chalet qui, vu de la grand-rue, ressemblait à une tirelire-boîte à musique. Nous n'en étions pas sortis. Nous commandions toutes nos provisions par téléphone. Ainsi je réalisais mon vieux rêve : avoir une femme sous clé, pour mon usage exclusif. Une femme à l'abri des contaminations extérieures. Nous passions le plus clair de notre temps au lit, ne nous levant que pour manger ou prendre le soleil sur le balcon. Aujourd'hui, en regardant la petite ville allongée dans la vallée, l'envie me travaillait de replonger parmi les hommes. Peut-être à cause des patineurs qui virevoltaient sur la piste et aussi des joueurs de curling, de gros messieurs tudesques pour la plupart, infiniment ridicules avec leurs genouillères capitonnées et leurs petits balais rouges dont ils se servaient pour balayer la glace devant la pierre tournoyante. Les oriflammes flottant aux nombreux mâts créaient une impression de kermesse ; celui du canton de Berne frappé de son ours mal léché, celui de Gstaad qui représentait une sorte de grue blanche sur fond rouge... Des calicots claquaient au vent de la rue principale, pour annoncer je ne sais quel match de hockey (je pouvais lire les plus gros caractères depuis le balcon, à l'aide de jumelles trouvées dans le chalet).

Pourquoi ce matin du quatrième jour différait-il des matins précédents ?

– Veux-tu que j'aille préparer le café, chérie ?

– Allons-y tous les deux, Jean ! Je ne veux pas que tu me quittes.

J'entendis sa secrète tristesse. Un petit sanglot contenu mettait de l'espace entre les mots qu'elle prononçait.

Elle quitta le lit d'une pirouette pudique, les jambes jointes. Ce matin nous n'avions pas fait l'amour avant de nous lever. Elle s'approcha de moi et m'enlaça par-derrière. Je sentais ses seins nus s'écraser sur mon dos nu. C'était bon, cette femme pressée contre moi, cet air salubre et ce merveilleux paysage enneigé. Des gouttes tièdes tombèrent sur mes épaules.

– Tu pleures, Danièle ?

– Je te demande pardon. Tu n'as pas pleuré, toi, quand...

– Ah ! non, m'emportai-je, on ne va pas se référer sans arrêt à ma femme ! Oui, j'ai pleuré, j'ai beaucoup pleuré ! On pleure toujours la mort d'un être familier, non ? Un ménage, c'est un être familier. Quand mon ménage est mort, je l'ai pleuré, comme Martine l'a pleuré, j'espère, entre les bras de ses amants.

Je m'éloignai de la croisée.

– Alors pleure, Danièle ! Pleure...

Elle cacha son visage dans ses mains.

– Tu comprends, il est si diminué...

– Il a vécu longtemps avant de te rencontrer, il vivra après. Le temps aidant, tu deviendras une parenthèse dans sa vie. Il est réellement devenu impuissant, oui ou non ?

Elle acquiesça.

– Alors il s'est déjà déshabitué d'une importante partie de votre intimité.

– C'était devenu autre chose, hoqueta ma compagne.

– Quoi ? questionnai-je, ma jalousie instantanément dégainée.

– Plus dépouillé.

– Un amour sans l'amour ?

– Quelque chose comme ça, oui !

– Il t'aimait cérébralement et te donnait une fois par mois la permission de minuit afin que ton système glandulaire ne soit pas trop perturbé. Il y en a qui trouveraient sans doute ça noble, moi je trouve ça dégueulasse, je te l'ai déjà dit.

« Un vrai amour est total ou il n'est pas. Il doit être démentiel, sinon c'est un amour de petit retraité. Carbon a vingt-cinq ans de plus que toi et il est mort à moitié, très exactement jusqu'à la ceinture. Tu n'étais plus pour lui qu'une aimable infirmière. Il lui reste son fric, sa mulâtresse de fille et son affreux danois. Et surtout le plus miraculeux des présents, vu son âge : un chagrin d'amour ! Et tu voudrais le plaindre ! Ne me regarde pas de cet air affligé. Le cynisme, vois-tu, c'est la santé de l'intelligence. Une manière empirique de se remettre les sentiments à l'heure. Au quatrième « top » il est exactement le moment d'être lucide ! »

J'allai la saisir contre moi pour bercer son tourment.

– Voyons, ma Danièle, si tu m'as aimé et suivi, c'est parce que ta vie précédente ne te satisfaisait pas. Tu n'en pouvais plus. La femme que j'ai rencontrée devant ce comptoir d'acajou voici quinze jours, et qui m'a demandé si les mouches aimaient le whisky, cette femme-là, chérie, arrivait au bout de son rouleau, je l'ai vu immédiatement.

Elle se laissa ramener au lit. Je me mis à la caresser audacieusement, comme les autres matins :

– Quand je te prends, Danièle, sais-tu que tu gémis ?

– Tais-toi !

– Il t'arrive même de pousser des petits cris qui me lacèrent la chair comme des lanières. Tu es une vraie femelle et tu as besoin d'un vrai mâle. Avant d'être des hommes, nous sommes des mammifères, mon amour. Rien que des mammifères perdus dans leurs instincts.

Je la pris avec plus de violence que d'ordinaire. Ensuite nous restâmes longtemps blottis l'un contre l'autre, fondus dans notre assouvissement. Nous regardions le plafond dont les lames de bois étaient pareilles à celles des murs.

– On se croirait enfermés dans une boîte, tu ne trouves pas ?

Elle répondit « oui », mais le plafond servait d'écran à ses évocations. Je crus y entrevoir Carbon, seul sur la piste rouge, dans le soleil.

– Je me demande s'il est rentré en France !

Je ne répondis pas. La constance de son tourment m'écœurait. Elle comprit mon désespoir et murmura :

– Pardonne-moi de te parler de lui, j'ai besoin. Tu ne voudrais pas que j'y pense en secret, pour moi toute seule, Jean ? Nous devons tout mettre en commun, même les choses qui peuvent blesser l'autre. Ce matin, le souvenir de mon mari me hante. J'aurai beau essayer de le chasser, il ne s'en ira pas.

– Tu as peur ?

– Oui.

– Qu'il se soit tué ?

– J'ai dû faire un cauchemar, éluda Danièle.

J'allongeai la main vers le téléphone : il y avait un poste dans presque toutes les pièces. Immédiatement, une voix féminine me posa une question en allemand.

– Je voudrais un numéro de téléphone en France, lui dis-je.

Elle me parla alors dans un français nasal.

– Quel numéro ?

– Le... Un instant, je vous prie...

Je me tournai vers Danièle :

– Je ne me rappelle plus votre numéro.

Elle se dressa sur un coude, écarta d'un coup de tête ses cheveux de sa figure et murmura d'une voix blanche :

– Le zéro 125, Jean !

7

– Ils vont nous rappeler tout de suite.

– Ecoute, Jean, je vais lui parler. Seulement tu vas me jurer une chose...

– Ne t'inquiète pas, je n'écouterai pas. Je suis jaloux mais pas mesquin. Tiens, je vais aller prendre mon bain pendant ce temps.

Elle poussa un cri :

– Non ! Au contraire. Je veux que tu restes, Jean. Je veux que tu prennes l'écouteur.

– Tu n'y penses pas !

Le téléphone carillonnait déjà.

– Ne me laisse pas, prends l'écouteur, je t'en supplie !

– Mais sacré bon Dieu, à quoi ça rime ?

– Je te le demande !

La sonnerie se répétait, aigrelette comme certaines sonneries de petites gares.

– Tu n'as pas le droit de m'abandonner !

Résigné, mais embarrassé, je m'emparai de l'écouteur annexe. Danièle décrocha.

– Vous allez avoir Montfort-l'Amaury, dit laborieusement la standardiste.

Dans sa bouche, ce nom si français s'abîmait, devenait Maon'fort-Lam'ry. Des voix confuses traversèrent un brouhaha mécanique, puis le ronfleur d'appel de Carbon retentit, seul, lancinant.

Je comptai mentalement ses élancements de foreuse. Un, deux, trois, quatre... J'adressai une moue à Danièle :

– Il n'est pas rentré.

Elle laissa sonner encore. Sa figure se transformait à vue d'œil, c'était spectaculaire. Une pâleur cireuse l'envahissait, ses narines se creusaient tandis que sa lèvre inférieure se mettait à trembloter.

– On doit répondre, balbutia-t-elle. Thérésa...

– Elle sera allée faire des courses...

Un déclic que je n'attendais plus se produisit.

– J'écoute ? grogna l'organe sourd de Carbon.

Danièle faillit s'évanouir. Elle avala plusieurs fois sa salive avant de balbutier :

– Julien ?

– Oh ! c'est toi, Fifille !

Il avait sa grosse voix normale, basse et vibrante. Une voix d'adjudant commandant un maniement d'armes.

– Oui, je voulais savoir...

– Tu voulais savoir quoi, petite ?

– Si tu étais rentré.

– Je suis rentré.

– Comment tu allais...

– Je vais bien. Pas vite, mais bien ! Et de ton côté, ça marche ?

Je n'avais jamais écouté une conversation téléphonique aussi banale, et pourtant, quelque chose de très dramatique se dégageait de chaque phrase innocente.

– Oui, répondit Danièle.

– T'as besoin de rien, Fifille ?

– Non !

– Où tu es, là ?

– En Suisse.

– Tu skies ?

– Non.

– T'as tort. Je sais que moi, si j'étais pas déguisé en limace... Tu veux que je te fasse rigoler ? Hamlet couche dans ton lit depuis que t'es absente.

Des larmes s'accumulèrent sur les paupières inférieures de Danièle. Je lui adressai un petit « Tsst tsst » désinvolte.

– Il va te jouer le morceau de bravoure de *La femme du boulanger*, chuchotai-je.

Mais Carbon continuait, toujours du même ton rudement affable :

– L'effet que ça me fait le matin, quand j'aperçois ce bestiau à ta place, près de mon lit !

Il rit.

– Tu es gentille d'avoir appelé, Fifille. Tu penses rentrer bientôt ?

Il y eut un silence. Danièle se mit à secouer frénétiquement la tête et à bredouiller, de plus en plus fort :

– Je ne sais pas. Je ne sais pas ! Je ne sais pas !

Elle lâcha le combiné et s'abattit sur le lit en proie à une véritable crise de nerfs. Je ramassai l'appareil.

– Allô, monsieur Carbon ?

– Salut, Jean, qu'est-ce qui lui arrive, elle pleure ?

Sa cordialité paraissait spontanée.

– Oui, elle pleure. Je tiens à vous dire devant elle que si elle veut rentrer je ne ferai rien pour l'en empêcher.

– Je m'en doute, mon garçon. D'ailleurs on ne retient pas une femme qui veut partir. Pendant que je vous ai au fil, laissez-moi vous dire...

Il se racla la gorge.

– Vous pouvez me rendre visite tous les deux à l'occasion, si ça vous arrange.

Mes doigts blanchirent sur le combiné :

– Vous êtes un vieux salaud, Carbon, et vous n'avez aucune dignité !

Là-dessus je raccrochai. Effrayée par mon éclat, Danièle

venait de se dresser sur son séant. Je lui lançai mon poing dans la figure et sortis en claquant si fortement la porte qu'elle se fendit.

***

Habituellement (car en trois jours nous avions contracté des habitudes) nous prenions notre bain ensemble. Furieux, je m'enfermai dans la salle d'eau et me douchai copieusement. Peut-être Danièle essaya-t-elle de m'y rejoindre, mais le bruit de l'eau cinglant impétueusement mes reins couvrit celui du loquet. J'espérais que la douche me calmerait. Au bout d'un quart d'heure, je compris qu'elle m'arracherait la peau avant d'avoir apaisé ma rage. Quand j'écartai le rideau de plastique, la salle de bains était ruisselante d'une épaisse buée. Le miroir du lavabo ressemblait à une cloison en verre dépoli. Renonçant à me raser, je sortis, vêtu d'une seule serviette nouée à la taille. Une bonne odeur de café m'arrivait de la cuisine. Dans le salon, la radio diffusait un bulletin d'informations. J'allai me planter devant la large baie ensoleillée. A cet instant, un petit train bleu ciel passa en frétillant sur le viaduc. Des gens tranquilles le peuplaient, qui regardaient défiler les chalets aux toits frangés de longues stalactites dégoulinantes. La paix du paysage me fit du bien. Je m'y roulai comme, étant enfant, je me roulais sur les pentes douces d'une colline mauve de thym sauvage.

– Ah, tu es là ? fit Danièle, d'une voix sans rancune.

– Non, je fais semblant, ripostai-je.

– Qu'est-ce que tu regardes ?

J'eus un geste large pour embrasser les deux vallées en « Y » qui accomplissaient leur jonction au pied de notre chalet.

– Ça !

– A quoi penses-tu ?

– Je pense que les hommes ne sont pas dignes de la

nature. C'est de la confiture donnée à des cochons ! Ma mère *dixit* !

Il y eut un silence. Puis elle s'approcha et posa sa joue sur mon dos nu.

– Je t'ai fait mal ? demandai-je sans me retourner.

– Moi je t'ai fait du mal, c'est pire.

Je la regardai. Elle avait une marque rose sous l'œil droit, accompagnée d'une légère enflure.

– Cela fait donc deux fois en quinze jours que je te frappe ; je me dégoûte.

– Il ne faut pas, je t'aime. C'est moi qui te demande pardon...

Danièle paraissait s'être complètement reprise. Elle souriait.

– Tu es rassurée à propos de ton bonhomme, n'est-ce pas, alors tu te sens bien ?

Elle se rembrunit.

– Tu viens déjeuner, c'est prêt.

Il restait des croissants de la veille, qu'elle avait ranimés en les passant au four. J'en mangeai un, du bout des dents.

– Tu veux que je te dise, Danièle ? Tu es une chienne ! Tu vas finir par retourner chez ton maître, comme votre saloperie de danois.

– Qu'en sais-tu ?

– Tu avais besoin qu'il te siffle. Maintenant c'est fait. Tu vas pouvoir regagner ta niche...

Elle secoua la tête.

– Tu confonds les remords et les regrets, Jean.

Nous achevâmes de prendre notre café en fixant obstinément les petits carreaux de la nappe. Je sentais croître son anxiété. Une question tourmentait Danièle, qu'elle n'osait pas poser. Et puis elle plongea tandis qu'elle débarrassait la table.

– Pourquoi l'as-tu traité de salaud ?

– Oh ! c'est vrai que tu avais lâché l'écouteur. Il proposait qu'on lui fasse des petites visites amicales, toi et moi. C'est un mari épatant.

– Tu ne le connais pas.

– Ce que je sais de lui me suffit ; ma curiosité de l'humain s'exerce dans d'autres domaines. Il fait un temps mémorable, veux-tu que nous descendions en ville ?

– Notre tête-à-tête commence à te peser ? demanda-t-elle.

Je posai un baiser sur la marque rose de mon coup de poing.

– Depuis tout à l'heure, on ne peut plus appeler ca un tête-à-tête, Danièle. Il y a comme une paire de béquilles entre nous. Tu aimerais faire du ski ?

– Non.

– Allons faire des courses. J'ai envie d'acheter du papier et de le noircir. Quand je reste un certain temps sans travailler, je me sens dangereusement inutile et je cafarde.

– Tu as un film en cours ces temps-ci ?

– J'avais. Mais je n'ai plus qu'un amour en cours. Et je ne voudrais pas l'abandonner, lui non plus.

A Paris on devait faire des gorges chaudes à propos de ma disparition. Marcé ne me pardonnerait jamais mon lâchage, car il était rancunier comme un mulet.

– Que vas-tu écrire ?

– J'ai envie de commencer un livre.

– Tu en as déjà écrit ?

– A mes tout débuts je publiais des romans-feuilletons dans des journaux vaguement pornos. Style : « Quand il découvrit ses longues jambes gainées de nylon », tu vois le genre ? Je commence à en avoir ma claque du cinéma et de ses gens capricieux. Je voudrais, une fois dans ma vie, faire œuvre d'artiste. Il y a trop de monde sur un film, on est ballotté par trop d'avis contradictoires. Les producs, à la rigueur, on en trouve de pas cons, mais ils sont eux-mêmes tributaires du distributeur, et alors les choses commencent à se gâter. Et puis le metteur en scène a son optique, les vedettes ont la leur ; bref, une bonne demi-douzaine de personnes importantes exigent qu'on fasse leur film à elles, ta personnalité au milieu de ce tohu-bohu, elle donne de la bande ! Tandis qu'un livre, ou une pièce de théâtre, c'est un travail de solitaire... On te le prend ou on ne te le prend pas. Tu restes le propriétaire et l'unique responsable de tes élucubrations.

– Ce serait quoi, comme livre ?

– Je ne sais pas encore. Probablement une histoire d'amour. Il n'y a que cela d'intéressant à raconter. Un homme et une femme. Un homme et un homme, une femme et une femme, ou un homme et son chien ! Qu'importe ! Un prêtre et son Dieu. Un révolutionnaire et son idéologie ! Un drogué et sa seringue. L'amour, quoi ! Sous toutes ses formes. Tiens, je vais écrire ton histoire. Carbon qui t'envoie un billet pour Abidjan, votre première nuit à l'hôtel du Parc. Votre vie en brousse. Son accident. Votre installation dans la Tour de Contrôle de Montfort-l'Amaury, tes fugues, nous deux... Un roman, quoi ! Si tu as un brin de style, tu peux en fabriquer un avec n'importe quel bout d'existence. Le monsieur qui nous a loué le chalet, par exemple... Il vit avec son grand fils. Tous les deux déblaient la neige devant les portes des propriétés dont ils assument la gérance. Bon : ils pensent en déblayant cette neige, hein ? Ils ont des préoccupations différentes, des rêves, des souvenirs, des espoirs. Intéressant si on s'y intéresse. Tu t'attardes un instant au seuil d'un individu. Tu regardes, tu essaies de comprendre. Tu racontes ce que tu crois avoir compris. Ça te dirait que j'écrive ce que je crois avoir compris de ta vie, Danièle ?

Elle boutonnait son manteau troïka qui la faisait ressembler à une fée des neiges, toute blonde.

– Il vaudrait mieux écrire ce que tu crois avoir compris de la tienne, Jean.

– Tu crois ?

– Oui. Ça t'aiderait à voir clair en toi.

Nous descendions la route en épingle à cheveux. Des gamins blonds aux joues écarlates faisaient de la luge dans un champ. Un sentier coupait la pente et on voyait s'y promener de vieilles Anglaises en bottillons.

– Bon, ma vie... Mais par quel bout l'attraper ?

– Par le commencement... Ta jambe ne te fait pas souffrir ?

– Non, je la sens guérir.

Je marchais en boitant légèrement, plus à cause de l'ankylose que du fait de la blessure.

– Je ne vais pas attaquer par ma petite enfance, dis, Danièle ? Des têtes penchées sur moi... Des odeurs... Les jouets... La mort de bon papa (brusquement parti au ciel). Ce serait de la masturbation mentale.

– Ton premier amour ? suggéra ma maîtresse. Raconte-moi, tu veux ?

– Non. Je n'ai pas le droit. Et puis je n'ai plus de premier amour puisque j'en ai eu d'autres.

– C'est vrai.

Le chemin débouchait sur la grand-rue. Comme nous empruntions cette dernière, un traîneau attelé d'un cheval plein de sonnailles et de pompons stoppa. Deux darnes en descendirent. Pendant que la plus âgée réglait la course, je proposai à Danièle de fréter le romantique véhicule pour faire le tour du pays. C'était un beau traîneau vert, avec ces motifs naïfs et gracieux qui caractérisent l'Oberland bernois.

J'aidai ma compagne à grimper sur la banquette arrière.

– Mais c'est Jean Debise ! s'écria l'une des précédentes passagères.

Je reconnus Katy Klin, la directrice d'un théâtre parisien, une vieille beauté cent fois ravalée dont on sentait le maquillage à la merci d'un éclat de rire.

Je pressai sa main parcheminée.

– Permettez-moi de vous présenter Danièle, ma femme !

Elle sourit à Danièle, éberluée au milieu des peaux de bique.

– Ravie ! Je ne savais pas que vous vous étiez remarié, cher Jean Debise !

Pour une théâtreuse comme elle, il était impossible de dissocier mon prénom de mon patronyme car les deux constituaient une raison sociale.

Je clignai de l'œil.

– C'est tout récent, vous êtes la première à le savoir, chère vous !

Inconcevable également que je l'appelasse autrement que « chère vous » ou, à la rigueur « ma belle amie ».

Elle gloussa d'aise, ravie ! Elle avait l'âge où l'on ne peut plus jouir que des secrets des autres.

– Non ! C'est un secret suisse ?

– Je compte sur votre discrétion, car je tiens à savourer ma lune de miel.

– Promis, juré, pour qui me prend-il, ce Jean Debise ? (Pour une vieille concierge mal crépie...)

– Elle est blonde et s'appelle Danièle ! se pâma la guenon. Elle est jolie. Elle a des yeux pervenche ! Car ils sont pervenche, ces grands yeux-là, n'est-ce pas ? poursuivit la dame en sortant des lunettes de sa poche pour les appliquer sur ses yeux sans en écarter les branches.

Danièle était au supplice.

– Tous mes compliments, jolie petite madame, continuait la bavarde, vous venez d'épouser l'un des hommes les plus doués de sa génération.

(Et allez donc !)

– Jurez-moi que vous allez lui faire écrire une pièce pour mon théâtre, enchaîna Katy Klin. Avec son sens du dialogue, il nous pondrait un chef-d'œuvre, le vilain brigand ! Et ça le changerait de son hideux cinématographe...

Elle s'abstint de nous présenter sa compagne, d'où je conclus qu'il devait s'agir de sa femme de chambre. Nous eûmes toutes les peines du monde à nous défaire d'elle.

– Je suis descendue au *Palace*, vous me jurez de venir prendre le thé un de ces après-midi ?

– Promis !

– A bientôt, les tourtereaux !

Elle nous envoya des baisers jusqu'à ce que nous fussions hors de vue.

– Pourquoi as-tu dit à cette horrible vieillarde que nous étions mariés ? demanda Danièle

– Pour voir la tête que tu ferais.

– Je ne trouve pas ça drôle.

– La perspective de passer pour mon épouse te déplaît ?

– Ce jeu est dégradant.

Elle se tassa dans les fourrures qui sentaient l'étable et le moisi.

– Ne m'en veuille pas, Danièle ! D'accord, c'est une blague de mauvais goût, mais ce n'est qu'une blague !

Je glissai ma main sous la couverture et me mis à caresser sa jambe jusqu'à ce que je rencontre la chair tiède.

– Tu crois que tu deviendras ma femme, un jour ?

– Ce sont les gens libres qui se marient, Jean.

– Et ce sont les femmes aimantes qui se rendent libres. Je parie qu'il consentirait au divorce, le papa Carbon.

– Si je le lui demandais, probablement...

– Seulement tu ne comptes pas le lui demander !

– Je lui impose déjà mon absence, ça me paraît suffisant pour l'instant.

Le cocher se retourna. Un vieux, maigre, avec des lunettes ébréchées, les joues râpeuses, un bonnet de laine bleue. Il me posa une question en allemand, probablement à propos de l'itinéraire que je souhaitais. Par signes, je lui fis comprendre qu'il pouvait nous promener où bon lui semblait.

L'air était léger et vif. Les clochettes des harnais sonnaient clair. Les fers du traîneau crissaient sur la neige durcie.

Mon Dieu ! Comme Danièle était belle !

Les montagnes étincelantes ruisselaient de poudre de diamant. On voyait descendre ou s'élever des œufs de couleur, chargés de skis, sur le ciel intact.

– Sais-tu où j'ai pris la décision de t'amener ici, Danièle ? Sur la plage de San Pedro.

– Ça te ressemble, soupira-t-elle.

– Quoi donc ?

– Cette manie de vivre au futur. Présentement, en quel lieu et avec qui vis-tu, Jean ?

– Ici, avec toi ! Et j'y suis à ce point heureux que mon futur n'est que l'infinie prolongation de ce présent. Je t'en supplie, mon amour, envisage ta liberté. Commence d'y penser, calmement, sans effroi, afin que lentement, comme se constitue une gangue calcaire, elle devienne une réalité...

« Si j'ai prétendu que tu étais ma femme, à cette chouette enfarinée, c'est pour commencer à créer une espèce de certitude, je crois. Bien souvent, la vérité, c'est un mensonge qui a réussi, chérie. Essayons de réussir le mien. »

Touchée par ma supplique, elle se blottit contre moi. Le traîneau grimpait et l'air devenait tranchant. Nos souffles formaient d'imperceptibles nuages qui s'évanouissaient avant l'expiration suivante. C'était bon de sentir nos corps sous la touffeur encore animale des peaux de bique râpées. Nous passions en revue de magnifiques chalets sculptés et peints. Ils avaient plus l'allure de meubles que d'habitations. Des inscriptions allemandes, en caractères gothiques, couraient sur toute la largeur de leur façade. Parfois, un énorme poirier taillé en espalier recouvrait un côté complet de la construction, pareil à un gigantesque arbre généalogique conservant le secret de filiations tortueuses.

– S'il arrivait que tu m'épouses, tu te lasserais de moi très vite, Jean. La preuve : voilà quatre jours que nous sommes à Gstaad et tu éprouves le besoin d'écrire...

– Justement, c'est la preuve que je suis heureux puisque j'ai besoin de faire mon métier en ta compagnie, Danièle.

« Mon rêve serait de t'avoir contre mes jambes pendant que j'écrirais. Tu voudrais bien t'asseoir à mes pieds, dis ? »

– Comme une chienne ? ironisa ma maîtresse.

– Exactement, oui, Danièle : comme une chienne.

8

Le décor représente un élégant living-room prêt pour une réception. Dans le coin-repas, une table est dressée, assez fastueusement. Côté cheminée, des apéritifs sont disposés sur une cave roulante.

Au lever du rideau la scène est vide.

Un certain temps s'écoule. Puis un homme pénètre à reculons dans la pièce, les bras levés. Il est en chemise, très chiffonnée, et n'a qu'une chaussure. Un second homme paraît, qui tient le premier sous la menace d'un couteau de boucher. Ce second personnage est en smoking.

Je relevai la tête de ma ramette de papier. Danièle était assise sur le plancher, dos au mur. Elle lisait le théâtre de Montherlant dans la Pléiade.

– C'est beau ?

Elle me sourit.

– J'aime. C'est riche, c'est noble.

– Mais dans le marbre, hein ? S'il n'y avait que lui pour faire évoluer la langue...

– Et toi, ça démarre ?

– Je m'encoconne, faut créer l'hypnose.

– C'est la bonne femme d'hier qui t'a donné l'idée d'écrire une pièce ?

– Oui. J'ai découvert que j'en mourais d'envie. Le dialogue de cinéma n'est qu'un parent pauvre. Priorité absolue reste à l'image. Le son ne représente qu'un cinquième de la pellicule. Au théâtre il en va tout autrement. Le texte est roi.

Un coup de sonnette m'interrompit.

– Ce doit être le boucher, dit-elle en se dressant d'une détente.

Je me repenchai sur l'excitante feuille où s'élaborait déjà un univers.

L'homme au smoking est âgé d'une quarantaine d'années. Il est très pâle, très glaçant...

– Jean ! appela Danièle, tu veux venir ?

Je décelai une inquiétude dans sa voix. Aussitôt un méchant pressentiment interrompit ma frénésie créatrice. J'allai la rejoindre et fus soulagé en apercevant M. Printz, le gérant du chalet. Il y avait des flocons de neige sur le col de mouton de sa canadienne. Ses joues roses sentaient le froid et l'eau de Cologne. Ses yeux clairs avaient une lueur emphatique derrière ses grosses lunettes.

Danièle tenait gauchement une gerbe de fleurs dont le papier cristal était embué.

– Oh, bonjour, monsieur Printz, quel bon vent ?

Le gérant parlait avec lenteur, comme pour passer au crible son vocabulaire français.

– Je viens vous présenter mes vœux, ainsi qu'à madame. J'ignorais que vous veniez de vous marier, dit-il. Je ne savais pas non plus que vous étiez un personnage célèbre, monsieur Debise, excusez-moi, mais quand je vais au cinéma, c'est pour voir des films allemands car ma femme ne comprend pas le français.

Je l'écoutai débiter son compliment en regardant les fleurs dans la main tremblante de Danièle. Une vraie scène de comédie ! Un grand rire me venait. J'avais un mal fou à le contenir.

– Tiens, vous connaissez Mme Katy Klin ?

Son regard s'écarquilla.

– Qui ça ?

– Comment avez-vous appris ce... cette nouvelle ?

– Un locataire français de mes grands chalets m'a montré l'annonce dans le journal.

– Quelle annonce ? Quel journal ? aboyai-je.

Il fut surpris, ôta ses lunettes pour en essuyer la buée et son regard réduit de myope panique.

– Mais je crois que c'est *France-Soir*.

Je bouillonnais de rage et rêvais de tordre le cou à cette vieille carne de Katy Klin.

Je trouvai cependant la force de remercier le brave homme pour ses fleurs. Quand il fut parti je bondis au téléphone et composai le numéro du *Palace*.

Atterrée, Danièle me regardait agir en mordillant sa lèvre inférieure. Elle venait de jeter le bouquet sur un meuble comme s'il eût abrité un essaim d'abeilles.

– Katy ? Jean Debise. Qu'est-ce que ça veut dire ce papier dans *France-Soir* ?

La vieille peau se troublait.

– Mais je...

– Surtout ne venez pas ergoter, vous étiez la seule à savoir ! La seule !

– Cher garçon, ne montez pas sur vos grands chevaux, allons ! La rédaction de *France-Soir* m'a téléphoné hier en fin d'après-midi à propos de mon spectacle actuel...

Elle mentait. A peine arrivée au *Palace*, l'horrible concierge s'était empressée d'appeler le journal pour annoncer la nouvelle. L'ancienne tragédienne mettait un point d'honneur à paraître informée avant tout le monde des potins parisiens.

– ... Ils m'ont demandé qui je voyais de célèbre, à Gstaad, étourdiment j'ai...

– Vous voulez me lire le papier, chère grande bavarde ! roucoulai-je.

Elle ne perçut pas la férocité voilée qui faisait frémir ma voix.

– Certainement, c'est très gentil, rassurez-vous. Plein de tact... On sent qu'ils vous aiment beaucoup chez Pierrot. Ne bougez pas... Vous voulez me passer *France-Soir*, Emilie ?

Elle prononçait Emilie à l'anglaise, bien que sa femme de chambre fût probablement native du Calvados.

– Allô ! Je vous lis... C'est sur trois colonnes, mon petit...

– En page spectacle ?

– Pas du tout ! Le chapeau de Carmen ! « *Jean Debise : mariage secret en Suisse.* » *Dans les neiges de Gstaad, à bord d'un romantique traîneau, le célèbre dialoguiste du* « *Rendez-vous chez Satan* » *joue les docteur Jivago avec sa nouvelle épouse : une belle jeune femme blonde prénommée Danièle. Il...* »

– Oh, Katy, l'interrompis-je, mort de rage ; vous n'êtes qu'une abominable sorcière !

Je raccrochai.

– Quel âne j'ai été, soupirai-je. Non, mais quel âne !

– Julien lit *France-Soir*, murmura-t-elle.

– Et alors ? Il saura bien – et pour cause – que c'est un bobard, non ?

– Je ne crois pas qu'il l'appréciera beaucoup !

– Baste, ce sera le début de vérité dont je te parlais hier. Il va commencer son apprentissage. Il faut tout apprendre, sur cette vacherie de planète : à mourir, à être cocu, à être soldat !

– Par moments, tu es inconscient jusqu'à la cruauté. Imagine ce que peut éprouver cet homme en lisant un tel papier.

Je souris.

– Je te promets un fameux courrier de félicitations en tout genre.

– On ne pourrait pas faire publier un démenti ?

– Ce serait gênant pour tout le monde ; les journalistes n'aiment pas revenir sur ce qu'ils ont annoncé.

– Mais, Julien...

Je me versai un verre de Martini que je bus d'un trait.

– Où vois-tu qu'il est mis en cause ? On prétend que j'ai épousé une ravissante dame blonde prénommée Danièle. En quoi est-il concerné, monsieur Carbon ? Puisque nous vivons ensemble, maintenant, tu es ma femme. L'univers entier se fout bien que tu le sois légalement ou pas. Je ne démentirai rien du tout parce que ce serait renier un peu notre amour...

– Et indisposer tes amis de *France-Soir* ?

J'allais protester quand on sonna de nouveau. Une silhouette coiffée d'un képi se découpait sur le verre dépoli de la porte d'entrée. Je courus ouvrir et me trouvai en face d'un homme en uniforme gris.

– C'est monsieur Debise ?

– Oui.

Il me tendit un message.

– Il vient d'arriver ce télégramme pour vous. On ne savait pas où ça se trouvait. On a téléphoné aux hôtels et aux agences de chalet...

Je lui tendis une pièce de cinq francs et le complimentai pour sa conscience professionnelle.

Il faisait un temps gris, des flocons de neige imprécis voletaient dans l'aigre bise. On ne parvenait pas à déterminer s'ils tombaient du ciel ou s'ils étaient, au contraire, soulevés de terre.

– Voilà que ça commence, grommelai-je en rejoignant Danièle.

L'adresse portée sur le télégramme indiquait : « *Madame et Monsieur Jean Debise, Gstaad, Suisse.* »

– Un plouc, sûrement, pour s'adresser à *Madame et Monsieur*, ajoutai-je en éventrant l'enveloppe.

Elle me regardait lire. J'aurais dû déchirer le papier, émettre un petit rire insouciant ; bref : mentir. Seulement, je mentais beaucoup mais jamais à bon escient.

Je tendis le télégramme à Danièle qui le lut à mi-voix, décomposée pour avoir aperçu la signature avant de prendre connaissance du texte.

« *Tous mes vœux de bonheur aux nouveaux mariés. Suis de tout cœur avec vous. Julien CARBON.* »

*
* *

Je crois que pendant les heures qui suivirent, nous nous comportâmes comme les personnages d'un ballet moderne. Nous ne parlâmes pas. Nous glissions au lieu de marcher, et nos gestes avaient une lenteur moelleuse.

Je cessai d'écrire. Danièle se décida à mettre les fleurs de M. Printz dans un affreux vase de faïence mauve. Je bus plusieurs verres de Martini. Danièle se recoiffa devant le harnais servant de cadre à une glace. Je fis des dessins sur le bloc, près du téléphone, en me demandant qui je pourrais bien appeler pour tenter de conjurer l'espèce de catastrophe confuse qui venait de nous frapper. Personne ne pouvait rien pour nous. Notre amour trébuchait car il était parti du mauvais pied.

Lorsqu'on reste un certain temps sans parler, on perd toute envie de communiquer, comme si la force émettrice de ses pensées devenait centripète au lieu d'être centrifuge.

Lorsque nous eûmes usé la gamme des menues occupations, de celles qui forment les ultimes barrières du respect humain parce qu'elles vous donnent une attitude, nous finîmes par changer de pièce. Danièle gagna la chambre tandis que j'allais m'asseoir devant la grande baie pour y regarder mourir le jour terne. Ce soir-là, la montagne avait perdu sa gloire. Elle n'était plus qu'une succession de masses hostiles perdues dans d'inquiétantes grisailles. En bas, les lumières de la ville paraissaient falotes, comme les éclairements périphériques des villes, qui ne dégagent de l'ombre que des solitudes miséreuses.

Je ne songeai pas à actionner les commutateurs. J'espérais un enseignement de mon engloutissement. Peut-être allais-je, dans le confort de la pénombre, découvrir la mystérieuse recette de bonheur ? Je voulais Danièle, et je la voulais pour toujours. Mais il me la fallait libre de toute hypothèque. Tout à l'heure, pendant que j'écrivais et qu'elle était assise sur le plancher, j'avais ressenti quelque chose de neuf, d'unique, d'exaltant, de savoureux. Je ne me résoudrais plus jamais à abdiquer cette paix fugacement ressentie qui contenait des certitudes bouleversantes.

Le télégramme gris gisait sur le plancher comme un papillon de nuit.

« Salaud de Carbon ! » Il jouait de son absence comme d'un instrument et gardait dans ses grosses pattes de bûcheron les fils ténus servant à manœuvrer Danièle. Son apparente sérénité affolait sa femme davantage que des menaces. Il l'aurait à l'inertie, se contentant de décocher à coup sûr une flèche de qualité quand l'occasion se présenterait.

Le monde n'était pas assez grand pour le fuir, ni la vie assez longue pour l'oublier. Il pouvait se permettre de rester immobile dans son cube de ciment de Montfort : les pieux aussi sont inertes, et pourtant ils paralysent la bête attachée après eux. Carbon se tenait en embuscade entre ses béquilles. Je devais trouver un moyen de le vaincre.

Il fit tout à fait noir. La neige ne parvenait pas à éclairer la nuit brumeuse.

Je m'arrachai à mon engourdissement.

« Les grands moyens, me disais-je, les grands moyens. Il faut le battre sur son propre terrain. Il a mis dans l'esprit de Danièle la notion de retour. Il se comporte comme s'il s'agissait d'une courte fugue déjà pardonnée. Il lui fait croire que tout le monde l'attend patiemment et qu'il ne doute pas qu'elle revienne très vite... Mieux : il nous propose de lui rendre visite ! C'est une façon machiavélique de nous effrayer. La seule manière de le contrer, c'est d'accepter ce combat singulier et de retourner contre lui ses propres armes. Danièle est la sensibilité même ; avec elle, les victimes ont raison. Je dois me mettre en position de victime. »

Je donnai la lumière. Les meubles du Simmental, en bois blond, se mirent à briller et réchauffèrent ma certitude.

– Danièle !

Elle sortit de la chambre aussitôt. Ses pommettes rougies m'apprirent qu'elle venait de beaucoup pleurer.

Elle se tint à distance, les bras pendant le long du corps...

– As-tu l'impression que j'achèverai ma pièce de théâtre ?

– Je l'espère.

– Crois-tu que je parviendrai à l'écrire sans ta présence à mes côtés ?

– Un écrivain est fait pour écrire. Et plus il est malheureux, mieux il écrit, répondit-elle.

– Danièle, je viens de réfléchir à nous deux, je suis arrivé à cette conclusion : tu es beaucoup trop honnête pour être heureuse avec moi.

Elle attendit la suite. Je vis briller comme un espoir dans ses yeux, et cet éclat me fit infiniment mal.

– Je crois que nous avons eu tort de brusquer les choses. Tu ne trouveras jamais la paix de cette façon. J'aime mieux pleurer ton absence que de te voir pleurer l'absence d'un autre. Je vais te reconduire à ton mari.

– Je suis assez grande pour rentrer seule !

Elle acceptait sans protester. Elle appelait cela « rentrer » ! Le souffle me manqua. Un brasier à la place du cœur ! Ma vie à nouveau déchirée ! Voilà que je souffrais *réellement* du mal que je voulais simuler.

– Nous allons prendre un taxi pour Lausanne. Il doit y avoir un train de nuit...

Danièle ne bronchait toujours pas, mais la petite lueur de soulagement s'épanouissait dans ses yeux encore nimbés par les larmes.

– Va faire tes valises, Danièle.

– Elles sont faites.

9

Pourquoi ce retour sur Paris me rappela-t-il les funérailles de ma mère ?

Je me revis dans ce corbillard automobile, avec le cercueil, dans la vilaine soute centrale et les couronnes de fleurs sur la galerie argentée du toit. Martine partageait ma banquette et me tenait la main. Elle portait un manteau noir. Un voile de crêpe plongeait son visage dans une ombre funèbre et je la reconnaissais mal. Moi je n'avais pas voulu porter le deuil. Je m'étais vêtu d'un complet bleu foncé ; une cravate noire constituait mon seul tribut à la tradition. J'alléguais que les vêtements de deuil sont les accessoires d'une sordide hypocrisie. Mais ce parti pris, à un tel instant, n'avait-il pas quelque chose de vaguement théâtral ? N'obéissais-je point à mon constant besoin de me singulariser, de me placer toujours plus ou moins en marge des autres ?

Oui : l'enterrement de maman...

J'occupais la couchette supérieure et la dépouille de notre amour gisait au-dessous de moi. Un train qui puait la vieille ferraille et le drap imprégné de fumée (bien que la ligne fût depuis longtemps électrifiée) ballottait son cadavre et mon désespoir, comme le corbillard ballottait le cadavre de ma mère et mon désespoir, quelques années auparavant.

Lors du sinistre trajet dans le fourgon funéraire, j'essayais de nous concevoir vus de l'extérieur. Je me rappelais des convois identiques, aperçus à un croisement de route. On avait tout juste le temps de découvrir une rangée de gens en noir, blafards, qui, malgré leur prostration chagrine, s'intéressaient cependant au mouvement ambiant. Ils regardaient la circulation, de leurs yeux rougis et l'on sentait que, déjà, la vie les avait repris en main, qu'ils commençaient à oublier celui ou celle qu'ils accompagnaient......

– Tu ne dors pas ?

Ceux qui m'apercevaient, depuis le trottoir, devaient ressentir la même impression. Les hommes se découvraient. Pourquoi salue-t-on les morts ? Qu'en ont-ils à fiche du salut, ou de l'adieu des vivants ?

– Hein, dis-moi, Jean, tu dors ?

– Comment veux-tu que je dorme...

– Je t'aime, tu sais !

Je répondis « Je sais ». Et c'était vrai : je savais que Danièle m'aimait, et qu'elle souffrait probablement autant que moi. Ma peine me purifiait. J'éprouvais enfin un chagrin dépouillé, authentique, sans arrière-pensées.

Le train s'arrêtait dans des gares quasi désertes. On entendait des grincements de chariots, des appels réverbérés par la sonorité creuse des marquises. Le convoi piaffait. Des heurts l'ébranlaient. Il reculait, avançait, reculait encore comme un cheval attelé, puis reprenait sa course dans une nuit que je savais brumeuse.

Dans le corbillard de maman, à quoi songeais-je, au juste ? A elle, naturellement, qu'on ramenait dans son village natal. Les gens de là-bas l'appelaient par son diminutif de petite fille : *Didi*. Pour eux, elle était restée toute sa vie la Didi Charron. Je pensais : « La Didi Charron rentre chez elle, après existence faite. » Beaucoup de travail et de noble amour... Mais je songeais à moi, aussi, à moi qui, en passant la grille du cimetière de campagne, allais replonger dans la vie. J'avais peur de ce qui allait suivre. Je sentais qu'une fois la Didi sous terre rien ne serait plus pareil, jamais.

On meurt par à-coups, comme on change de classe au lycée. Lorsque j'aurais quitté Danièle, je me trouverais à peu près en seconde. Mon départ de la maison avait également constitué un passage dans la classe supérieure. Que me resterait-il à franchir encore, comme épreuves ? L'instant où dans un lit d'hôpital ou les décombres d'un quelconque véhicule je comprendrais que ma fin est imminente ?

– Tu pleures ? demanda-t-elle en m'entendant renifler.

– Non. Je n'en ai pas envie.

Qu'allais-je faire ? Mon Dieu, qu'allais-je faire ? Où irais-je ? Qui verrais-je ?

Comme si elle suivait le cheminement de ma pensée, Danièle murmura :

– Que vas-tu faire ?

– Je ne sais pas encore.

– Tu as bien une idée ?

– L'idéal, ce serait de t'oublier. Mais c'est une tâche au-dessus de mes moyens.

– Je voudrais que tu travailles beaucoup.

– J'ai l'impression d'avoir oublié jusqu'à l'alphabet.

– Il faudra t'y mettre. Ecrire ta pièce de théâtre. Des livres...

– J'essaierai, promis-je loyalement. Mais je vais déménager.

– Où iras-tu ?

– Je pense que je réaliserai mon rêve : loger dans un petit hôtel pouilleux de Levallois ou d'Asnières.

– Quelle idée !

– Une chambre quasi monacale, avec du vilain papier jaune aux murs, des meubles de bois blanc, un plancher qui se gondole, un lavabo jauni comme la denture d'un vieux cheval. Le robinet fuit... On est obligé de placer une éponge à l'endroit où il goutte, la nuit, pour ne plus l'entendre... Oui, peut-être que dans un endroit très médiocre je parviendrai à écrire...

– Pourquoi ?

Je me le demandais aussi. Peut-être par nostalgie de mon enfance pauvre ?

– En bas, il y aura un café-restaurant en guise de réception. Ma clé sera accrochée à un clou dans le couloir et j'aurai ma serviette dans un casier. Je boufferai des harengs-pommes à l'huile et des steaks-frites toutes minces...

« Ah ! je vais en faire des économies ! Avec le fric que j'ai en banque, j'aurai de quoi vivre là des années sans travailler.

« Je b... la bonniche. Une petite loucheuse, je la vois d'ici. Je boirai l'apéritif en compagnie du patron et, le soir, je ferai la belotte avec les habitués. »

– Comme dans les films de René Clair ou de Carné, murmura-t-elle.

A sa voix, je compris qu'elle ne me croyait pas.

– Tu penses que je ne le ferai pas, Danièle ?

– Mais si, tu le feras.

– Mais pas longtemps, hein ?

– Jusqu'à ce que *France-Soir* ou *Paris-Match* passe un reportage sur ta nouvelle manière de vivre. Jean Debise, trente millions d'anciens francs par film, a choisi de vivre chichement dans un bistrot de banlieue ! récita-t-elle. Ensuite, tu partiras en croisière, et tu retiendras l'appartement de luxe du *Pasteur* ou du *France*. A ton retour, tu prendras un studio à Passy ou un duplex dans l'île Saint-Louis.

– En somme, tu me méprises ? laissai-je tomber de mes hauteurs cahotantes.

– Non, Jean, mais je commence à bien te connaître. La gloire t'a transformé, sans que tu y prennes garde. Elle est devenue ton opium. Tu ne peux plus t'en passer. J'ai compris cela tout à l'heure, quand je t'ai suggéré de faire publier un démenti et que tu as refusé pour ne pas indisposer tes copains de la presse. Maintenant, tout ce que tu fais, tu le fais comme si les caméras de *Gaumont-Actualités* étaient braquées sur toi.

– Tu as raison, admis-je. Mais cela me passera, je te le promets.

– La gloire se sera déshabituée de toi avant que tu ne te sois déshabitué d'elle.

Le train hulula et s'engouffra sous un tunnel.

***

A six heures du matin, la gare de Lyon n'est belle que si l'on prend le train. Elle est effroyable lorsqu'on y débarque.

En posant le pied sur le quai, je me mis à claquer des dents. Un vieux porteur puant déjà le vin rouge achemina nos bagages vers la sortie morose où des gens mal réveillés attendaient dans la pénombre de l'aube d'autres gens encore endormis.

Il pleuvait. Tout était gris : les maisons et les visages. Le ciel aussi, d'où tombait une pluie imbécile.

– Vous voulez un taxi ?

– Oui.

« Mais pour aller où ? » me dis-je.

Pendant que le bonhomme en blouse bleue se hâtait vers la gauche de la gare, je regardai Danièle. Ma compagne était pâle et mal fagotée dans un manteau droit à col de fourrure. Elle paraissait relever de maladie.

– Je suis laide ? demanda-t-elle.

– On n'est pas très frais, convins-je. Ces trains de nuit, c'est mortel... Nous allons à mon hôtel, n'est-ce pas ?

Ma dernière chance. Le luxe du *George V*. Un bain mousseux. Un déjeuner confortable... Peut-être un revirement s'opérerait-il en elle ? Je ne savais pas pourquoi mais je sentais la chose possible.

– Non ! Je veux rentrer...

Encore ce mot ! Le plus impitoyable de tous ceux qu'elle avait prononcés. Elle « rentrait ». Sous-entendu, notre départ de San Pedro n'était qu'un petit voyage ! Elle avait choisi, pour revenir d'Afrique, le chemin des écoliers.

Un taxi se rangea devant nous, ayant le vieux porteur à son bord. On chargea nos bagages.

– C'est pour ? questionna le chauffeur.

– Aéroport du Bourget, lançai-je en claquant la portière. Danièle tressaillit et poussa un cri :

– Jean !

– Ne t'affole pas, la calmai-je, je veux simplement aller récupérer ma bagnole. Dans le fond, cette Ferrari, c'est comme qui dirait mon seul domicile fixe. Le dernier point de la planète où je me sente vraiment chez moi.

Nous traversâmes en trombe Paris somnolent. Aux carrefours, les feux passaient docilement du rouge au vert à notre approche. J'enviais les gens paisibles qu'on découvrait, debout devant les zincs des bistrots. Ils attaquaient ce jour nouveau en buvant des petits crèmes ou des calvas dans une ambiance presque joyeuse de percolateurs surmenés et de petites cuillers entrechoquées. Je continuais d'avoir froid.

– Y a pas grand monde, ce matin, dis-je au chauffeur.

– Parce qu'on est dimanche !

Dimanche ! L'horreur complète. Le bout de la nuit. Nous nous séparions un dimanche.

Danièle sentait tout. Elle posa sa main sur mon genou et, très bas, chuchota :

– Je te demande pardon.

La vie ressemblait de plus en plus à un échafaud.

– Je voudrais que tu me promettes une chose, Jean... Après m'avoir quittée, tu prendras un bain, tu te changeras, et puis tu iras voir la petite fille dont tu m'as parlé à son pensionnat.

– Mauricette ?

– Oui, tu jures ?

– Le dimanche, c'est le jour de mon ex-femme. Moi, je n'ai droit qu'au premier jeudi du mois.

– Peu importe. Va la voir !

– Mais je vais rencontrer Martine !

– Et après ?

Je rageai :

– C'est cela que tu espères, hein ? Pour la paix de ta conscience, tu souhaites que je trouve une présence féminine. Ton rêve serait peut-être que je la réépouse afin que tout rentre dans l'ordre. Chacun rejoint sa base. On a tous le foyer qu'on mérite. Ah, merde, ce que j'envie la *Belle-au-Bois dormant*, ce matin ! Cent ans de roupillon, ça doit vous calmer les nerfs. Au réveil, on est paré pour les renouveaux...

– Jure-moi que tu iras voir Mauricette, Jean !

– Tu as de drôles d'idées...

Seulement, je convenais intimement que les siennes n'étaient pas mauvaises. Evoquée dans la torpeur de ce taxi, la frimousse de Mauricette me faisait l'effet d'un verre d'eau fraîche.

– Vois-tu, quand on est malheureux, c'est en s'occupant des plus faibles qu'on peut réagir.

– J'irai, et je lui parlerai de toi, promis-je.

– Ne sois pas ridicule en jetant le trouble dans l'esprit de cette enfant.

Le taxi déboucha sur l'esplanade devant l'aéroport. Un énorme DC 8 décollait. L'avion paraissait avoir du mal à se dégager des lois de la pesanteur. Le sillage de ses réacteurs balisait la vilaine brumasse du matin.

– Au parking ! s'il vous plaît...

Je retrouvai ma Ferrari enrobée de poussière. La batterie s'était quelque peu déchargée pendant mon absence, et je dus me faire pousser par les employés du garage pour pouvoir démarrer. Danièle se coula près de moi. Ça me rappela le soir de notre rendez-vous, devant le cimetière des Mousseaux.

– Je devrais prendre l'autoroute du nord et filer droit devant moi, lui dis-je.

– Tu ne le feras pas.

– En es-tu bien sûre ?

– Oui. Nous n'en sommes plus là, Jean. Tu es scénariste,

tu sais bien qu'on n'emploie pas deux fois le même gag dans une histoire.

– Très bien. Je te ramène chez papa. On se dira quoi, au fait, en se quittant, *adieu* ou *au revoir* ? Ça n'a pas été établi.

– On se dira adieu.

Ce fut un nouveau coup de dague dans ma poitrine. Je fis bonne figure.

– Tu as raison. Il vaut mieux se dire adieu et se revoir, que de se dire au revoir pour toujours. Dis, tu te rappelleras nos réveils, à Gstaad, dans la chambre en bois ? Avec le train bleu... Les vieilles touristes sur le sentier à flanc de montagne... La neige... C'est déjà du passé, du vieux passé, tout ça.

– Oui, convint Danièle, c'est du passé.

– Tu te souviendras de nos bars de Montparnasse ?

– De tout, Jean, sois tranquille.

– Et de ma bouche sur ta peau moite, au réveil ?

– Mes larmes te paraissent donc indispensables ? balbutia-t-elle.

Je freinai devant un petit café dont une vieille femme passait les vitres au blanc d'Espagne.

– Tu veux bien qu'on boive un café ? On ne va jamais à la guillotine l'estomac vide.

Elle accepta.

Quelques consommateurs matinaux discutaient le tiercé de l'après-midi dans une odeur de rhum et de croissants chauds. Nous nous assîmes au fond du bar. Seule, une énorme mégère mafflue, sanglée dans un manteau de cuir râpé, occupait une autre table. Elle buvait du vin blanc en promenant sur nous un regard évasif.

– Deux cafés et un rhum ! dis-je au garçon.

Les manches de sa chemise blanche étaient roulées. Il ne portait pas encore de cravate et un vieux tricot de laine beige, constellé de taches, achevait de lui donner un aspect négligé.

Je bus le rhum avant le café.

– Un autre, garçon ! Tu en veux, Danièle ?

– Non, je te remercie.

Son visage était réprobateur, néanmoins elle s'abstint de tout commentaire.

– Vous voulez bien me vendre le restant de la bouteille, garçon, c'est pour emporter.

Il m'examina d'un œil incrédule.

– Mais, monsieur... On ne...

– Vous devez bien savoir combien de petits verres représente la bouteille ! Multipliez par le prix d'une consommation, ajoutez à cela la consigne de la bouteille, et vous saurez le prix que je dois la payer.

– Faut que j'en cause au patron !

– C'est cela : causez-lui-z'en !

– Jean ! appela doucement Danièle.

Elle me prit la main, sous la table.

– Je te jure que ça n'est pas du cinéma, Danièle. Seulement, aujourd'hui, je comprends ton geste de l'autre fois, avec le flacon de whisky. Il y a des moments, ta foutue tour de contrôle, il faut une bonne dose de gnole pour l'affronter.

Le garçon revint de la cuisine, porteur d'une bouteille de rhum non entamée.

– Le patron est d'accord.

– Bravo. Alors soyez gentil jusqu'au bout : ouvrez-la-moi !

10

– Jean, je t'en prie !

Non ! Ce n'était pas du cinéma. Du moins pas du faux : j'éprouvais bel et bien ce vertige effarant qu'engendre parfois le désespoir. L'unique thérapeutique consistait à l'augmenter. Il est souvent prudent d'accélérer que de ralentir lorsqu'une difficulté surgit. J'accélérai donc en buvant des lampées de rhum, comme un vieux pirate blessé...

– Jean, je te le demande... Ne me laisse pas l'image d'un homme ivre !

– Je ne suis pas ivre !

– Mais tu vas l'être si tu continues.

– Pourquoi ne veux-tu plus me revoir ?

– Parce que ce ne sera plus possible ! Je t'aime, et t'aimant je réintègre mon foyer. Comment veux-tu que nous nous retrouvions de manière épisodique après cela ? Tu penses que ce que je suis en train de faire, je pourrais le renouveler périodiquement ?

– Si tu m'aimais vraiment, tu ne m'abandonnerais pas. Je t'avais bien dit que tu répondrais au premier coup de sifflet de ton maître !

– Tu as reconnu toi-même que je ne pouvais agir autrement !

Tout en conduisant, j'avalai une nouvelle rasade de rhum.

C'était de l'alcool de qualité inférieure, qui m'écorchait le gosier et me flanquait mal au cœur.

– Donne-moi cette bouteille, Jean !

Son ton péremptoire m'en imposa. Je lui tendis la bouteille. Elle baissa sa vitre et lança le flacon sur le talus herbeux de l'autoroute.

– Dans le fond, je suis un type soumis, hein ? lui fis-je observer. Il suffit qu'on me parle d'une certaine manière pour que j'obéisse. Tu me suis et je t'emmène ! Tu me quittes et je te raccompagne... Tu veux bien me montrer mon « J » une dernière fois, Danièle ?

– Oh ! Jean, laisse...

– Quoi, c'est MON « J », oui ou chose ?

– Oui, Jean, c'est TON « J ».

– Quand tu reprendras tes escapades nocturnes, tes copains, en te troussant, l'apercevront et ça les troublera. « Tiens, diront-ils, tu es tatouée, ma gosse. Quelle idée ! » Tu leur raconteras une histoire. Je ne sais pas laquelle, tu devrais la mettre au point. N'aie pas peur de te lancer dans l'abracadabrant. Moins une histoire est crédible, plus les hommes la croient.

– Il n'y aura plus de sortie nocturne, assura-t-elle. Plus jamais !

– Jamais, ca représente quelle durée, selon toi ? Il y a des mots traîtres, comme : toujours, immortel, éternel... et en principe tous les termes cherchant à créer la notion de définitif. Rien n'est définitif. Allez, montre-moi mon « J ».

Comprenant que je ne la laisserais pas en paix, elle releva sa robe et me découvrit le petit tatouage noirâtre. Il était cicatrisé à présent. Je le caressai.

– Se peut-il qu'il ne subsiste plus que ce témoignage de nous deux, Danièle !

Elle éclata en sanglots.

– Ne pleure pas, mon amour, ce n'est pas notre faute. Nous sommes les victimes de ceux qui nous ont précédés et qui ont misérablement tissé autour de chaque individu une cangue de conventions, de traditions, de morale. Comprenant qu'il était libre, l'homme s'est empressé de juguler sa liberté. L'homme a fait de l'homme un animal savant qui marche au fouet et au sucre.

Je me sentis ivre brusquement. Un lyrisme d'ivrogne, une certaine difficulté d'élocution... Je quittai la route nationale. Bientôt nous traversâmes des villages pleins d'enfants endimanchés. Des cloches sonnaient. En passant devant certaines fermes, on entendait la retransmission d'une messe à la radio ou à la télévision. Cette rumeur d'église me rappela encore l'enterrement de ma mère.

– Tu vois, si je pouvais t'écrire, je crois que notre séparation serait plus tolérable. Tu veux bien que je t'écrive ?

– Oui, à condition que tu n'attendes pas de réponse.

Nous abordâmes les premières maisons de Montfort. Des antiquaires accrochaient des ustensiles de cuivre sur la façade de leur maison. Les membres d'un club hippique m'obligèrent à stopper. Les filles portaient la bombe et prenaient des attitudes de statues équestres.

– Je voudrais être n'importe lequel de ces bourrins, rêvai-je.

Danièle rit à travers ses larmes.

– Tu es drôle, murmura-t-elle. On ne peut pas oublier un homme drôle. Tu es beau. Tu es insolent. Tu es pitoyable. Si fort et si désemparé. Si tendre et si cruel. Je pense que tu m'oublieras très vite, Jean. Au début, tu ne t'en apercevras pas tout de suite parce qu'on ne s'aperçoit jamais tout de suite qu'on oublie quelqu'un. Lorsque tu te rendras compte de la chose, ça t'ennuiera, ça te vexera de ne pas pouvoir assumer plus longtemps un grand chagrin.

Je l'écoutais en songeant que j'avais tenu un langage à peu près similaire à Martine lors de son coup de fil.

– Je te promets de ne pas essayer de faire un marathon, Danièle. Si j'ai la chance de pouvoir t'oublier, ma parole d'homme, j'irai à Lourdes à pied pour en rendre grâce au Ciel. Pour une fois, la Vierge n'aura pas seulement la visite de tapeurs.

Son chemin champêtre...

La masse blanche et sotte de leur maison.

J'arrêtai et descendis afin d'aider ma compagne à s'extraire de l'auto. Ensuite je déliai sa valise arrimée sur le porte-bagages rivé au couvercle de la malle. Nous l'avions achetée à Genève. Elle sentait encore le neuf.

Elle voulut me la prendre des mains.

– Donne Jean !

– Tu plaisantes, je te remets en main propre !

– A quoi bon...

– Pas d'histoire : je t'ai empruntée, je te rends !

J'allai délibérément au portail et sonnai. Très vite, le méchant danois surgit, avec ses gros yeux rouges et ses babines creuses. Il grondait sourdement, l'échine hérissée.

– Allons, Hamlet ! Tout beau ! cria Danièle.

Le chien se calma instantanément et se mit à frétiller lourdement.

– Tout beau ! grommelai-je, c'est dans la comtesse de Ségur qu'on parle aux chiens féroces de cette manière !

Ma peine se muait en rage, comme toujours.

La mulâtresse dévala le perron pour venir ouvrir. A mi-parcours, elle marqua un temps en nous apercevant. Puis elle s'approcha, d'une allure prudente.

– Oh ! Madame ! Madame... fit Thérésa en se composant un sourire mielleux.

Je détestais cette fille. Elle feignit de ne pas me voir.

– Dites, belle blonde, lui lançai-je, dans le style Carbon. Tenez un peu votre bestiau par le collier, il a de la vérole plein les dents, j'en sais quelque chose !

Elle s'obstina à m'ignorer. Je vis rouge et me tournai vers Danièle :

– Dis à cette petite conne de s'occuper du chien, sinon je la gifle !

– Emmenez Hamlet, Thérésa ! ordonna Danièle. Monsieur est ici ?

– Il prend son bain, jeta la mulâtresse d'un air dégoûté en saisissant le danois par son collier.

– Tu tiens vraiment à le voir ? demanda ma compagne.

– Je te l'ai dit ! Alors viens !

Nous nous dirigeâmes vers la piscine. Les pelouses bien ratissées sentaient déjà le printemps. Je ralentis pour contempler un chat de porcelaine agrippé à un sapin. Sous le même arbre, le nain Simplet, accoudé à un gros champignon rouge, me décochait un grand rire béat.

– Comment se peut-il ? soupirai-je. Oh ! Danièle, t'abandonner à ces mesquineries, quelle tristesse !

Elle poursuivit sa marche dans l'allée ; je dus presser le pas pour revenir à sa hauteur.

Une petite porte vitrée donnait accès à la piscine. Danièle la poussa doucement. En une seconde, son énergie venait de disparaître pour faire place à une timidité de fillette. Nous entrâmes dans le local où flottait une âcre odeur de feuillages et de chlore. La piscine mesurait au moins vingt mètres sur dix. Elle était carrelée en rouge, ce qui donnait à l'eau des reflets de sang. Une piscine rouge ! Ça ressemblait bien à Carbon ! Comme champion du mauvais goût, on ne pouvait trouver mieux.

Sans doute avait-il voulu reconstituer un coin d'Afrique sous sa verrière car il avait accumulé autour du bassin une folle quantité de plantes tropicales. On trouvait des bananiers, des orangers, des palmiers, des eucalyptus et bien d'autres essences dont les senteurs opiacées vous piquaient les narines.

Julien portait un affreux maillot de bain noir et barbotait dans sa piscine chauffée comme un hippopotame dans un poto-poto. Ses jambes atrophiées étaient d'un blanc de chairs décomposées. Par opposition, son buste puissant et ses énormes bras semblaient plus formidables encore. On eût dit que Carbon résultait de la greffe de deux corps différents.

Il battait l'eau frénétiquement, en une brasse balourde. Ses jambes inertes le freinaient, animées d'un lent mouvement ondulatoire. A cause du bruit qu'il produisait en nageant, l'infirme ne nous entendit pas entrer. Il parcourut la longueur de la piscine dans le sens opposé à nous et, parvenu à l'autre extrémité, s'agrippa à la main courante cernant le périmètre du bassin pour reprendre souffle.

– Julien ! appela Danièle.

L'eau, agitée par les évolutions de Carbon, clapotait encore sourdement contre les carreaux de grès rouge.

Carbon regarda en arrière, nous vit et exécuta un tour complet pour nous faire face. Son gros buste vira lourdement, comme une barrique vide. Ses jambes s'embrouillèrent et restèrent enlacées, à cause de sa rotation.

Il s'ébroua, cracha, et lança enfin, avec un large sourire :

– Mais, ma parole, ce sont nos jeunes mariés ! C'est gentil de me rendre visite. Vous êtes en voyage de noces à Paris ?

L'envie me prenait d'attraper ses affreuses plantes vertes et de les lui balancer sur la figure avec leurs caisses. Le vieux bougre avait compris la situation, il savait qu'il s'agissait d'un réel retour au bercail et je trouvai odieux son persiflage. La vengeance est immonde quand elle est superflue.

– Je suis revenue, Julien !

Il allongea ses bras sur la barre chromée afin d'assurer sa position. Ses jambes se dénouaient lentement, comme se désunissent des algues obéissant aux caprices des courants.

– C'est bien, ça, Fifille. Mais dis-moi : tu es revenue... avec lui ?

Danièle haussa les épaules en signe de lassitude. Elle renonçait à entrer dans le lugubre jeu des sarcasmes.

Je mis mes mains au fond de mes poches pour tenter de contenir les actes de violence que je sentais éclore au bout de mes dix doigts.

– Au cas où tu compterais demeurer ici avec ton second mari, il faudrait dire à Thérésa de préparer une chambre. Je conserverai la mienne, si tu n'y vois pas d'inconvénients; pour mes jambes, elle est plus pratique...

Je regardai Danièle. Son attitude pitoyable, infiniment contrite, me ravagea le cœur.

– Tu t'attendais à ce genre d'accueil, Fifille ? lui demandai-je. Tu vois : pépère faisait gentiment trempette en t'attendant. Tu croyais qu'il nageait dans les larmes, c'était seulement dans sa piscine !

– Pars, maintenant, répondit-elle.

Elle avait honte de son retour, de son mari, du grotesque échevelé de la piscine. Honte peut-être également de nous.

– J'ai tout mon temps, c'est dimanche !

Le gros vieux ne bougeait pas de l'eau. Sans doute avait-il honte de ses jambes. Ce devait être toute une affaire pour lui que de s'extraire de l'élément liquide. De quelle manière s'y prenait-il, au fait ?

Son gros torse couvert de poils blancs, son visage brique tailladé de fines rides, son ventre lourd et blême, ses jambes molles qui désobéissaient à son cerveau; tout contribuait à faire de lui quelqu'un d'effrayant. Son slip de bain noir brillait comme une vilaine carapace. Mais, plus monstrueux que le reste, étaient les yeux injectés de sang qu'il dardait sur nous.

Quelque chose de nouveau modifiait sa physionomie. Je me dis, par-delà des montagnes de haine, qu'il avait dû beaucoup boire depuis le départ de sa femme. A moins que ce ne soit l'eau fortement chlorée du bain qui lui donnât ce regard exorbité.

– Ma femme vous a demandé de partir, lança Carbon. Je crois que vous feriez bien de lui obéir, je suis pour les situations nettes.

– Sans blague...

Je me mis à marcher au bord du bassin, dans la direction de l'infirme.

– T'as de ces mots, mon pauvre hippocampe !

m'enrouai-je. Les situations nettes ! Faut être égoïste comme un vieux paralytique pour oser les employer !

Ses paupières s'abaissèrent légèrement, comme pour voiler sa rage.

Je m'accroupis, les bras entre les jambes, à quelques mètres de lui.

L'intensité de ma colère me faisait trembler et bégayer. Je le tutoyais pour donner davantage cours à ma rancœur. Une certaine fraternité se dégage de la haine parvenue à son paroxysme.

– Tu n'es qu'un pauvre dégueulasse, Carbon. Un Barbe-Bleue orthopédique ! Un négrier enrichi. Un marchand de viande. Un charognard. Un équarrisseur qui n'a pour toute poésie que les nains de Blanche-Neige en porcelaine. Avant de partir, je vais te dire ce que je pense de toi, ça ne serait pas honnête de ma part de foutre le camp avec ça sur le cœur ! A un tel degré, le mépris ne vous appartient plus : il faut le restituer à celui qui l'inspire...

Ma voix avait d'étranges résonances sous la verrière voûtée. Je considérai la piscine rouge, les plantes rares, poussiéreuses...

– Tu vois, Carbon, Danièle, pour toi, c'est une plante en pot, parmi les autres. Elle fait partie de ta serre. C'est pas son mari qu'elle vient rejoindre, mais son horticulteur. Tu l'as achetée comme tu achetais des petites Noires, avant de la connaître. Tu l'as eue pour le prix d'un billet d'avion. Sans doute n'était-elle pas la première à qui tu faisais le coup du vieux broussard ténébreux, hein, Julien ? Je parie que tu avais déjà joué à d'autres ta grande scène de « Je repars là-bas, vous devriez venir voir comme c'est beau ». Un peu de chair blanche pour varier l'ordinaire, n'est-ce pas, vieux buffle ? La magie d'un billet pour Abidjan à une petite môme rêveuse qui ne gagnait pas en trois mois la somme portée sur le titre du voyage ! Du beau boulot, simple et rentable. Ensuite tu n'avais qu'à laisser agir l'Afrique. Toi, pour séduire une femme, il te fallait un continent. Danièle, tu l'as envoûtée au tam-tam. Trente-sept degrés à l'ombre et la moiteur de la brousse pour annihiler sa volonté. Les palétuviers, les fusils bien huilés, les Noirs frénétiques... Gros timide, va ! Graine d'impuissant ! L'arbre qui t'a chu sur les côtelettes n'a fait que concrétiser ta vérité fondamentale. L'amour, ça se fait avec la tronche, demande-lui, elle saura t'expliquer, maintenant. Vous aurez des trucs à vous raconter à la veillée, Carbon.

Je cherchai Danièle des yeux. Elle se tenait adossée au montant de l'échelle. Elle n'avait pas l'air de m'entendre. On aurait dit qu'elle avait pris le large.

– Regarde-la, Julien... Tu ne l'as pas séduite : tu l'as seulement neutralisée. Son sens du devoir conjugal n'est que le sens de la propriété. Je le lui ai déjà dit : elle est trop honnête pour être heureuse. Elle n'ignore pas qu'elle t'appartient, qu'il existe quelque part dans une mairie ou un consulat un acte de vente certifiant la chose. Elle ne se reconnaît pas le droit de donner ce qui ne lui appartient pas. Et tu le sais. Tu as laissé du fil à ton beau ballon rouge, et il t'a suffi d'enrouler le fil pour ramener le ballon ! Tiens, Carbon, reprends-le !

Je tendis le bras en direction de Danièle et, d'une bourrade, l'expédiai dans la piscine.

Elle ne cria pas. Je vis ses vêtements se gonfler au contact de l'eau. Elle se mit à nager lentement en direction de son époux. Lorsqu'elle fut près de lui, elle empoigna la barre métallique et, comme Julien, me fit face.

Comme cette scène était étrange ! Comme il paraissait impensable, ce couple dans l'eau aux reflets pourpres. Lui, avec son maillot en peau de cachalot, ses jambes flottantes... Elle, avec ses cheveux et ses vêtements collés au corps, belle et tragique dans son infinie résignation.

L'eau remuée fit tousser la piscine. Un caverneux bruit de succion se fit entendre, à intervalles réguliers.

– C'est tout ? tonna Carbon.

– Pas tout à fait.

– Moi je te dis que c'est tout, petit foie-blanc ! Alors, fous le camp ! Ah ! nom de Dieu, si je retrouvais mes jambes ne serait-ce que pour trente secondes, tu verrais ton cinéma, mon gars, ce qu'il deviendrait.

J'étendis le bras au-dessus de l'eau clapotante...

– Ecoutez, Carbon...

La vision insolite de Danièle tout habillée dans la piscine venait de m'apaiser. Je retrouvais automatiquement le vouvoiement.

– Plus qu'une chose... Vos jambes, justement. C'est à cause d'elles que Danièle est rentrée. Si vous aviez été le Carbon de *l'Hôtel du Parc*, elle ne serait pas revenue. Seulement, un infirme, çca ne s'abandonne pas. Elle vous imaginait, marinant dans votre sale court-bouillon, ou bien roupillant avec le danois... La petite mallette noire qu'on doit coltiner quand vous sortez... Votre pantalon qu'il faut dépiauter.

« Je vous l'ai dit : une femme de devoir ! La première fois, vous l'avez eue grâce à un billet d'avion, la seconde fois grâce à une paire de béquilles. Mais l'alerte aura été chaude, hein ? Vous ne serez plus tranquille, lorsqu'elle reprendra ses sorties nocturnes. »

Il lâcha la barre chromée et se mit à nager vers une rampe située à l'autre bout du bassin. Je ne l'avais pas remarquée. Elle lui permettait d'accéder à la piscine et d'en sortir. Quand il y parvint, il émergea de l'eau jusqu'à la taille. Un revêtement en caoutchouc strié garnissait la rampe en pente douce. Le spectacle qui suivit anéantit tout ce qui subsistait en moi de ressentiment. Carbon se mit à se traîner sur le caoutchouc, usant des coudes et des ongles pour s'agripper, se hisser, charrier ses jambes mortes.

Se pouvait-il que j'aie fait une scène à cet homme diminué ? Que je l'aie insulté, humilié ?

Je contournai la piscine pour m'approcher de cette pauvre chose rampante, dégoulinante d'eau.

– Je... je peux vous aider ? bredouillai-je.

– Fous-moi la paix, petit con !

Je restai debout, à le regarder. Ses reptations l'amenèrent sur les dalles cernant le bassin. Il allongea le bras pour ramasser ses béquilles posées au sol. Ce qui suivit fut pis que tout. Carbon tint une béquille debout contre lui. Il se cramponna à sa poignée et se hissa tant bien que mal, jusqu'à ce qu'il fût à genoux. Son buste ballottait sur ce socle précaire. Il inclina la béquille, dont il coinça l'embout caoutchouté contre la caisse d'un palmier nain et, en ahanant, continua sa conquête de la position verticale. Sa main gauche n'avait pas lâché la deuxième béquille. Quand il fut à peu près droit, celle-ci vint confirmer son équilibre. Il pencha la tête, souffla fortement, les yeux fermés. Puis il arracha une serviette de bain verte accrochée à la branche d'un arbuste et s'essuya tant bien que mal.

Il paraissait réfléchir. Au bout d'un moment, il mit la serviette à son cou et entreprit d'enfiler son gros pardessus à carreaux : celui qu'il portait la première fois que je l'avais aperçu, depuis le portail.

Il était redevenu formidable, Carbon. Son exploit venait d'en faire un vrai bonhomme musculeux et viril.

– Monsieur Carbon, appelai-je...

Il me regarda.

– Je vous demande sincèrement pardon ; mais je l'aime...

Il tourna la tête. Lui et moi nous contemplâmes Danièle, toujours immobile dans l'eau rougeâtre.

– Pff, grommela Julien, il faut bien s'entendre déballer ses quatre vérités, de temps en temps. Car il y a sûrement du vrai dans tout ce que tu m'as dit, mon gars...

Il m'appelait mon gars ! Il y avait quelque chose de paternel dans sa voix.

– Chacun voit midi à sa montre, continua l'infirme...

L'eau dégoulinait sous son pardessus. On aurait dit qu'il urinait sous son vêtement.

– Les choses s'organisent d'une manière ou d'une autre. On essaie de se faire à elles ou de les faire à nous, c'est pas commode. Mais enfin bref...

Il s'avança en béquillant vers le côté de la piscine où se tenait Danièle.

– Dis-moi, Fifille, je voudrais te poser une question ; rien qu'une, pas méchante. Si tu as de l'estime pour moi, pour toi, pour lui, faut que tu y répondes catégoriquement... Promis ? Y a des moments, le bla-bla, faut le lui laisser pour son cinéma...

Il se moucha bruyamment dans la serviette verte. Sa voix restait égale, forte et calme.

– Tu me promets de répondre ?

– Oui, Julien.

– Merci, je sais que tu le feras. Voilà... Si j'étais valide, comme autrefois, est-ce que tu serais revenue aujourd'hui ? Réfléchis bien.

Un silence terrible suivit la question. A peine troublé par le minuscule bruit de ressac montant de la piscine.

Nous attendions le verdict de Danièle, unis brusquement par la même indicible frayeur.

– Non, dit-elle, enfin d'un ton ferme. Non, Julien, je ne serais pas revenue.

Il hocha la tête.

– Faut toujours être très franc, Fifille. Toujours... Autrement la vie ressemble à un tour de cartes...

Il eut une réaction très imprévue : il m'adressa un clin d'œil ; après quoi il quitta le local en ramant frénétiquement, comme s'il était soudain pris de panique.

– Sors de l'eau ! ordonnai-je à Danièle.

Elle nagea jusqu'à l'échelle. Je l'aidai à s'arracher de la piscine. Ses vêtements mouillés pesaient lourd et bien que l'eau fût chauffée, la jeune femme claquait des dents.

– Va vite te changer. Tu m'en veux ?

Elle secoua la tête :

– Pourquoi t'en voudrais-je ?

– Au fait oui, pourquoi ! soupirai-je, puisque c'est moi qu'on quitte ! Puisque c'est moi la victime !

Nous sortîmes. Une éclaircie bleue se lisait dans les profondeurs du ciel.

– Crois-tu que ce soit bien toi la victime ? demanda Danièle.

A cette seconde même, une forte détonation retentit dans la maison.

11

C'est surprenant, comme les petites filles peuvent changer, d'un mois à l'autre.

Depuis notre dernière entrevue, Mauricette s'était considérablement modifiée. Elle n'avait plus son côté poupin. De légers renflements gonflaient sa robe bleue de pensionnaire et quelque chose de grave assombrissait son regard. Elle ressemblait de plus en plus à Martine.

– C'est la première fois que je monte sur un bateau, dit-elle.

Le pilote lança un joyeux coup de sirène avant de s'engager dans le bras de Seine séparant la Cité de l'île Saint-Louis. Il y avait déjà des pêcheurs sur les berges où les saules retrouvaient leurs feuilles. Les grands immeubles en troupeau se reflétaient dans l'eau sombre. L'étrave du bateau-mouche les disloquait impitoyablement.

– Tu aimes ?

– Oh ! oui, c'est joli.

Il faisait doux à l'intérieur du salon flottant. Nous étions comme en suspens dans une énorme bulle de plexiglas.

Mauricette battait des jambes. La prochaine fois, ses pieds reposeraient sur le plancher, il ne s'en fallait plus que de quelques millimètres.

– Dis, papa Jean...

Elle me regardait avec effort. Ses yeux se dérobaient malgré sa volonté de les braquer dans les miens.

– Oui ? l'encourageai-je.

– Des externes m'ont raconté... Mais je sais pas si c'est vrai...

– Que t'ont-elles raconté, chérie ?

– Il paraîtrait qu'un monsieur s'est tué pendant que tu étais dans sa maison ?

Depuis huit jours, elle devait remuer ça dans sa petite idée. Lui avait-on également parlé de l'article de *France-Soir* annonçant mon remariage ?

– C'est exact, hélas ! mon petit chou.

– Pourquoi a-t-il fait cela ?

– Parce qu'il était très très malade. Il... Il souffrait trop !

Elle n'insista pas. Le bateau arrivait à la hauteur du Louvre dont la façade décapée brillait au soleil. Le palais avait la pâle blondeur de nos meubles de Gstaad. Des autos se traînaient sur la route des berges, gâtant la noblesse du paysage.

– Tu pleures, papa Jean ? murmura Mauricette.

– Moi ?

Je touchai mes yeux.

– Tiens, c'est vrai...

– A cause du monsieur ?

Je pleurais à cause du monsieur, à cause de sa femme, mais surtout à cause de moi. Je revivais notre galopade dans le jardin. Nous entrions en trombe dans la maison. Pouvais-je imaginer que j'y pénétrerais un jour, et que je la découvrirais dans d'aussi funestes circonstances ? Un grand living, mieux meublé qu'on ne pouvait s'y attendre. Je notais tout au passage : le grand piano à queue qu'on sentait purement ornemental ; les meubles Louis XV dernier cri, les tableaux insipides comme on en vend dans les « galeries d'art » des grands magasins. J'enregistrais chaque détail, à une allure folle, sans cesser de courir sur les talons de Danièle. Thérésa hurlait au seuil d'un grand bureau. Avant toute autre chose, j'aperçus le foutu poste téléphonique sur lequel Carbon régnait en seigneur absolu. A droite de la pièce, sous la fenêtre, se trouvait un grand canapé de cuir noir. Julien était couché en travers du siège. Une grande plaque rouge s'élargissait sur sa tempe droite. Une odeur de poudre se mêlait à des relents de chlore. Ses béquilles gisaient sur le plancher. La mulâtresse piqua une crise de nerfs et se roula sur la moquette dans une indifférence générale. Comme en un cauchemar, je vis le gros danois s'approcher de son maître, le flairer et se mettre à laper l'horrible plaie.

– Il va loin, notre bateau ?

– A l'autre bout de Paris, petite...

– C'est vrai que tu es remarié ?

Je m'y attendais. J'eus un sourire indulgent.

– Non, Mauricette, non, un journaliste a annoncé ça pour me faire une blague.

– Et maman Martine, elle va se marier bientôt ?

– Je ne sais pas. Pourquoi ?

– Quand elle vient me voir, le dimanche, il y a un monsieur qui l'attend dehors avec une grande voiture blanche.

Machinalement, je demandai :

– Jeune ?

Sans la moindre jalousie. Pour parler ; uniquement pour parler.

– Oh ! non, il est vieux.

A partir de quel âge était-on réputé « vieux » par Mauricette ? Il m'était indifférent que Martine se remariât ou non. Maintenant elle appartenait à une époque révolue et nos chemins ne se croisaient plus.

– T'as l'air triste, papa Jean ?

– Tu crois ?

– A cause du monsieur qui est mort ?

En homme de traditions, Carbon avait laissé un message avant de se tirer une balle dans la tempe. Je revoyais la feuille de bloc. L'écriture appuyée, tracée au crayon à mine de feutre :

Monsieur le commissaire.

Qu'on n'accuse personne de ma mort. Simplement, je n'ai plus envie de me traîner davantage.

Julien Carbon.

Quelles avaient été ses ultimes paroles ? Je cherchais à les reconstituer en contemplant son gros corps foudroyé :

« Faut toujours être franc, Fifille. Sinon la vie ressemble à un tour de cartes. »

Il refusait la pitié de sa femme. Son suicide constituait un acte d'amour et d'orgueil.

Danièle s'était approchée du téléphone, d'une allure flottante d'ectoplasme. Avant de décrocher, elle s'était tournée vers moi :

– Nous l'avons tué, Jean. Va-t'en, je ne te reverrai jamais.

– Il n'est pas question que je m'en aille, la police...

– Ça me regarde.

– Mais, Thérésa ?...

– Ça me regarde, je veux que tu partes...

***

– On est où, ici ?

– Sous le pont Alexandre-III, Mauricette. Nous allons bientôt passer au pied de la tour Eiffel.

– Dans Paris, on la voit de partout, la tour Eiffel, hein ?

– Oui, chérie, de partout, elle est si haute...

– Tu vis toujours à l'hôtel, papa Jean ?

– Toujours...

– Tu m'emmèneras, je voudrais voir comment t'habites ?

J'avais essayé de me trouver la chambre minable de mes rêves à Asnières. Pour ce faire, j'avais parcouru l'agglomération, pénétrant dans une foule de petits hôtels-restaurants. Seulement, au moment de formuler ma demande, quelque chose me retenait : la saleté des lieux, des odeurs douteuses ou, plus simplement, la mine rogue des patrons. Pourtant, il fallait que je fasse quelque chose, à tout prix, très vite, pour échapper à la dépression qui me gagnait un peu plus chaque jour. J'écrivais d'immenses lettres à Danièle. Elles restaient sans réponse. Lorsque je lui téléphonais, sitôt qu'elle reconnaissait ma voix, elle murmurait « Je t'en prie », et raccrochait. A plusieurs reprises j'allai m'embusquer dans le chemin de sa maison. Mon attente fut vaine. Je ne vis que Thérésa, la dernière fois. Elle était en grand deuil et coltinait un sac de provisions. En m'apercevant, elle ramassa une pierre qu'elle lança dans mon pare-brise. Le pare-brise tint bon. La pierre retomba sur le capot de la Ferrari, l'écaillant sérieusement.

– Hein, tu veux bien m'emmener à ton hôtel, papa Jean ?

– Dès que le bateau sera de retour à son embarcadère, mon ange.

– Tu fais toujours des films ?

– Pas pour l'instant.

Les lettres de Marcé s'accumulaient. Je ne les ouvrais même pas. La dernière était postée pourtant en exprès-recommandé. Comme ses bureaux avoisinaient mon hôtel, il m'arrivait de l'apercevoir sur l'avenue George-V. Je plongeais dans le premier immeuble venu pour ne pas l'affronter.

– Qu'est-ce que tu fais, alors ?

Déformation de dialoguiste : je faillis lui répondre « naufrage ». Je faisais naufrage. Ça me permettait de constater que je ne possédais aucun vice. Dans l'état où je me trouvais, un vice eût été un recours. J'enviais les drogués, les alcooliques (les vrais), les détraqués sexuels. Eux, du moins, avaient un but : s'assouvir. La seule drogue dont j'avais besoin s'appelait Danièle.

– Rien, Mauricette.

– Tu es malade ?

Ma dépression commençait à faire surface. Les employés du *George V* me regardaient drôlement. Je m'abrutissais de somnifères que j'allais mendier chez des pharmaciens amis. Il m'arrivait de passer quinze heures d'affilée dans un état semi-comateux d'où j'émergeais en sueur avec comme un coup de matraque sur la nuque.

– Ça ne va pas très fort, reconnus-je.

– Qu'est-ce que tu as ?

– Quarante ans, ma chérie. C'est une maladie dont certains hommes guérissent difficilement.

– Dis, tu voudrais que je vienne habiter avec toi ?

– Ce ne serait pas très drôle pour toi, ma Fifille...

Le mot m'avait échappé. Voilà que j'adoptais le vocabulaire de Carbon, à présent ! Le mort allait-il saisir le vif ? Je me surprenais à copier certains de ses gestes, à contempler les gens avec l'air sceptique et buté qu'il avait...

Une heure plus tard, je gagnai mon hôtel avec Mauricette.

– Qui est cette ravissante demoiselle ? s'inquiéta le liftier.

– Ma fille, Antoine. Rassurez-vous, je n'ai pas l'intention d'organiser des ballets roses !

– Oh ! monsieur Debise, qu'allez-vous penser !

Elle entra dans la chambre, tout intimidée, comme on l'est lorsqu'on passe pour la première fois la porte d'un temple d'une autre religion que la sienne.

Elle s'avança à petits pas, caressant furtivement les meubles.

– C'est très joli, dit-elle.

Et elle se mit à pleurer.

***

– Tu veux une glace ou de la pâtisserie ?

– Il y a de la glace au cassis ?

– On va demander...

Je décrochai le téléphone, mais au lieu de réclamer le service restaurant, je priai la téléphoniste de m'appeler Montfort-l'Amaury. Une impulsion. Irréfléchie, comme toutes les impulsions.

– Viens ici, Mauricette !

Je lui tendis le combiné.

– Une dame va répondre. Tu lui diras : « Je suis Mauricette, papa Jean vous attendra ce soir au café de la mouche. Il faut que vous y alliez. » Tu te rappelleras ?

Le propre des enfants, c'est de ne pas être surpris par les extravagances des grandes personnes.

Mauricette demanda seulement :

– Cette dame me connaît donc ?

– Je lui ai parlé de toi.

Un déclic. La fillette avala sa salive. Sa voix était toute menue lorsqu'elle murmura « Allô ! ».

Elle parut réciter un compliment dans une cérémonie officielle.

– Bonjour, madame, je suis Mauricette. Papa Jean vous attendra ce soir au café de la mouche. Il faut que vous y alliez...

Elle avala sa salive, fit un petit couac et ajouta de sa propre initiative :

– Il est très malheureux. Au revoir, madame.

12

J'avais déjà bu trois Martini lorsqu'elle posa sa main sur mon épaule.

Je savais que cela se passerait ainsi. Dorénavant, je savourais à l'infini ses moindres gestes. Ainsi, cette main qui pesait sur moi me remplissait d'une joie étourdissante.

Je me demandais si elle serait en deuil, mais elle portait les vêtements de notre premier soir. Nous nous regardâmes. Je lus dans ses yeux à quel point j'avais changé physiquement, au cours de ces derniers jours.

– Je suis venue, Jean, parce que...

Je l'interrompis :

– Tu es venue parce que nous nous aimons, Danièle, et parce que nous nous aimerons jusqu'à ce que nous ne nous aimions plus.

Je lançai un billet de banque sur le bar.

– Sortons !

Une pluie vaporeuse faisait mousser la nuit. Je glissai mon bras sous le sien, ma main s'en fut rejoindre la sienne au creux de sa vaste poche. Je sentis sous mes doigts un mouchoir dont je savais l'odeur et un trousseau de clés. Ses doigts étaient froids, sans vie.

– Danièle, ON ne peut pas vivre sans toi. Tu as vu ma gueule ? J'allais mourir...

Elle ne répondit pas. Nous obliquâmes dans le boulevard

Raspail. Des feux clignotaient de façon sporadique pour annoncer des travaux sur la chaussée.

– Nous allons partir pour tout de bon, cette fois !

– C'est impossible ! J'aurais trop peur...

– De son souvenir ?

– Oui, souffla-t-elle. Car nous l'avons assassiné.

– Pas nous : un arbre ! C'est le fromager qui a fini de le tuer, l'autre dimanche, Danièle.

– Pourquoi dis-tu ça ?

– Parce que c'est la vérité. Si ce vieux lutteur a accepté de vivre encore, après son accident, c'est parce qu'il se faisait une certaine idée de votre union. Lorsqu'il a compris que cette idée était fausse, il a arrêté les frais.

– C'est nous qui le lui avons fait comprendre, donc nous sommes la cause de son suicide.

– La vérité est la vérité. Il a dit, souviens-toi : que, sans franchise, la vie ressemblerait à un tour de cartes. Il était malhonnête pour vous deux de jouer votre existence avec des cartes truquées... A partir de tout de suite, nous ne nous quitterons plus. Et si son souvenir nous tourmente, eh bien ! qu'il nous tourmente ! Je suis prêt à payer cette rançon à sa mémoire. Nous aussi, nous avons à mourir, Danièle. Pour y parvenir, nous devons tout vivre : nos bonheurs et nos misères. Vivons-les ensemble, comme nous pourrons. Ensemble, Danièle ! Ensemble !

Elle cessa de marcher. Les feux clignotants du chantier balayaient son visage.

– Pas encore, dit-elle. Un jour. Bientôt peut-être. Mais pas encore.

– Tu sais bien que ce doit être tout de suite, puisque tu es là ! J'ai besoin que tu me rendes le sommeil et le travail. Il existe des moyens plus doux de se martyriser. Tiens, regarde !

J'escaladai la corde cernant la chaussée défoncée et ramassai un pavé que je posai en équilibre sur ma tête. Puis je mis mes mains dans mon dos et commençai à tourner sur le boulevard, tout comme le vieux Nègre de San Pedro qui faisait pénitence devant sa case.

– Tu vois, Danièle, il existe mille façons d'expier. Nous en trouverons d'autres...

Je continuai ma ronde à pas fervents.

– Quand tu jugeras cette mortification suffisante, ajoutai-je, tu n'auras qu'à me dire : « Je t'aime. »

Cet ouvrage a été réalisé par la
SOCIÉTÉ NOUVELLE FIRMIN-DIDOT
Mesnil-sur-l'Estrée
pour le compte des Éditions Fleuve Noir
en septembre 1996

Imprimé en France
Dépôt légal : octobre 1996
N° d'impression : 34214